Sontje Beermann
Beat of Love

Sontje Beermann

Beat of Love

Roman

PIPER

Mehr über unsere Autoren und Bücher:
www.piper.de

Wenn Ihnen dieser Roman gefallen hat, schreiben Sie uns unter Nennung des Titels »Beat of Love« an empfehlungen@piper.de, und wir empfehlen Ihnen gerne vergleichbare Bücher.

ISBN 978-3-492-50313-6
© 2020 Piper Verlag GmbH, München
Litho: Lorenz & Zeller, Inning am Ammersee
Redaktion: Cornelia Franke
Covergestaltung: Traumstoff Buchdesign traumstoff.at
Covermotiv: Bilder unter Lizenzierung von Shutterstock.com genutzt
Printed in Germany

1.

»Platz zwei geht an … die *Black Ones*!«

Kathi Schwartz wurde kalt und heiß, ihr Herz raste, ihre Finger waren klamm. Ausgerechnet die Truppe ihrer Erzrivalin Laura hatte den zweiten Platz beim Hamburger Landespokal belegt. Jetzt blieb ihr nur noch zu hoffen, dass ihre eigene Mannschaft den Sieg davontragen würde.

Sie drückte Lukas und Nele, ihre beiden Top-Tänzer, fester an ihre Seiten. Die restlichen zehn Teenager scharten sich um sie und murmelten aufgeregt vor sich hin.

»Wir müssen gewinnen!«, flüsterte Kathi und beobachtete, wie Laura im Tussi-Outfit, bestehend aus hochhackigen Stiefeln, Skinny Jeans und hautengem Shirt, hinter den Kids auf die Bühne ging.

»Wir waren der Hammer, Kathi, wir können nur gewinnen!«, erwiderte Nele und strich über Kathis Taille.

Die Tänzer und ihre Trainerin empfingen jeder eine Silbermedaille und den mittelgroßen Pokal, winkten der Menge zu und kassierten erneuten Applaus.

»Kommen wir nun zu den Gewinnern«, rief der Moderator ins Mikrofon und schaute auf seine Karte. »Mit nur wenigen Punkten Vorsprung auf dem ersten Platz und damit Sieger des diesjährigen Hamburger Hip-Hop-Landespokals sind …« Er sah auf, warf den freien Arm in die Höhe und grölte: »Die *Hip Hop Homies*!«

Rund um Kathi brach Jubelgeschrei aus, hüpfende Teenager fielen sich und ihr um den Hals.

Oh. Mein. GOTT! Wir haben gewonnen!

Endlich kam die Euphorie auch in ihrem Kopf an, und sie sprang kreischend mit ihrer Mannschaft um die Wette.

»Los, auf die Bühne mit euch!«, brüllte der Moderator über den Applaus der Zuschauer hinweg. Kathi hörte Pfiffe und einzelne Rufe des Crew-Namens.

Lukas und Nele nahmen jeweils eine ihrer Hände und zogen ihre Trainerin vorweg auf die Bühne. Himmel, sie konnte kaum sehen, wohin sie trat, in all dem Gewusel aus Armen und Beinen. Zudem trug sie das gleiche Outfit wie ihre Kids. Turnschuhe, Jeans, Hoodie.

Die *Hip Hop Homies* stürmten aufs Treppchen, Kathi blieb als ihre Trainerin davor stehen. Sie alle jubelten der Menge zu und nahmen ihre Goldmedaillen entgegen. Den großen Pokal reckten sie zusammen in die Höhe, und Kathi klatschte und wischte sich verstohlen die Freudentränen aus den Augenwinkeln. Sie wusste genau, wie die Kids sich fühlten, vor ein paar Jahren hatte sie selbst da oben gestanden.

»Noch einmal einen donnernden Applaus für die drei Gewinnermannschaften von insgesamt fünfzig Teilnehmern, ihr wart toll!«

Der Moderator nickte ihnen zu, damit sie von der Bühne gingen, und drehte sich für die Verabschiedung zum Publikum um. Die Tänzer stiegen vom Siegerpodest und verließen die Bühne.

Am Fuß der Treppe fing Laura sie ab und streckte ihr die Hand entgegen. Ihr Lächeln wirkte kalt und aufgesetzt. »Mensch, Kathi, Glückwunsch! War mal wieder echt eng«, flötete sie.

»Danke, euch auch.« Kathi schüttelte die knochige Hand so kurz wie möglich.

»Bis in zwei Wochen, dann sieht es auf dem Treppchen wieder anders aus.« Laura drehte sich um und stolzierte davon.

Hättest du wohl gerne!

Kathi schüttelte den Kopf und grinste, lief zu ihrer Mannschaft. Sie standen am Rand und führten ihren typischen Freudentanz rund um den Pokal auf. Am Ende sprangen sie in die Höhe und klatschten sich alle ab.

»Los, jetzt noch ein Gruppenselfie, dann umziehen und ab zu Toni«, trieb Kathi sie an.

»Au ja, geil, Pizza!« Sie redeten alle durcheinander, fanden sich aber für das Foto zusammen und gingen dann geordnet zu ihrer Kabine. Keine halbe Stunde später verließen sie mit ihren Taschen die Sporthalle und machten sich auf den Weg zur U-Bahn, den Pokal hatte Kathi in ihrer Trainertasche verstaut.

Das Adrenalin war zwar aufgebraucht, als sie die Pizzeria in der Nähe ihres Vereinsheims erreichten, die Euphorie aber nicht. Sie kochte sogar noch einmal hoch, auf dem Weg zu ihrem Stammtisch im hinteren Bereich.

Toni kam persönlich, um ihnen zum Sieg zu gratulieren, und spendierte eine Runde Softdrinks. »Daniele, mach ihnen das Pizzablech fertig«, rief der fast sechzigjährige Italiener seinem jungen Neffen zu und imitierte den typisch italienischen Akzent, obwohl er astreines Deutsch sprach.

»*Va bene*!«, stieg der mit einem Grinsen auf das Spielchen ein. »Wie immer, eh?«

»*Sì*!«, riefen sie im Chor.

Kathi lehnte sich mit einem Seufzer auf ihrem Platz am Kopfende des Tisches zurück und ließ den Blick über die acht Mädchen und vier Jungs im Alter von Fünfzehn und Sechzehn Jahren gleiten. Mitten zwischen ihnen fühlte sie sich nicht wie Dreiundzwanzig, da war sie eine von ihnen.

Wie damals, bevor ihre vielversprechende Karriere ein jähes Ende fand.

Sie blinzelte und ließ die Erinnerungen erst gar nicht an die Oberfläche kommen, das gehörte nicht hierher, jetzt wurde gefeiert!

»Michelle? Bist du da?« Kathi schloss die Wohnungstür hinter sich, hängte den Schlüssel ins Schränkchen und stellte die Tasche an der Garderobe ab.

»Wohnzimmer!«, kam es aus der entsprechenden Richtung.

Sie hielt mit der rechten Fußspitze die Hacke ihres linken Turnschuhs fest, um den Fuß herauszuziehen, und verfuhr auf der anderen Seite genauso. Dann ging sie zu ihrer besten Freundin und Mitbewohnerin und ließ sich neben ihr auf die Couch fallen.

Die sah von ihrem Buch auf. »Und? Gewonnen?«

»Klar? Was glaubst du denn?« Kathi lachte. »Ich habe dir doch ein Selfie mit Pokal geschickt.«

Michelle grinste. »Sorry, war ganz vertieft. Aber eigentlich habe ich nichts anderes erwartet. Dann bist du ja richtig gut drauf.«

»Ja, aber total k. o.« Sie rutschte ein Stück tiefer, pflanzte die Füße auf den Couchtisch und lehnte den Kopf hintenüber an die Rückenlehne. »Die Kids haben ihre Choreo spontan im Vereinsheim aufgeführt, als wir den Pokal in die Vitrine gestellt haben. Und ich musste mitmachen.«

»Oh, du armes, altes Mädchen«, spöttelte Michelle. »Als ob du es nicht genossen hättest!«

»Doch, habe ich!« Kathi streckte ihr die Faust entgegen, ihre beste Freundin stieß mit ihrer dagegen.

»Super, dann bist du ja auf Betriebstemperatur. Lass uns ausgehen und tanzen!« Michelle klappte das Buch über dem Lesezeichen zu und legte es auf den Beistelltisch neben ihrem Couchende.

»Och, nöö«, maulte Kathi und verschränkte die Arme vor der Brust. »Du weißt doch, dass ich nicht so darauf stehe.«

»Das sagst du jedes Mal.«

»Weil es so ist.«

»Kannst du nicht mal eine Ausnahme machen? Nur für mich?«

»Nee, echt nicht.«

»Gott, du bist so langweilig geworden.« Michelle seufzte theatralisch auf und rang die Hände.

»Wie bitte?«

»Oh, sorry, ich muss mich verbessern. Du warst schon immer so spießig.«

Kathi verzog das Gesicht. »Was hat denn das mit Spießigkeit zu tun?«

»Mensch, du bist Dreiundzwanzig! Da hat man Spaß, geht ab

und zu feiern, lernt Leute kennen. Vor allem Männer. Aber du lebst außerhalb des Studiums nur noch für deine *Homies*.«

»Was ist denn falsch daran?« Ihr Magen zog sich schmerzhaft zusammen, ihre Freundin brachte dieses Thema immer wieder zur Sprache, obwohl sie es nicht hören wollte.

Michelle seufzte und strich ihr über den Oberschenkel. »Du vergisst dabei dein eigenes Leben.«

»Tanzen ist mein Leben.«

»Aber Tanzen ist nicht alles!«

»Sagt die, die sich jeden Tag in eine andere Welt vergräbt«, spottete Kathi und deutete mit dem Kinn auf den überfüllten Büchertisch.

»Ach, komm schon, es ist Samstagabend! Lass uns wenigstens eine Runde über die Reeperbahn drehen, okay? Nur ein oder zwei Bier. Das tut nicht weh.«

»Ach, scheiße, dann muss ich mich ja schön machen.«

»Zieh dir wenigstens ein anderes Oberteil an, der Hoodie geht gar nicht«, bat Michelle, schob die Unterlippe vor und klimperte mit den Augen. Kathi brach in Gelächter aus.

»Okay, weil du es bist. Und weil ich so gut drauf bin.«

»Danke!« Ihre Freundin beugte sich zu ihr, drückte ihr einen überlauten Schmatzer auf die Wange und sprang auf. »Ich gehe mich fertig machen.«

2.

Fuck, konnte ein Sonntag eigentlich noch beschissener sein?

Finn Uppendieck lag mit hinter dem Kopf verschränkten Armen auf dem Gästebett und starrte zur Decke hinauf. Sein jüngster Bruder Lukas malträtierte sie von der anderen Seite, indem er zum bestimmt hundertsten Mal die Choreo durchtanzte, mit der seine Hip-Hop-Crew gestern den Pokal gewonnen hatte. Von der Musik war nicht viel zu hören, aber die Bässe wummerten bis in seinen Magen, machten ihn nervös.

Nein, das Tanzen war nicht das Thema. Finns Problem bestand darin, dass er hier sein musste, im Haus seiner Eltern. Früher hatte er selbst dort oben gehaust, aber seit ein paar Wochen musste er das Gästezimmer in Kauf nehmen. Ja, es war besser als nichts, aber er hoffte, schnellstmöglich wieder eine eigene Bude zu finden. Was in Hamburg ziemlich schwierig werden konnte.

Na ja, wahrscheinlich würde die Bundeswehr ihm behilflich sein. Nach dem morgigen Termin bei der internen Dienststelle, die die Soldaten bei Versetzungen in jeder nur erdenklichen Weise unterstützte, würde er mehr wissen.

Unvermittelt schallte die Stimme seiner Mutter durchs Haus. »Jungs, es gibt Kuchen!«

Finn verdrehte die Augen und rollte sich vom Bett, trabte die Treppe hinunter. Lukas' Musik verstummte ebenfalls, und er verspürte einen Anflug von Erleichterung.

Ihr Vater saß bereits am gedeckten Tisch, ein rundes, ausziehbares Monstrum aus rustikaler Eiche, das wahrscheinlich vor bald dreißig Jahren mit der Familie in dieses Reihenhaus eingezogen war. In der Mitte thronte eine Erdbeertorte, und seine Mutter kam gerade mit der Porzellankanne aus der Küche.

Finn ließ sich neben ihm nieder, dankte seiner Mutter für den Kaffee und verteilte Erdbeertorte auf den vier Tellern.

Lukas stürmte in Shirt und Jogginghose herein und ließ sich auf den Stuhl Finn gegenüber fallen. »Alter, das kann ich jetzt echt vertragen«, seufzte er und rammte umgehend seine Gabel in den Kuchen. Stopfte sich ein großes Stück in den Mund und stöhnte undeutlich auf. »Mmh! Geiler Scheiß!«

Finn prustete vor Lachen beinahe in seinen Kaffee, sein Vater hieb mit der Hand auf den Tisch. »Musst du immer so reden?«

Seine Mutter seufzte. »Ach, Paul, das ist die Jugendsprache von heute. Dagegen kannst du nichts tun.«

Er starrte seine Frau an. »Finn hat niemals so gesprochen.«

»Stimmt, bei uns war es nicht so krass.« Der älteste Sohn schüttelte den Kopf und probierte von der Erdbeertorte. »Schmeckt super, Mama!«

»Danke, mein Junge.« Sie lächelte ihn an. »Ist ein neues Rezept aus meinem Backklub.«

»Oh«, rief Lukas unvermittelt, »das hätte ich fast vergessen. Morgen nach der neunten Stunde treffen wir uns noch kurz von der SV. Kann mich dann jemand abholen und zum Tanztraining bringen? Sonst schaffe ich es nicht.«

»Tut mir leid, Lukas, dein Vater hat Spätschicht. Und ich kann die Woche nicht vor fünf Uhr Feierabend machen«, bemerkte seine Mutter.

»Und was ist mit dir?«

Finn sah seinen Bruder an. »Ich?«

»Klar. Du hast doch Zeit, oder?«

»Ja, schon, aber…«

»Komm schon! Zu Hause rumsitzen kannst du vorher und hinterher.«

»Ich sitze nicht zu Hause rum!«, protestierte Finn und ließ die Gabel auf den Teller fallen.

»Lukas, dein Bruder braucht Ruhe«, wies sein Vater ihn zurecht.

»Von mir aus! Aber er wird mich doch mal zum Training bringen können, oder?«

Finn atmete tief durch und überschlug im Kopf, wie vielen Menschen er dabei maximal begegnen musste. Scheiße, er hasste den Gedanken daran, aber er wollte sich auch keine Blöße geben.

»Okay, einverstanden. Aber dann brauche ich ein Auto.«

»Ich lasse dir meines da, ich kann mit der U-Bahn fahren.« Seine Mutter lächelte ihn an und trank einen Schluck Kaffee.

»Na, also, geht doch!« Lukas grinste und schaufelte sich das nächste Stück Kuchen in den Mund.

»Hast du dich denn schon wieder eingelebt?«, wollte sein Vater wissen. »Warum gehst du nicht öfter mal vor die Tür? Oder triffst dich mit deinen alten Schulfreunden?«

»Papa, ich habe gar keinen Kontakt mehr zu denen, seitdem ich von der Schule abgegangen bin. Außerdem lege ich zur Zeit echt keinen gesteigerten Wert auf andere Leute«, erwiderte Finn und seufzte.

»Also wirklich, Paul, du kannst aber auch Fragen stellen!« Seine Mutter sah ihn mitfühlend an. »Wie geht es denn nun für dich weiter? Hast du diese Woche schon irgendwelche Termine?«

Er nickte. »Morgen früh fahre ich zu den Kollegen, die uns bei den Versetzungen unterstützen, damit ich bald wieder eine eigene Bude habe.«

»Du kannst so lange hierbleiben, wie du möchtest«, versicherte seine Mutter und tätschelte seinen Unterarm.

»Das weiß ich, Mama, danke.« Er sagte ihr lieber nicht, dass er endlich wieder für sich sein wollte. Mit Achtzehn war er von zu Hause ausgezogen, mit dem Beginn seiner Bundeswehrausbildung zum Notfallsanitäter, und seitdem immer unabhängig gewesen. Natürlich nicht während des letzten Auslandseinsatzes in Afghanistan, da hatte niemand eine eigene Wohnung, aber das war etwas anderes.

Afghanistan ...

Ein Schauder lief über seinen Rücken, die Erinnerungen wollten sich an die Oberfläche drängen, doch er wehrte sie ab. Darüber würde er noch oft genug sprechen müssen.

»Außerdem habe ich Dienstag und Freitag Termine beim Psychotherapeuten«, nahm er den Faden wieder auf und spießte das letzte Stück Torte auf.

Um ihn herum wurde es still und er hob den Kopf. Alle drei schauten bedrückt auf ihre Teller hinab.

»Scheiße, nun hört aber auf!« Wut und Erinnerungsschmerz kochten in Finns Brust hoch. »Könnt ihr nicht einfach normal damit umgehen?«

»Ich weiß nicht, wie ich normal damit umgehen soll, dass du da unten fast gestorben wärst«, würgte seine Mutter hervor, schlug die Hand vor den Mund und presste die Augenlider zusammen.

Ja, fast. Im Gegensatz zu anderen.

Lukas riss die Augen auf und starrte seinen Bruder an. »War es wirklich so krass?«

Bevor Finn etwas erwidern konnte, fuhr sein Vater dazwischen. »Geh auf dein Zimmer, Lukas!«

»Was? Wieso? Ich bin doch kein Baby mehr.«

»Lukas!«, herrschte sein Vater ihn an, und sie fochten ein Blickduell aus.

Sein jüngster Bruder warf das Besteck auf den Tisch und stieß den Stuhl zurück. »Ihr seid solche Opfer«, flüsterte er mit verächtlichem Unterton und lief hinauf in sein Zimmer.

Finn atmete tief durch. »Haltet Lukas da raus, er kann am wenigsten dafür.«

»Ich kann den Gedanken noch immer nicht ertragen«, murmelte seine Mutter und kramte ein Taschentuch aus der Hosentasche. Tupfte sich die Augen und putzte sich die Nase.

»Ich auch nicht«, knurrte er, sprang auf, stürmte aus dem Raum und aus dem Haus. Er musste einfach nur weg. Sofort.

Finn lenkte den Wagen seiner Mutter auf den Seitenstreifen vor Lukas' Schule und zog die Handbremse an. Stieß die Luft aus und fuhr sich über die feuchte Stirn.

Verdammt, er hatte in den letzten zwei Jahren tatsächlich vergessen, wie anstrengend der Feierabendverkehr in einer Großstadt sein konnte, wenn jeder bei der kleinsten Verzögerung hupte oder rechts überholte. Besonders, wenn er vom Kopf her noch in ganz anderen Regionen festhing. Hoffentlich würde er sich schnell daran gewöhnen.

Er wandte den Kopf und sah seinen Bruder im Laufschritt vom Haupteingang auf den Wagen zukommen. Lukas riss die Tür auf, ließ sich auf den Beifahrersitz plumpsen und warf ihm ein kaum verständliches »Hi!« zu. Sein Rucksack landete zwischen seinen Füßen.

»Hey.« Finn startete den Wagen, warf einen Blick in die Rückspiegel und fuhr los.

»Hast du an meine Tasche gedacht?«

»Rücksitz.«

Lukas beugte sich zwischen den Sitzen hindurch und angelte nach seiner Trainingstasche, zog sie auf seinen Schoß. Dann herrschte Stille.

Nach einigen Minuten hielt Finn es nicht mehr aus. »Hör mal, es tut mir leid, dass Mama und Papa das an dir auslassen.«

Sein Bruder grummelte nur und sah aus dem Beifahrerfenster. Finn seufzte.

»Ich weiß noch nicht mal, was dir da unten passiert ist«, platzte es unvermittelt aus Lukas heraus. »Es hieß nur, du bist schwer verwundet. Mama hat tagelang geheult, Papa hat vor sich hingebrütet. Aber keiner hat mit mir darüber geredet. Obwohl ich es versucht habe.«

»Sorry, das wusste ich nicht.« Finn seufzte und fuhr sich durch das kurze Haar.

»Aber erzählen willst du es mir auch nicht, oder?« Verärgerung und Enttäuschung schwangen in der Stimme seines Bruders mit.

Er musste schlucken. »Ich ... ich muss erst selbst damit klarkommen, okay? Deswegen gehe ich zum Therapeuten. Ist es für dich in Ordnung, wenn wir das verschieben?«

»Bleibt mir etwas anderes übrig?«

Finn schwieg, was sollte er auch dazu sagen? Schließlich fuhr er vor dem Vereinsheim vor und musterte es.

»Du warst noch nie hier, oder?«, fragte Lukas, und Finn schüttelte den Kopf. »Komm doch mit rein! Dann kann ich dir meine Crew vorstellen. Und Kathi, unsere Trainerin.« Lukas lächelte ihn mit hoffnungsvollem Blick an.

»Wie viele Leute sind da?« Seine Hände schlossen sich unbewusst fester ums Lenkrad.

»Hat das mit Afghanistan zu tun? Dass du größere Menschenmengen meidest?«

Finn nickte und schluckte, versuchte, seinen Griff zu lockern. Das hier war nicht ansatzweise mit der Situation in Afghanistan vergleichbar. Warum reagierte er also so sehr darauf?

»Wir sind zwölf in der Crew, dann Kathi. Sonst ist hier heute keiner, keine Angst. Also, kommst du mit? Ich schwöre, das wäre echt geil, Alter.«

Er atmete tief durch, biss sich auf die Unterlippe. Und nickte. »Okay, ich komme mit.«

Sie gingen über den fast leeren Parkplatz zum Vereinsheim, und Lukas textete ihn ohne Vorwarnung fast ununterbrochen zu. Mit Namen, witzigen Infos, doch er konnte sich nicht darauf konzentrieren. Er rang innerlich mit der Panik, die ihn zu überfluten drohte. Wollte nicht, dass sie sein Leben bestimmte. Wollte seinen Bruder nicht erneut enttäuschen.

»Ich gehe mal vor.« Lukas sprang die Treppen hoch, zog die Tür auf und warf ihm einen Blick zu.

Finn folgte ihm durch einen Vorraum, einen schmalen Flur und eine weitere Tür, hinter der bereits Hip-Hop zu hören war. Blieb direkt dahinter stehen und sah sich um.

Der Raum war mit Parkett und einer Spiegelwand ausgestattet, und am anderen Ende stand eine Handvoll Teenager zusammen. Lukas lief hinüber, redete mit einer schlanken Blondine und zog an ihrem Arm. Sie lachte und folgte ihm zu Finn.

Beim Näherkommen wurde deutlich, dass sie kein Teenager war, aber auch nicht viel älter. Und noch dazu sehr hübsch. Er runzelte die Stirn und musterte sie unauffällig von oben bis unten. Sie trug die gleichen Klamotten wie die Teenager, Turnschuhe, Leggings, T-Shirt, und darunter machte er reizvolle Kurven aus. Das blonde Haar fiel in sanften Wellen über die Schultern und unter dem fransigen Pony strahlten ihn die schönsten blauen Augen an, die er je gesehen hatte.

»Finn, das ist Kathi, unsere Trainerin. Finn, mein ältester Bruder.«

Mit einem Blinzeln kehrte Finn in die Realität zurück.

»Hallo, großer Bruder von Lukas.« Wenn sie lächelte, erschienen Grübchen neben ihren Lippen.

Gott, ist die süß!

»Hallo, Trainerin«, erwiderte er und schüttelte ihr die Hand. Einen ordentlichen Griff hatte sie auch.

»Ich habe dich noch nie gesehen, und Lukas tanzt schon fast ein Jahr in dieser Crew.«

»Nee, ich war im Ausland.«

»Finn ist bei der Bundeswehr«, ergänzte Lukas. »Ich gehe mich umziehen.« Und weg war er.

»Heer, Marine oder Luftwaffe?«, hakte Kathi nach und verschränkte die Arme vor dem Bauch.

»Weder noch, Sanitätsdienst.«

»Da hast du bestimmt schon viel erlebt, oder?«

»Mehr, als mir manchmal lieb ist.« Er lächelte gezwungen.

Ein Runzeln glitt über ihre Stirn, doch sie fing sich schnell wieder. »Hast du Lukas schon mal tanzen gesehen?«

»Nein, leider nicht. Als er anfing, war ich in Bonn stationiert, und die letzten zwei Jahre war ich, wie gesagt, nicht in Deutschland. Ich bin erst seit drei Wochen zurück.«

»Dann bleib ruhig hier, falls du nichts anderes vorhast«, schlug sie vor und deutete mit dem Daumen über ihre Schulter, auf die beiden Turnbänke, die an der gegenüberliegenden Wand standen.

»Störe ich euch nicht?«

»Aber nein, warum denn?«, winkte Kathi ab. »Setz dich ruhig!«

»Okay, danke.«

Kaum, dass Finn Platz genommen hatte, kam Lukas mit ein paar anderen Teenagern zurück, dann schien die Gruppe komplett zu sein. Kathi klatschte in die Hände. »Dann mal los, aufwärmen!«

Sie lief zu einem Ghettoblaster, nahm ein Handy, das damit verbunden war, und startete die Musik. Dann stellte sie sich vor die Teenager, Gesicht zur Spiegelwand und fing mit moderaten Tanzschritten an. Im Laufe der Zeit steigerte sie Tempo und Intensität.

Finn hatte keine Ahnung von Hip-Hop, aber die Bewegungen flossen durch den gesamten Körper. Die Federung kam aus den Knien, die Hüften schwangen und alles hatte richtig Power. Hinzu kam der laute Beat, verbunden mit Elektronik, R'n'B und Soul, der selbst ihm direkt ins Blut ging. Und obwohl die Musik verdammt laut war, waren die Bässe hier nicht so dröhnend, dass er an die Hubschrauber in der Wüste erinnert wurde, so wie gestern Nachmittag.

Nach dem Aufwärmen tanzten sie eine Choreografie durch, anscheinend die, mit der sie am Wochenende den Pokal gewonnen hatten. Finn erkannte die Musik von Lukas' Tanzübungen im Zimmer über ihm und war beeindruckt, was sein Bruder draufhatte, überhaupt die gesamte Mannschaft. So unterschiedlich die Teenager aussahen, in der Gruppe waren sie eine Einheit.

»Okay, Trinkpause«, rief Kathi und scheuchte sie zu ihren Wasserflaschen.

»Passt auf«, meinte sie. »Ich habe mir überlegt, wir bauen eine kleine Veränderung ein, für das Turnier nächstes Wochenende. Um die Choreo noch ein wenig aufzupeppen. Was haltet ihr davon?«

Sie zeigte ihnen, an welcher Stelle die Moves verändert werden sollten. Die Teenager tanzten die neuen Schritte, dann die entsprechende Sequenz und schließlich die gesamte Choreo. Sie diskutierten, machten ihrerseits Vorschläge und tanzten und lachten.

Finn hatte sich derweil gegen die Wand gelehnt, die Beine ausgestreckt und Fußknöchel gekreuzt. Es gefiel ihm, wie viel Spaß

Lukas und die anderen beim Tanzen hatten. Aber noch mehr faszinierte ihn, mit welcher Leidenschaft ihre Trainerin agierte. So motivierte Lehrer und Ausbilder hätte er sich auch gewünscht.

Schließlich war die Trainingszeit zu Ende. Kathi scheuchte sie in die Umkleidekabine und ging selbst zum Ghettoblaster, schaltete die Musik aus. Griff nach ihrem Handtuch, trocknete ihr Gesicht und hängte es sich um den Hals, um zu trinken.

Finn erhob sich und schlenderte zu ihr hinüber. »Tollen Job machst du.«

Sie drehte sich zu ihm um und strahlte ihn an. »Danke.«

»Hast du früher auch Hip-Hop getanzt?«

»Ja.« Ein Schatten huschte über ihr Gesicht. »Aber das ist schon ein paar Jahre her.«

Er runzelte die Stirn. »Der Gedanke daran macht dich traurig. Warum?«

»Sieht man das?« Ihr Lächeln verrutschte.

»Ich weiß nicht, ob jeder es sieht, aber ich habe in den letzten Jahren ziemlich viel über Menschen und ihre Gefühlsregungen gelernt.« Er zuckte mit den Schultern. »Du hast wohl nicht freiwillig damit aufgehört, oder?«

»Nein, ich war richtig gut damals und hätte wohl eine Karriere vor mir gehabt. Aber dann bin ich eine Treppe runtergestürzt. Bänderriss, vier Monate Ausfall, aus die Maus.«

»Scheiße, das tut mir leid.«

»Ja, mir auch.«

»Warum bist du nicht später wieder eingestiegen?«, hakte er nach.

»Wollte ich nicht, der Draht zu meinem Team war weg.«

»Und dann hast du dich entschieden, Trainerin zu werden.«

»Genau.«

»Cool.«

Sie lächelte und zuckte mit den Schultern, sah auf ihre Flasche hinab.

»Tja, also, vielen Dank, dass ich zuschauen durfte«, meinte Finn und schob die Hände in die Hosentaschen.

»Oh, gern geschehen. Familienangehörige sind jederzeit willkommen, wenn es den Kids nichts ausmacht.«

Ach ja? Vielleicht würde er tatsächlich wiederkommen. »Okay, super. Dann noch einen schönen Abend, ich warte draußen auf Lukas.«

»Alles klar, dir auch!«

Ein letztes Lächeln, dann drehte er sich um und ging zur Tür, bemerkte jedoch aus den Augenwinkeln eine Bewegung im Spiegel. Kathi hatte sich das Shirt ausgezogen, stand nur noch im Sport-BH da, mit dem Rücken in seine Richtung, und rieb sich mit dem Handtuch trocken.

Finn schluckte und wandte schnell den Blick wieder nach vorn. Er wollte auf keinen Fall spannen, nicht bei ihr.

Mit einem unterdrückten Schrei fuhr Finn aus dem Schlaf hoch und setzte sich auf. Sein Herz hämmerte, sein Atem glich einem Keuchen und die Bilder wirkten noch immer nach. Erzeugten dieses beschissene, bedrückende Gefühl, das von seiner Brust bis in Arme und Beine ausstrahlte.

Hätte er sich auch denken können, dass nach dem ersten tiefer gehenden Gespräch mit dem hiesigen Psychotherapeuten alles wieder hochkochen würde! Die Panik, die Schmerzen, die Bilder. Und die Gedanken, die ihm durch den Kopf geschossen waren, als er hilflos dort in der Sonne gelegen hatte. Um ihn herum Geschrei und Schüsse, zwei Meter weiter das erstarrte Gesicht seines Kumpels Andreas, von dem die Hälfte fehlte.

Finn schloss die Augen, fuhr sich mit beiden Händen übers Gesicht und langte neben sein Bett. Nahm die Wasserflasche und trank gierig. Dann ließ er sich wieder ins Kissen zurückfallen und strich über die Narben ganz am Rand seiner rechten Brustseite bis zur Achsel. Nein, jetzt bloß nicht in Erinnerungen versinken! Er musste sich ablenken, nur womit? Ihm fiel nur Lukas' gestriges Tanztraining ein. Er war noch immer gefangen von der dort herrschenden Begeisterung.

Und von der Trainerin, mach dir mal nichts vor!

Finn musste lächeln. Ja, diese Kathi war echt süß, und ihm gefiel, mit welchem Herzblut und Engagement sie die Teenager trainierte und für die Sache begeisterte.

Bis vor zwei Monaten hatte er auch noch diesen Idealismus besessen, doch jetzt ...

Nein, Schluss damit, er wollte nicht darüber nachdenken.

Er angelte nach seinem Handy und rief Facebook auf. Fand Kathis Profil und scrollte sich durch ihre Beiträge, die zu 95 % mit dem Tanzen zu tun hatten. Sie selbst war kaum zu sehen, höchstens auf Mannschaftsselfies, doch mit jedem Blick, den er auf sie werfen konnte, wurde er neugieriger. Sie schien nicht wie andere Frauen in ihrem Alter zu sein.

Vielleicht sollte er das Angebot annehmen und Lukas am Freitag wieder zum Training begleiten.

3.

Ach, Scheiße, Kathi konnte nicht leugnen, dass ihr Herz schneller schlug. Oder dass eine Reihe Ameisen durch ihren Magen marschierte. Und das alles nur wegen Finn?

Zum Mittwochstraining war Lukas allein erschienen, doch heute war sein Bruder wieder mitgekommen. Und geblieben. Allerdings hatte Kathi sich schon am Montag ein paarmal dabei erwischt, dass sie ihm einen Blick zugeworfen hatte. Auch wenn sie nicht wusste, was an Finn ihre Aufmerksamkeit erregte.

Ja, okay, er sah gut aus. Unter dem Shirt entdeckte sie definierte Muskeln und der Rest schien ebenfalls in Form zu sein. Das braune Haar war ziemlich kurz, passte aber zu seinem ovalen Gesicht und den grün-braunen Augen. Insgesamt wirkte er wie eine reifere Ausgabe seines jüngsten Bruders.

Lukas hatte die gleichen Augen, aber Finns wirkten ungewöhnlich traurig.

Allerdings hatte er eine tolle Ausstrahlung.

Egal, sie sollte jetzt nicht anfangen, für Familienmitglieder ihrer Kids zu schwärmen. Das war lächerlich, sie war doch kein Teenie mehr!

Trotzdem fiel es ihr schwer, sich auf das Training zu konzentrieren. Weil sie sich einbildete, er würde sie von der Bank aus beobachten. Und weil sie deshalb erst recht alles perfekt machen wollte. Kathi war regelrecht erleichtert, als die Zeit endlich um und das Training vorbei war. Ein feiner Stich der Enttäuschung fuhr durch ihren Bauch, da Finn ebenfalls direkt den Raum verließ. Ach egal, was sollte es schon!?

Sie ging in den Umkleideraum für Trainer, wusch sich und

schlüpfte in ein Shirt und knielange Jeans. Zum Abschluss verstaute sie den Ghettoblaster im Schrank, machte einen Kontrollrundgang und schloss das Vereinsheim ab.

Finn, Lukas und Nele standen noch auf dem Parkplatz und redeten. Sie hatte sie fast erreicht, da sahen die drei sie an.

»Schönes Wochenende!« Kathi hob die Hand und lächelte ihnen zu.

»Kathi, hast du noch Lust auf eine Pizza?«, rief Nele. »Ein paar von uns treffen sich bei Toni.«

»Nein, geht ihr mal schön allein.« Sie lachte.

»Tja, Kleiner, dann hast du wohl Pech gehabt!« Finn schlug seinem Bruder auf die Schulter und grinste.

Jetzt lenkte sie ihre Schritte doch zu ihnen. »Warum?«

»Lukas hat gehofft, dass ich mitkomme«, erklärte Finn. »Damit er nicht mit der U-Bahn nach Hause fahren muss. Aber so setze ich sie nur bei Toni ab.«

»Und was hat das mit mir zu tun?« Kathi schaute Lukas an.

Der schnitt seinem Bruder eine Grimasse, bevor er antwortete. »Na, Finn hat keine Lust, als einziger Erwachsener dabei zu sitzen. Aber wenn du auch mitkommen würdest ...«

»Fühl dich jetzt bloß nicht zu irgendetwas gezwungen!«, lenkte Finn ein.

»Ach, komm schon, es ist Freitag!«, bat Lukas. »Ihr könnt auch an einem eigenen Tisch sitzen, ich habe keinen Bock auf die U-Bahn.«

Kathi sah zu seinem Bruder auf. »Lässt du dich so leicht einspannen?«

»Ich habe eh nichts vor, und mit dir zu diesem Toni zu fahren, wäre nicht gerade eine Strafe.«

»Sehr charmant«, grummelte sie und schüttelte den Kopf. Die Ameisen waren beleidigt stehengeblieben.

»Alter, was soll das denn?«, fuhr Lukas seinen älteren Bruder an. »Du hast in der Wüste wohl total vergessen, wie man mit Frauen umgeht, was?«

Kathi schlug sich die Hand vor den Mund und kicherte, sowohl über den Spruch als auch Finns irritierten Gesichtsausdruck.

»Und du Checker weißt, wie man sich ein Mädchen klärt, oder was?« Nele verschränkte die Arme vor der Brust und grinste ihn von der Seite an. Sie war für ein Mädchen recht groß und befand sich somit nicht nur beim Tanzen mit ihm auf Augenhöhe.

»Wer redet denn hier von klären?«, erwiderte Lukas. »Aber so kommt Kathi doch nie mit!«

Finn räusperte sich, sodass Kathi sich wieder ihm zuwandte. »Also, lass es mich neu formulieren. Ich habe heute Abend nichts vor und würde mich freuen, wenn wir spontan zusammen eine Pizza essen gehen. Natürlich nur, wenn du auch Lust hast. Aber dann bitte so weit wie möglich von denen entfernt.« Er deutete mit dem Kinn auf Lukas.

Kathi schaute von Finn zu Lukas, dann Nele an. Die zwinkerte ihr zu und wackelte mit den Augenbrauen. Was sollte das denn jetzt? Sie runzelte die Stirn.

»Okay, von mir aus«, willigte sie ein. »Und wenn es nach mir ginge, fahren wir in eine andere Pizzeria, aber leider macht Toni die beste der Stadt. Außerdem ist das schon fast unser Vereinslokal.«

Finn lachte auf, Lukas verzog beleidigt das Gesicht.

»Super!«, rief Nele. »Dann los, sonst sind die anderen schon fertig mit Essen, wenn wir ankommen.«

Sie verstauten ihre Taschen im Kofferraum des Kombis, stiegen ein und Finn lenkte den Wagen vom Parkplatz. Lukas und Nele gestalteten von der Rückbank aus das Unterhaltungsprogramm, und Kathi war froh darüber. So nah neben ihm zu sitzen, machte sie nervös genug. Auch wenn es keine fünf Minuten dauerte, den Wagen von einem Parkplatz auf den anderen zu fahren.

Bei Toni steuerten Nele und Lukas direkt auf den hinteren Raum zu, Finn blieb unschlüssig stehen. »Wo möchtest du sitzen?«

Kathi deutete auf den nächstbesten freien Tisch. »Lass uns gleich hierbleiben.«

»Okay.«

Sie nahmen Platz, und Finn überflog die kleine Speisekarte, bevor er sie ihr hinhielt.

»Danke, brauche ich nicht.« Sie lächelte.

Toni kam an ihren Tisch. »Wie immer, Kathi? Vegetale extra scharf und Apfelschorle?«

»Ja, gerne.«

»Und du bist Lukas' Bruder, ja? Das sieht man.« Toni schlug ihm auf den Rücken. »Ich bin Toni.«

»Finn, hi.« Sie schüttelten sich die Hand.

»Gut, Finn, was möchtest du?«

»Eine BBQ-Pizza und eine Cola.«

»Kommt sofort.« Der Italiener ging zur Theke zurück.

Finn lächelte sie an, kaum dass Toni außer Hörweite war. »Sieht man die Ähnlichkeit wirklich?«

Kathi nickte. »Ihr habt die gleichen Augen.«

Seine Brauen zuckten. Mist, hatte sie sich jetzt verraten? »Du hast einen ziemlich seltsamen Pizza-Geschmack«, redete sie einfach weiter.

»Das kommt davon, wenn man zu viel Zeit mit Amerikanern verbringt. Irgendwann färbt das ab. Bist du Vegetarierin aus Überzeugung?«

»Nein, ich esse nur kaum Fleisch und Wurst. Außerdem ist die Vegetale hier extrem lecker«, gestand sie. »Lukas erwähnte vorhin die Wüste. Wo warst du denn stationiert?«

»Ich war die letzten zwei Jahre in Afghanistan.«

»Oh!« Sie hatte schon ein paarmal von diesen Auslandseinsätzen gehört, seitdem war der Name der islamischen Republik für sie negativ behaftet. Vermutlich zu Recht, schließlich war das Kriegsgebiet. »Freiwillig?«

»Ja. Aber lass uns jetzt bitte nicht davon reden, wir finden bestimmt ein besseres Thema.«

Er machte dicht, und Kathi fragte sich, wie viel Negatives dahinterstecken mochte. Ob er dort jemanden verloren hatte? In ihr wallte Mitgefühl auf, der Schmerz auf seinem Gesicht war deutlich. »Ja, bestimmt.« Sie zwang sich zu einem Lächeln. »Hast du einen Vorschlag?«

»Was machst du sonst so, wenn du nicht gerade trainierst oder zu Wettkämpfen fährst?«

»Studieren.«

»Und was?«

»Ich mache nächstes Jahr meinen Master in Bewegungs- und Sportwissenschaft.«

»Wow! Und du möchtest bestimmt mit Kindern und Jugendlichen arbeiten, oder?«

Sie schnalzte mit der Zunge. »Ich bin ziemlich leicht zu durchschauen, was?«

»Das kann ich noch nicht sagen. Aber ich habe gesehen, wie viel Spaß dir das Trainieren mit den Teenies macht.«

»Das tut es wirklich.« Mit einem Lächeln strich sie sich das Haar hinters Ohr.

Die Ameisen marschierten wieder.

»Ich muss wohl nicht fragen, ob du mich heute zum Training fährst, oder?«

Lukas grinste, packte sein Frühstücksgeschirr zusammen und brachte es zur Spülmaschine, um es einzuräumen.

Finn stellte die leere Kaffeetasse auf den Unterteller zurück und warf einen Blick zur Küchentür. Seine Eltern waren gerade durch sie hindurch verschwunden, um sich für die Arbeit fertig zu machen. »Was willst du damit sagen?«

Sein kleiner Bruder lachte. »Ja, genau, Alter! Ich schwöre, du magst Kathi.«

Ihm wurde heiß, er fühlte sich ertappt. »Ich weiß noch nicht, ob ich sie mag. Also, auf diese Weise.«

»Ja, klar, streite es ruhig ab. Kommst du trotzdem? Du kannst mich wieder vor der Schule abholen.«

Finn war versucht, alles zu leugnen und seinem Bruder abzusagen. Aus Trotz. Aber was sollte das bringen? Nur noch mehr Neckereien.

»Okay. Aber bitte, verbreite keine Gerüchte in diese Richtung!«

»Das muss ich gar nicht, dafür habt ihr schon selbst gesorgt.« Lukas nahm die für ihn vorgesehene Brotdose und schob sie in seinen Rucksack.

»Was? Wie?«

»Keiner von uns hat Kathi je mit einem Freund gesehen. Ich schwöre, wir haben schon Wetten abgeschlossen, dass ihr zusammenkommt.«

»Ihr seid ja total durchgeknallt!«, stöhnte Finn. »Nur, weil ihr sie noch nie mit einem Freund gesehen habt, heißt das noch lange nicht, dass sie keinen hat.«

»Kann schon sein, aber ich wette, sie ist Single. Schon lange.«

»Ach, Quatsch, das glaube ich nicht. Sie ist doch total süß und ...«

»Wusste ich es doch!« Lukas lachte auf und zeigte mit dem Finger auf ihn. »Du stehst auf sie. Also, bis heute Nachmittag.« Er schwang sich den Rucksack über die Schulter und verließ das Haus.

Finn lehnte sich auf dem Stuhl zurück, fuhr sich mit beiden Händen durchs Haar und verschränkte die Hände am Hinterkopf. Fast eine Stunde hatten sie zusammen in der Pizzeria gesessen und geredet. Über dies und das, Kathis Studium und seine Ausbildung zum Notfallsanitäter, dann war das Thema wieder auf die *Hip Hop Homies* gekommen. Seit wann Kathi sie trainierte, wie erfolgreich sie inzwischen waren. Und plötzlich hatte Lukas aufbruchbereit neben ihm gestanden.

Sein Angebot, sie mitzunehmen, hatte Kathi angenommen. Nachdem er Lukas zugesagt hatte, Nele nach Hause zu bringen. Immer schön unauffällig bleiben!

Jetzt ließ Finn die Arme wieder sinken und lächelte vor sich hin. Er hatte sich in Kathis Gesellschaft verdammt wohlgefühlt. So wohl wie seit Monaten nicht mehr. Sehr vielen Monaten. Seine letzte Beziehung war an seinem Job gescheitert, Sandra hatte Schluss gemacht, als er nach Afghanistan ging. Nicht, dass es ihn sonderlich geärgert hätte. Sie waren nur ein paar Monate zusammen gewesen, und Finn hatte recht schnell gemerkt, dass er keine tieferen Gefühle für sie hegte. Dennoch blieb ein bitterer Beigeschmack.

Er schenkte sich noch eine Tasse Kaffee ein und lauschte auf die Geräusche im Haus. Sein Vater verabschiedete sich als erster, dann wirbelte seine Mutter in die Küche. »Ich bin spät dran, mein Schatz. Bist du so lieb und räumst den Tisch ab?«

»Klar, kein Problem.«

»Danke.«

Sie drückte ihm einen Kuss auf die Stirn, schnappte sich ihre Handtasche und rannte hinaus. Hinter ihr fiel die Tür ins Schloss, Stille senkte sich über das Haus.

Finn ertrug sie nicht.

Er sah auf die Uhr, kümmerte sich um Tisch und Küche und fuhr zum Gesprächstermin mit dem Psychotherapeuten. Danach standen zwei Termine für Wohnungsbesichtigungen auf dem Plan.

Der Therapeut begrüßte ihn mit Handschlag und einem Lächeln. »Herr Uppendieck, guten Morgen. Wie geht es Ihnen heute?«

»Ich weiß nicht, sagen Sie es mir!«

Sie ließen sich vor und hinter dem Schreibtisch nieder, der Arzt musterte ihn. »Nun, auf mich machen Sie einen etwas positiveren Eindruck als letzte Woche. Möchten Sie darüber reden, warum das so ist?«

Finn schmunzelte. »Ja, ich denke, ich möchte Ihnen davon erzählen.«

Und das tat er. Von den *Homies* und ihrer Trainerin. Wie wohl er sich in Kathis Gegenwart fühlte und dass er zum ersten Mal nicht ständig an Afghanistan dachte.

Weil sie immer öfter in seinem Kopf auftauchte. Weil ihre Leidenschaft irgendwie ansteckend wirkte und die negativen Gedanken verdrängte.

Nach einer Dreiviertelstunde begleitete der Therapeut Finn zur Tür und legte ihm die Hand auf die Schulter. »Sie werden nie vergessen können, was Ihnen in Afghanistan passiert ist. Aber Sie werden lernen, damit zu leben. Und ich kann Ihnen nur empfehlen, mehr Zeit mit dieser jungen Frau zu verbringen. Sie tut Ihnen gut.«

»Danke, Doc. Bis Freitag.«

Finn verließ die Praxis mit einem besseren Gefühl als die letzten Male und nahm sich vor, dem Rat des Therapeuten zu folgen. Weil er schon von sich aus mehr Zeit mit Kathi verbringen wollte. Auch wenn er noch nicht wusste, wie genau er das anstellen sollte, er fing gleich heute damit an. Indem er Lukas zum Training brachte, blieb, sich mit Kathi unterhielt.

Am Mittwoch genauso, doch da sank die Laune.

Lukas hatte ihm schon während der Fahrt erzählt, dass vier von ihnen mit Magen-Darm-Virus flachlagen. Und als sie beim Vereinsheim ankamen, hatte sich noch jemand abgemeldet. Kathis Stirn war vor Sorge in Falten gelegt.

Finn rieb ihr über den Arm. »Mach dir keinen Kopf, bis Samstag wird das schon. Habt ihr Ersatzleute?«

»Ja, zwei, aber die können am Samstag nicht.«

»Und wenn ihr in kleinerer Besetzung tanzt?«

Sie schüttelte den Kopf, rieb sich mit den Fingern über die Stirn und seufzte. »Zwei oder drei Ausfälle können wir auffangen, aber nicht fünf. Wir müssen im Notfall die Choreo umstellen und ob wir dann eine Chance haben…«

Die Teenager trudelten ein, und sie ging zum Ghettoblaster, um die Musik einzuschalten.

Finn ließ sich auf der Bank nieder und sah ihnen beim Aufwärmen zu.

Die Sorgen der Trainerin färbten auf die Kids ab, und der Spaß verflog, das konnte er deutlich spüren. Sie versuchten, die ursprüngliche Choreografie zu tanzen, doch sie konnten die Lücken nicht füllen. Die Abläufe hakten, der Performance fehlte die Power, die sie sonst ausstrahlten. Nach einer frustrierten Diskussion griffen sie auf ein älteres Programm zurück, tanzten es einige Male und waren unzufriedener als zuvor. Am Ende vertagten sie sich auf Freitag.

Kaum waren die Teenies zur Tür raus, stampfte Kathi mit dem Fuß auf.

»Verfluchte Scheiße«, schimpfte sie und hieb auf den Ghettoblaster ein, bis er Ruhe gab.

Finn kaute auf seiner Unterlippe, blieb aber sitzen und sah stumm zu ihr hinüber.

Er hätte sie am liebsten in den Arm genommen und getröstet, sie wieder aufgebaut.

Leider fehlte ihm der Mut dazu, so weit waren sie noch nicht.

Die Unruhe, die seit Mittwochabend in ihr herrschte, wurde Kathi nicht los. Ihre Gedanken kreisten um das wichtige Turnier am Samstag und dass sie sich eine Absage nicht leisten konnten. Die Anmeldegebühr würden sie nicht zurückerhalten. Auf der anderen Seite hatten sie in geschwächter Besetzung keine Chance aufs Treppchen und das war genauso unbefriedigend.

Scheiße, egal, wie man es betrachtete!

Am Freitag waren die fünf wieder da, aber geschwächt. Dafür fehlten zwei andere Kids, auch mit Magen-Darm-Problemen. Das Training war eine Katastrophe.

Ihr innerer Stress übertrug sich auf die Mannschaft, die Lust nahm rapide ab. Dafür stieg die Aggressivität und am Ende schnauzten sie sich alle an, sogar Kathi riss der Geduldsfaden.

»Schluss damit, reißt euch mal zusammen!«, brüllte sie und hob die Hände. »Heute hat das keinen Sinn mehr. Wir treffen uns morgen um acht Uhr hier und machen noch eine Generalprobe. So, und jetzt ab mit euch ins Bett! Schönen Abend noch.«

Kathi ging zum Fenster und starrte mit verschränkten Armen hinaus auf die Sportanlagen, wo Mitglieder anderer Vereinssparten trainierten.

Gott, ich bin eine so miese Trainerin!

»Kommst du noch mit auf eine Cola?«, erklang es hinter ihr und sie wirbelte herum.

Verdammt, sie hatte nicht einmal mitbekommen, dass Finn ihnen beim Training zuschaute.

»Nein, danke. Ich bin nicht in der Stimmung.«

»Vielleicht würde es dich etwas ablenken«, warf er ein.

»Nein, wirklich nicht. Tut mir leid.« Sie drehte sich wieder zum Fenster um, hörte die Tür hinter ihm zufallen und ihre Gedanken umkreisten das Problem aufs Neue. Bis sie nur noch wütend war.

Kathi ging zum Ghettoblaster, wählte eine eigene Playlist aus und drehte die Lautstärke hoch. Marschierte in die Mitte des Raumes, schloss für einen Moment die Augen und ließ sich in die Musik fallen und von ihren Gefühlen tragen.

Dann tanzte sie sich den Frust aus dem Leib.

4.

Die Mannschaft trat am Samstag vollzählig zur Probe an, war zum Teil aber noch geschwächt. Viele grundlegenden Dinge wollten einfach nicht funktionieren. Laila, die beim Tanzen jegliche Zurückhaltung ablegte und sich voll in jede Bewegung einbrachte, schaffte es nicht einmal, bei den *Hip Movements* ihr inneres Zentrum aufrecht zu erhalten. Der sonst so coole Sebastian stürzte beim Übergang vom *Dolphin Dive* in den *Rise Up*, und Marie versaute sogar den *Step Touch* beim simplen *Charleston Shuffle*. Kathis Hoffnungen sanken ins Bodenlose und machten dafür der Vorahnung Platz, dass sie heute nicht konkurrenzfähig sein würden.

Auf der Fahrt nach Lübeck sprach sie kaum, kaute stattdessen von innen an ihren Wangen und starrte aus dem Zugfenster. Die vorbeiziehende Landschaft konnte sie nicht, wie sonst, beruhigen. Außerdem war es in ihrem Waggon voll und laut, und das zerrte zusätzlich an ihren Nerven. Das gestrige Frusttanzen hatte nichts gebracht, sie hatte nur wenig geschlafen und heute Morgen auch noch Michelle angeranzt. Verdammt, sie hasste sich selbst, wenn sie in dieser Negativspirale feststeckte. Dennoch konnte sie nichts dagegen tun.

Kathi hörte, dass die Kids sich unterhielten, aber ohne die sonstige Fröhlichkeit. Ob sie auch dafür verantwortlich war? Färbte sie ab? Scheiße, nein, das durfte nicht sein! Sie war doch ihre Trainerin, sie müsste sie eigentlich motivieren.

»Wie wäre es mit ein wenig Nervennahrung?«

Sie blinzelte und schaute Finn an, der ihr gegenübersaß und ihr eine Tüte mit Mini-Berlinern hinhielt. Mann, sie hatte sich am

Bahnhof so gefreut, ihn zu sehen! Doch das Kribbeln im Bauch war schnell von den Sorgen über die Gesundheit ihrer Kids überlagert worden.

»Meinst du, das hilft?« Sie verzog den Mund zu einem schiefen Grinsen und griff hinein, schob sich eine der gefüllten, gezuckerten Gebäckkugeln in den Mund.

»Man muss nur fest genug daran glauben.« Er zwinkerte ihr zu und aß selbst einen Berliner. »Mach dir nicht so einen Kopf«, meinte er dann. »Ihr könnt nur euer Bestes geben.«

»Ich weiß, aber ich befürchte, das wird diesmal nicht reichen.«

»Siehst du das nicht etwas zu verbissen?«

Ärger wallte in ihr auf. »Wofür machen wir das denn? Wir sind eine Leistungsmannschaft und fahren nicht nur zum Spaß von Turnier zu Turnier. Unsere Teilnahmen müssen sich über die Preisgelder finanzieren, genauso wie meine Aufwandsentschädigung, unsere Besuche in Tonis Pizzeria und alle weiteren Kosten der Mannschaft.«

»Hey, schon gut, ich wollte dir nicht auf die Füße treten.« Er hob abwehrend eine Hand.

Kathi grollte und sah zum Fenster hinaus. War ja klar, dass er es nicht verstand!

Am Hallenkomplex angekommen, in dem das Tanzbattle ausgetragen wurde, blieb ihnen nicht mehr viel Zeit. Trotzdem nutzten sie das Angebot und tanzten nach dem Aufwärmen in einem Nebenraum noch einmal ihre neue Choreografie durch. Dann gingen sie zum Umziehen und setzten sich schließlich an den Rand einer Seitentribüne, um den Mannschaften zuzusehen, die noch vor ihnen dran waren.

Unter anderem den *Black Ones*. Kathi musste ihren direkten Konkurrenten zugestehen, dass sie in Topform waren und eine grandiose Performance ablieferten. Laura konnte zurecht stolz auf ihre Leistung sein.

Dann war es endlich Zeit. Die *Hip Hop Homies* warteten an der Seite, dass sie an der Reihe waren, Kathi bezog Position vor der Tribüne, genau gegenüber der Bühne. Sie hatte Finn schon fast vergessen, da tauchte er neben ihr auf und drückte kurz ihren Arm. »Toi, toi, toi!«

Sie nickte nur und biss sich auf die Unterlippe, die Kids wurden aufgerufen und nahmen ihre Positionen ein. Jetzt galt es.

Die Musik startete, ihre Mannschaft legte los. Kathi spulte jeden der Schritte in ihrem Kopf ab und flüsterte die Abfolge vor sich hin. Ihre Füße und Arme zuckten, wollten mitmachen. Die Kids gaben alles, doch ihnen fehlte teilweise die Power. Die Geschwächten bekamen keinen Move sauber hin, den neu eingebauten Teil verpatzten sie. Und kurz vor Schluss rannte auch noch Laila von der Bühne, eine Hand vor den Mund geschlagen.

Kathis Herz sank, und am Ende der knapp vier Minuten standen ihr Tränen in den Augen. Trotzdem klatschte und jubelte sie, als sie von der Bühne gingen.

»Hey, alles klar mit dir?« Finn legte ihr eine Hand auf die Schulter.

Sie warf ihm einen Blick zu, nickte und drehte sich weg, wischte die Tränen fort. Dann lief sie zum Treffpunkt mit ihrer Mannschaft. Die *Homies* waren selbst nicht zufrieden, sie konnte es ihnen ansehen, also machte sie ihren Job und redete ihnen gut zu. Fand Laila in der nächsten Damentoilette, reichte ihr nasse Papiertücher und wusch ihr das schweißnasse Gesicht.

»Geht es? Hältst du bis zur Abfahrt durch?«

»Ich will es versuchen. Muss jetzt erst mal die Medikamente nehmen, die der Doc mir verschrieben hat.«

»Okay, dann komm.« Kathi hakte sie unter und ging mit ihr nach draußen, zum Rest der Truppe. Sie nutzten die Zeit für eine gemeinsame Essenspause und machten es sich in einer ruhigen Ecke gemütlich.

Finn reichte ihr eine Apfelschorle und die restlichen Berliner. »Hier, sonst macht dein Kreislauf gleich schlapp.«

»Danke, aber ich kriege nichts runter.« Dafür nahm sie ihm die Flasche ab und trank gierig.

»Kann ich sonst etwas für dich tun?«

Seine Stimme war so voller Mitgefühl, dass sie einen Moment

lang sein Gesicht musterte und der Wärme in ihrer Brust nachspürte. Dann durchflutete sie die Scham, sie schüttelte den Kopf und sah auf ihre Hände hinab. Nein, sie durfte keine Schwäche zeigen.

Nach und nach machte sich die Unruhe wieder in Kathi breit. Bis die Gewinner verkündet wurden, schmerzte sogar ihr Magen, doch sie ließ sich nichts anmerken.

Zur Siegerehrung stellten sie sich irgendwo an den Rand, und Kathi blieb hinter ihnen, verschränkte die Arme. Die Kids sollten nicht sehen, dass sie um eine neutrale Miene kämpfte, doch Finn ließ sich nicht austricksen. Er stellte sich neben sie und beugte sich zu ihrem Ohr. »Ihr habt euer Bestes gegeben, mehr könnt ihr nicht tun.«

Ihr Körper reagierte mit einer Gänsehaut, und eine Sekunde lang gestattete sie sich den Genuss dieses Kribbelns. Dann biss sie die Zähne zusammen und schüttelte den Kopf, sie hasste diese Weisheiten.

Er zog sich ein Stück zurück. »Kathi, wenn Leute krank werden, steckt ihr da nicht drin. Und du schon gar nicht!«

»Schon gut«, winkte sie ab und starrte auf die Bühne, wo der Moderator nun die Drittplatzierten aufrief.

Nicht die *Homies*. Auch nicht auf Platz zwei.

Scheiße, scheiße, scheiße!

Kathi presste die Faust an ihre Lippen und kämpfte gegen die Übelkeit an.

»So, und nun zur Siegermannschaft«, rief der Moderator. »Mit deutlichem Abstand und einer perfekten Performance auf Platz Eins ... die *Black Ones*!«

Von weiter vorn ertönten Jubel und Gekreische, für Kathi fühlte es sich an wie ein Schlag in die Magengrube. Sie sackte in sich zusammen, Tränen und Schluchzer stiegen in ihr auf. Unvermittelt waren da zwei Arme, die sich um sie legten und sie festhielten. »Komm her«, murmelte Finn und drückte sie an sich.

Kathi umarmte ihn und weinte so unauffällig wie möglich in seine Kapuzenjacke. Sie hatte versagt. Versagt. VERSAGT!

Auf der Rückfahrt aus Lübeck hatte sich die Laune der *Hip Hop Homies* gebessert, trotz einiger blasser und verkniffener Mienen. Sie konnten eh nichts an der Situation ändern, also nahmen sie es gelassen. Finn bewunderte sie dafür, dass sie so schnell mit der Niederlage abschlossen und nach vorn schauten. Im Gegensatz zu ihrer Trainerin.

Kathi hatte sich zurückgezogen und ließ niemanden mehr an sich heran. Jeder seiner Versuche, sie aufzumuntern, war abgeprallt. Jede seiner Bemühungen, sie in ein Gespräch zu verwickeln, hatte sie abgeblockt. Und das tat ihm in der Seele weh. So sehr, dass es ihn sogar von seinen eigenen Ängsten ablenkte, sowohl in dem überfüllten Zug nach Lübeck als auch auf dem Weg nach Hamburg oder in der Halle. Die Gedanken, die er sich um Kathi machte, waren eine verdammt gute Ablenkung.

Noch auf dem Gleis im Hauptbahnhof verabschiedeten sie sich alle voneinander, um in verschiedene Richtungen zu ihren U-Bahnen und Bussen zu laufen. Und während Finn auf Lukas wartete, sah er Kathi nach, wie sie mit erhobenem Kopf und steifem Rücken davon stakste. Bei ihrem Anblick zog sich sein Magen zusammen.

»Sie tut mir schon leid«, bemerkte sein Bruder unvermittelt neben ihm. »Wir verpassen das Treppchen echt selten, aber wenn, dann bricht für Kathi eine Welt zusammen.«

»Warum ist das so?« Finn musterte sein bekümmertes Gesicht.

»Woher soll ich das wissen, Alter? Sie will halt gewinnen.«

»Und ihr nicht?«

»Doch, schon, aber wenn es nicht so ist, is' doch scheißegal!« Lukas zuckte mit den Schultern und wandte sich zum südlichen Ende des Bahnhofes, wo ihre U-Bahn-Station lag. Finn schloss zu ihm auf, und er fuhr fort: »Sie fährt dann immer ins Vereinsheim und tanzt.«

»Woher weißt du das?«

»Nele hat es mir erzählt, sie hat es durch Zufall mitbekommen.«

»Apropos Nele ... geht da was zwischen euch?«

Lukas grinste ihn an und wurde wahrhaftig rot. »Nee, noch nicht, aber das wäre schon geil.«

Finn prustete los und schlug seinem Bruder auf die Schulter, manchmal klang er viel zu sehr nach Ghetto. »Dann drücke ich dir die Daumen.«

Auf dem Weg nach Hause hatte sich das nagende Gefühl in der Magengegend verstärkt, deshalb bat er seine Mutter um ihr Auto. Es trieb ihn zum Vereinsheim, und als er dort ankam, brannte im Tanzsaal tatsächlich Licht. Er öffnete die Eingangstür langsam und vorsichtig, um sich nicht durch deren Quietschen zu verraten, und schlich zur Saaltür, blickte durch die obere Verglasung. Wie Lukas bereits vermutet hatte, war Kathi hier. Die Musik dröhnte aus dem Ghettoblaster, und sie tanzte, als ob sie von inneren Dämonen angetrieben wurde.

Finn lehnte sich mit der Schulter an die Wand, verschränkte die Arme und beobachtete die abgehackten Bewegungen, das wütende Gesicht. Vielleicht versuchte sie, dieser Stimme zu entkommen, die ihr einflüsterte, dass sie nicht gut genug war. Jedes Mal, wenn er als Sanitäter jemanden nicht retten konnte, hörte er es ebenfalls.

Ob er Kathi retten konnte?

Wenn es stimmte, was Lukas über ihre Einstellung zum Gewinnen gesagt hatte, war diese viel zu verbissen und nicht wirklich gesund. Man konnte nicht immer als Sieger hervorgehen, das hatte er bereits in der Ausbildung zum Notfallsanitäter lernen müssen. Doch man durfte nicht in dieses schwarze Loch fallen und sich bemitleiden, man musste aufstehen und weitermachen. Bis vor zwei Monaten hatte er diese Weisheit gut umsetzen können …

Finn blinzelte und konzentrierte sich wieder auf Kathi, seine eigenen Befindlichkeiten taten jetzt nichts zur Sache. Er hatte keine Ahnung, warum, aber er wollte ihr beistehen. Ihr helfen, sich die Niederlage nicht zu sehr zu Herzen zu nehmen. Er wusste nur nicht, wie. Schließlich wollte er sich nicht aufdrängen.

Aus heiterem Himmel fiel Kathi auf die Knie, stützte sich vornüber ab und ließ den Kopf hängen. Finn brauchte einen Moment, um zu erkennen, dass sie weinte. Die Schluchzer schüttelten ihren ganzen Körper.

Seine Brust zog sich zusammen, und mit allem Mut, den er aufbringen konnte, zog er die Tür auf und trat in den Tanzsaal. Die Musik wirkte vollkommen fehl am Platz und erschien ihm in dieser Situation viel zu laut. Finn überlegte fieberhaft, was er machen sollte. Seine Beine setzten sich allerdings von allein in Bewegung. Nur noch zwei Schritte von ihr entfernt, zuckte er vor Schreck zusammen, weil sie die Hände vors Gesicht schlug und sich auf die Fersen hockte.

Verdammt, er konnte ihre Verzweiflung und Niedergeschlagenheit beinahe selbst spüren, als er sich neben ihr auf die Knie sinken ließ. Seine Hand schwebte für einen Moment über ihr, dann legte er sie sanft auf ihren Rücken.

Kathi fuhr hoch und riss die Hände herunter, starrte ihn mit aufgerissenen Augen an. »Was tust du hier?«, fauchte sie. Gesicht und Augen waren rot und geschwollen, bei diesem Anblick zog es erneut in seiner Brust.

»Ich wollte dir ein bisschen Mut machen, ich glaube, das kannst du gerade gut gebrauchen«, redete er ihr zu und strich mit dem Daumen über ihren Arm.

»Du hast keine Ahnung!« Sie sprang auf und marschierte zu ihrem Ghettoblaster, um ihn auszuschalten. Die heftigen Bewegungen, mit denen sie sich dabei über die Augen wischte, entgingen ihm nicht. Und mit genauso viel Wut hieb sie auf das Gerät ein, bis die Musik verstummte. Die Stille dröhnte noch lauter in seinen Ohren.

»Ich war den ganzen Tag dabei, schon vergessen?«

Sie grollte und verschränkte die Arme vor der Brust.

»Himmel, mach dir nicht so einen Kopf! Beim nächsten Mal läuft es wieder besser und …«

»Woher willst du das wissen?«

»Weil ihr richtig gut seid.« Finn erhob sich und ging zu ihr. »Du machst einen tollen Job, Kathi, und die Kids haben Spaß daran.«

»Aber manchmal reicht es nicht, nur einen guten Job zu machen.« Sie ballte die Hände neben den Oberschenkeln und starrte ihn mit zusammengepressten Lippen an, als er vor ihr stehenblieb.

Er schob die Hände in die Hosentaschen. »Dir ist aber schon bewusst, dass es Faktoren gibt, die du nicht beeinflussen kannst?«

»Als Trainerin muss ich auf alle Eventualitäten vorbereitet sein. Und alle Hindernisse aus dem Weg räumen.«

Finn entschlüpfte ein höhnisches Auflachen. »Hast du dir selbst mal zugehört? Das ist…«

»Spar's dir, okay?«, fuhr sie ihn an und drehte sich um. Trennte ihr Handy vom Ghettoblaster, packte alles in den Schrank und warf sich ihre Trainingstasche über die Schulter.

Himmel, er war ein solcher Idiot, er war es total falsch angegangen. »Es tut mir leid.« Da sie nicht darauf reagierte, legte er ihr eine Hand auf den Arm.

Kathi fuhr zu ihm herum und funkelte ihn an. »Lass mich los!«

Sofort zog er die Hand zurück. »Bitte, es tut mir leid. Ich wollte dich nicht… verärgern. Eigentlich wollte ich dir nur beistehen.«

»Ist dir ja wirklich gut gelungen«, ätzte sie und marschierte zur Tür, wandte sich dort zu ihm um. »Los, raus hier, ich muss abschließen!«

Mit zusammengebissenen Zähnen ging er zur Eingangstür hinaus, sah zum dunklen Himmel auf und atmete tief durch. Herrgott, wie konnte man nur so verbissen sein?

Neben ihm klappte die Tür, und er wandte den Kopf, als sie den Schlüssel ins Schloss steckte.

»Wenn jemand von ihnen sterben würde, würdest du dir auch die Schuld geben?«

»Sei nicht albern!«, knurrte sie, schloss ab und steckte den Schlüssel weg.

»Aber es ist eine sehr ähnliche Ausgangssituation. Es liegt nicht in deiner Macht, wenn jemand krank wird. Oder mehrere.«

Endlich sah Kathi ihn an, die Lippen fest zusammengepresst. »Und woher hast du deine Weisheiten?«

»Das sind ein paar Dinge, die ich selbst erfahren musste.«
»Und in welchem Zusammenhang?«
»In meinem Job.«
Sie stieß die Luft aus und schob die Hände in ihre Jeans, schwieg aber.
Mit schräg gelegtem Kopf überlegte er, wie er sie aus der Reserve locken konnte.
»Tut mir leid«, nuschelte sie unvermittelt, drehte sich um und lief die Stufen hinunter.
Am Fuß der Treppe holte Finn sie ein und hielt sie noch einmal am Arm zurück. »Vergessen wir's, okay?«, erwiderte er. »Komm, ich bringe dich nach Hause.«
»Nein, danke, ich habe es nicht weit, ich fahre mit der Bahn.«
Er hob eine Braue.
»Na gut, okay«, murrte sie schließlich und seufzte.
»Geht doch.« Er ließ sie los und ging zum Auto vor, öffnete per Knopfdruck die Zentralverriegelung. Sie stiegen ein, und Kathi nahm ihre Tasche zwischen die Füße.
»Sagst du mir noch mal deine Adresse? Ich habe sie mir leider nicht gemerkt.«
Sie nannte ihm Straße und Hausnummer und schnallte sich an.
»Kannst du mich leiten oder soll ich das Navi einschalten?«
»Ich dachte, du bist in Hamburg aufgewachsen.«
»Ja, schon, aber ich habe die letzten Jahre nicht hier gelebt, das weißt du doch. Außerdem ist Hamburg echt groß.«
»Kein Problem, ich sage dir, wie du fahren musst. Vom Parkplatz runter, dann rechts und an der dritten Ampel wieder rechts.«
»Alles klar.« Finn legte den Rückwärtsgang ein, parkte aus und lenkte den Wagen zur Ausfahrt des Grundstücks. Sein Kopf war wie leer gefegt, ihm fiel beim besten Willen kein unverfängliches Gesprächsthema ein. Alles würde nur wieder zum Ausgangspunkt zurückführen. Also dudelte das Radio vor sich hin, ab und zu unterbrochen von ihren Anweisungen, bis er schließlich vor einem typischen Hamburger Backsteinblock an den Bordstein fuhr.

»Wohnst du bei deinen Eltern?« Finn ließ den Blick über die Häuser schweifen.

»Nein, ich wohne mit meiner besten Freundin Michelle zusammen.«

»Gut. Es ist bestimmt besser, wenn du jetzt nicht allein bist und dich mal ausquatschen kannst.«

»Michelle interessiert sich nicht fürs Tanzen.« Kathi schnallte sich ab und griff nach den Henkeln ihrer Trainingstasche.

»Aber ich hoffe, sie interessiert sich für dich.«

»Wie meinst du das?« Mit gerunzelter Stirn starrte sie ihn an.

»Na ja, ich glaube, du könntest auch eine Art Trainer gebrauchen, der dich wieder aufbaut.« Er konnte genau sehen, wie sie erneut dicht machte.

»Geht schon, danke. Auch fürs Fahren.« Sie streckte die Hand nach dem Türgriff aus.

»Gern geschehen, bis dann«, meinte er möglichst locker.

»Ja, bis dann.« Sie stieg aus, knallte die Beifahrertür zu und und marschierte zur Haustür.

Finn wartete, bis sie drinnen war, bevor er sich wieder in den Verkehr einfädelte. Ihr Verhalten traf ihn, warum auch immer. Vielleicht war er ihr zu aufdringlich. Ja, genau, wahrscheinlich war er einfach nur Lukas' großer Bruder, mehr nicht. Und das war ihre Art, ihm zu zeigen, dass er die Grenzen einhalten sollte.

Mit einem tiefen Seufzen fuhr er sich durchs Haar. Na ja, besser jetzt als zu spät.

Kathi schoss im Bett hoch, das beklemmende Gefühl schnürte ihr Brust und Kehle zu. Sie hatte Mühe, den Traum abzuschütteln und in die Realität zu finden, so lebhaft war die Erinnerung an ihren Treppensturz. Ihr eigenes Keuchen im Ohr rieb sie sich mit beiden Händen übers Gesicht und blickte schließlich zum Fenster hinaus, die rot-pinken Strahlen des Sonnenaufgangs krochen über das Gebäude gegenüber.

Als sich ihr Herzschlag endlich beruhigt hatte, ließ sie sich wieder ins Kissen fallen und verschränkte die Arme unter ihrem

Kopf. Sie hatte schon lange nicht mehr von diesem Schicksalsschlag geträumt, warum ausgerechnet jetzt? Ob es mit der gestrigen Niederlage und ihrer Enttäuschung zusammenhing?

In Gedanken ging Kathi den Tag noch einmal durch, all ihre Bemühungen. Sie hatte geahnt, dass es schiefgehen würde, und nichts ausrichten können. Es war ihr nur die Aufgabe geblieben, das Scheitern ihres Teams abzufedern und die Kids zu coachen. Damit es sie nicht zu sehr herunterzog.

Und was hatte sie davon gehabt? *Sie* war down gewesen.

Finns Gesicht tauchte vor ihrem inneren Auge auf, und Hitze schoss in ihre Wangen. *Scheiße, wie peinlich!* Sie gab es nicht gerne zu, aber er hatte recht gehabt. Im Moment war sie es, die jemanden brauchte, um wieder aus diesem dunklen Loch herauszukommen.

Sie schlug die Hände vors Gesicht, grollte und strampelte mit den Beinen.

Himmel, Arsch!

Wie sollte sie ihm demnächst begegnen, wenn er Lukas zum Training brachte? Würde sie seine mitleidigen Blicke überhaupt ertragen können? Oder würde er ...

Das Geräusch der Badezimmertür ließ sie zusammenzucken und auf ihren Wecker schauen. Warum war Michelle um kurz nach sieben an einem Sonntagmorgen schon wach? Egal, das war ihre Chance.

Kathi schlug die Decke zurück, sprang aus dem Bett und lief aus ihrem Zimmer. Vor der Badezimmertür blieb sie stehen. »Michelle? Bist du wach?«

»Nein, ich schlafwandle«, maulte ihre beste Freundin. »Was ist denn?«

»Kommst du in die Küche? Ich ... ich brauche jemanden zum Reden«, stieß sie hervor, bevor sie es sich anders überlegen konnte.

Einen Augenblick blieb es still, dann hörte sie die Klospülung, ein Wasserrauschen, das Klimpern des Handtuchhalters neben dem Waschbecken. Schließlich wurde die Tür aufgerissen und ihre Freundin stand ihr in einem Schlafshirt gegenüber, das um ihren zierlichen Körper wallte. Ihr kurzes schwarzes Haar mit den grünen Strähnen war komplett zerzaust.

»Dass ich das noch erleben darf!« Michelle starrte sie verschlafen an, schüttelte den Kopf. »Okay, ich mache den Kaffee und das Obst, du die Pfannkuchen.«

Kathi lächelte. »Abgemacht. Und warum bist du schon wach?«

»Ich musste dringend pinkeln, scheiß Bier!« Michelle schob sie in die Küche.

»Ach, ja, es war ja Heimspiel. Und?«

»Verloren.« Sie zuckte mit den Schultern und fasste ihr das Spiel kurz zusammen, während sie sämtliche Zutaten für ihr Lieblingsfrühstück zusammentrugen, doch dann hielt Kathi es nicht mehr aus. Bei der nächsten Sprechpause erzählte sie ihrer Freundin, was sich in den letzten Tagen bei den *Hip Hop Homies* zugetragen hatte, vom gestrigen Turnier. Dabei rührte sie den Teig an und backte Pfannkuchen ab, Michelle schnippelte Apfel, Banane und Pfirsich klein und goss den Kaffee auf.

»Kathi, das ist echt nicht gut für dich!«, schimpfte Michelle und trug Obst und Sprühsahne zum bereits gedeckten Tisch. »Du steigerst dich da viel zu sehr hinein, so wie immer.«

»Ja, das hat mir gestern noch jemand anderes vorgehalten.« Kathi folgte ihr mit Stempelkanne und Pfannkuchenteller.

»Ach ja? Wer denn?« Sie nahmen Platz, Michelle verteilte Pfannkuchen und Obst auf den Tellern und Kathi kümmerte sich um den Kaffee.

»Er ist der große Bruder eines meiner Tänzer, sein Name ist Finn.«

Michelle hatte bereits eine Gabel mit Pfannkuchen und Obststück zum Mund geführt, hielt aber inne und starrte ihre Freundin an. »Oha. Und was hat es mit diesem Finn auf sich? Wie kommt er dazu, dir das zu sagen?«

Kathi zuckte mit den Schultern und starrte in ihre Tasse, während sie aufgeschäumte Milch und Zucker in den Kaffee rührte.

»Hey, du hast damit angefangen! Also, raus damit! Hat er dich beschimpft? So wie manche Helikoptereltern es gerne tun, weil man ihre Sprösslinge nicht korrekt behandelt?«

»Nein, das ist es nicht, es ist eher... ach, ich...« Kathi biss sich auf die Lippe.

Michelle kaute auf dem Pfannkuchen herum und musterte sie mit schräg gelegtem Kopf. Unvermittelt riss sie die Augen auf und schluckte den Bissen hinunter. »Sag mir nicht, dass da mehr dahintersteckt!«

»Keine Ahnung«, murmelte sie und trank von ihrem Kaffee. Gleich darauf quittierte sie den Tritt vors Schienbein mit einem erschreckten Laut. »Hey!«

»Sag mir jetzt sofort, was es mit diesem Finn auf sich hat! Sonst trete ich noch mal zu.«

Kathi rollte mit den Augen, begann aber zu erzählen. Am Ende stieß Michelle einen abgrundtiefen Seufzer aus.

»Ach, Mensch, Kathi! Ich verstehe, dass du in diesem schwachen Moment gestern nicht gesehen werden wolltest und entsprechend kratzbürstig reagiert hast. Aber ich glaube, er meint es nur gut.«

»Und was denkt er jetzt von mir? Beim nächsten Training wird er mich bestimmt ganz mitleidig ansehen.« Kathi stopfte sich eine übervolle Gabel in den Mund, kaute auf dem Essen herum, während Michelle schwieg.

»Was?«, murrte sie undeutlich und schluckte.

Michelle hatte die Augen weit aufgerissen und ihr Mund stand offen. »Du *magst* ihn!«

Panik breitete sich in ihr aus. »Was? Nein!« Dafür erntete sie den zweiten Tritt und schrie auf. »Aua! Was soll denn das?«

»Hör auf, mich anzulügen! Und dir etwas vorzumachen. Du magst diesen Finn *wirklich*, sonst würdest du dir nicht so einen Kopf um diesen Scheiß machen.«

»Das ist doch totaler Quatsch«, wich sie aus und versteckte sich hinter ihrer Tasse.

»Nein, ist es nicht«, beharrte Michelle. »Du kennst diese Gefühle nur noch nicht, und deswegen...«

»Mann, ich war schon mal verliebt, vergiss das nicht!«

»Oha, das hast *du* jetzt gesagt! Von mir kommt das mit dem Verliebtsein nicht.«

»Was? Nein, ich ... Du drehst mir die Worte im Mund herum!«

»Hör auf, dich rauszureden! Was genau du auch immer für ihn empfindest, der Typ ist dir mal nicht egal. Das ist super! Wurde echt Zeit, dass mal wieder einer dein Interesse weckt.« Ihre beste Freundin grinste und legte ihr Besteck auf den Teller, um ihre Kaffeetasse zum Mund zu führen.

»Meinst du?«, jammerte Kathi und schob die Hände zwischen ihre Oberschenkel.

»Ja, meine ich. Und du scheinst ihm auch nicht schnuppe zu sein. Überleg mal, er ist extra ins Vereinsheim gekommen!«

Kathi kniff die Augen zusammen. »Erinnere mich nicht daran! Ich habe mich total blamiert. Wahrscheinlich denkt er jetzt, ich bin so eine kaputte Psycho-Tante.«

»Also, wenn du das wieder hinbiegen willst, gibt es nur einen Weg.« Michelle wartete, bis ihre Freundin sie wieder ansah. »Du musst dich dafür entschuldigen, dass du ihn so doof angemacht hast.«

Kathi ließ den Kopf hängen. »Ich habe befürchtet, dass du das sagst.«

»Okay, gehen wir alle Möglichkeiten durch. Erstens, du tust nichts und lässt dich blöd angucken. Das könnte unangenehm werden, und ich weiß nicht, wie lange du das aushältst. Zweitens, du entschuldigst dich und alles wird gut, ihr kommt euch vielleicht sogar näher. Was ich euch echt wünschen würde. Drittens, und das ist das Schlimmste, du tust nichts, und er überlegt es sich daraufhin anders und kommt nie wieder. Weil er enttäuscht ist.«

Kathi schaute auf und begegnete Michelles unbarmherzigem Blick.

Verdammt, das letzte Szenario gefiel ihr gar nicht.

5.

Warum musste der Therapeut ihn eigentlich immer mit Verspätung ins Behandlungszimmer rufen? Er hasste es, zu warten, besonders hier.

Finn ließ sich tiefer in den Klubsessel sinken und starrte zum gefühlt hundertsten Mal auf die psychedelische Version von Edvard Munchs »Der Schrei«. Was seine Unruhe nur noch steigerte. Also schloss er die Augen und atmete mehrmals tief durch.

»Herr Uppendieck, guten Morgen!«

Finn fuhr zusammen, riss die Augen auf und starrte auf die Hand, die sein Therapeut ihm entgegenstreckte.

»Guten Morgen, Dr. Balczewski!« Er stand auf, ergriff die Hand und schüttelte sie.

»Sie sehen aus, als hätten Sie etwas auf dem Herzen.« Der ältere Mann trat zur Seite und wies in Richtung seines Arbeitszimmers.

»Ich befürchte, da haben Sie recht.« Das Büro hätte das aus einem Hollywoodstreifen stammen können und bediente sämtliche Klischees, die es wohl zu einem Psychiater gab. Darin standen ein proppenvolles Bücherregal, das eine gesamte Wand einnahm, ein ausladender, dunkler Schreibtisch mit Tiffany-Lampe und eine Sitzgruppe mit alt-englischen Stilmöbeln aus dunklem Leder. Sogar die Freudsche Couch gab es, doch er bezweifelte, dass sich jemand darauf legte, um dem Psychotherapeuten sein Leid zu klagen.

Finn ließ sich in seinen üblichen Sessel sinken und seine Hände umklammerten automatisch die Enden der Armlehnen.

Der Arzt nahm ihm gegenüber Platz und schlug die Beine übereinander, kam direkt zur Sache. »Sie wirken angespannt. Was ist seit unserem letzten Termin passiert?«

Finn kaute einen Moment auf seiner Unterlippe herum und überlegte, wie er am besten anfangen sollte. »Ich habe Ihnen doch von Samstag erzählt. Dass ich Kathi trösten wollte und so.«

»Ja, ich kann mich gut erinnern. Hat sich etwas ergeben?« Er schlug das allgegenwärtige Notizbuch auf seinem Schoß auf.

»Nein, nicht direkt ...« Finn zögerte und sah Dr. Balczewski in die Augen. »Eigentlich weiß ich nicht, warum wir darüber reden. Schließlich geht es um mein Afghanistan-Trauma, oder?«

»Es geht um Sie als Ganzes, Herr Uppendieck, und Sie bestehen nicht nur aus Ihrem Trauma. Die vielen Facetten unseres Seins haben Einfluss auf unsere psychische Gesundheit.«

Finn verzog das Gesicht. »Dennoch ist es ... mir etwas unangenehm, mit Ihnen über Gefühlsduseleien zu sprechen.«

»Interessante Bezeichnung, die Sie da gewählt haben.« Der Therapeut lächelte. »Welche Gefühlsduselei macht Ihnen denn zu schaffen?«

»Etwas, dass ich eher mit einem guten Kumpel besprechen würde, wenn ich noch einen hätte.« Andreas' ansteckendes Lachen erklang in seinen Erinnerungen, doch er verdrängte es, das war viel zu schmerzhaft.

Dr. Balczewski zückte seinen Kugelschreiber und machte eine Notiz in das Buch. »Dieses Thema behandeln wir später, reden wir zunächst über Kathi. Welche Gefühlsduselei löst sie in Ihnen aus?«

Sein wissendes Lächeln ließ Finn ganz heiß werden. »Ich habe Ihnen doch erzählt, wie sie sich verhalten hat. Aber ich habe Ihnen nicht gesagt, wozu ich mich deswegen entschlossen habe. Nämlich, auf Distanz zu gehen. Meinen Bruder nicht mehr zum Training zu begleiten, um ihr nicht beggnen zu müssen.«

»Warum haben Sie sich dazu entschieden?«

»Weil mich ihre Ablehnung getroffen hat«, gab Finn zu und krallte die Finger fester um die Armlehnen. »Ich habe mir wohl erhofft, dass sie mich auch mag.«

»Vielleicht tut sie das ja.«

»Und lässt mich so abblitzen? Nein, das war eine klare Ansage.«

»Sie vergessen, dass sie sich in einer Ausnahmesituation befunden hat. Sie hatte an der Niederlage zu knabbern, und dann kommen Sie daher, sehen sie in diesem schwachen Moment und wollen sie auch noch trösten. Ich denke, das war ihr verdammt unangenehm.«

»Ich kann es trotzdem nicht verstehen.«

»Haben Sie ihr gesagt, dass Sie sie mögen?«

Finn hob die Brauen. »Nein. Ich weiß selbst noch nicht, was genau ich fühle.«

»Dann sollten Sie es herausfinden. Verbringen Sie Zeit mit ihr, folgen Sie Ihrem Bauchgefühl! Ich denke, Sie werden ziemlich schnell herausfinden, ob Sie Kathi nur als Kumpel mögen oder als potenzielle Partnerin.«

Himmel, was gestelzt, typisch Therapeut! Er atmete tief durch. »Tja, dann bin ich es wohl falsch angegangen. Ich habe mich nicht mehr blicken lassen.«

»Meinen Sie, das war der richtige Weg?«

»Keine Ahnung. Bis Mittwoch habe ich das wohl geglaubt, aber seit gestern bin ich mir nicht mehr so sicher.«

»Und warum nicht?«

»Weil ich sie vermisse, irgendwie. Wir haben nicht so viel Zeit mit einander verbracht, allein, aber es war schön, in ihrer Nähe zu sein. Ein paar Worte zu wechseln, sie lächeln zu sehen.«

»Das klingt für mich, als ob Sie bereits mehr für sie empfinden.«

Finn zuckte mit den Schultern. »Kann schon sein. Ich weiß nur, dass ich Mittwochabend in meinem Zimmer vor mich hingebrütet habe, während mein Bruder beim Tanztraining war. Ich konnte nur an sie denken.«

»Dann gehen Sie beim nächsten Mal wieder hin und schauen, wie sie reagiert.«

»Ehrlich gesagt ... mir fehlt der Mut dazu.« Er verschränkte die Arme vor der Brust. »Mir fiel es noch nie leicht, offensiv auf Frauen zuzugehen, da bin ich eher schüchtern. Und die Sache in Afghanistan ... hat mir auch in dieser Hinsicht das gewisse Selbstvertrauen genommen. Überhaupt lasse ich mich viel leichter von allem aus der Bahn werfen, und das nervt total.«

»Wir werden das Schritt für Schritt wieder ändern«, versprach der Psychotherapeut und lächelte ihm beruhigend zu. »Sehen Sie Ihre Tätigkeit als Notfallsanitäter eher als Beruf oder Berufung?«

Finn runzelte die Stirn über diesen Themenwechsel. »Bis zu diesem Hinterhalt habe ich es als Berufung empfunden. Warum? Und was hat das mit Kathi zu tun?«

»Der Vorfall in Afghanistan hat Sie in Ihrem Fundament erschüttert und Sie müssen es erst wieder stabilisieren. Daher ist es ganz normal, dass Sie verunsichert sind.«

Er schluckte, wandte den Kopf und ließ den Blick zum Fenster hinausschweifen. Wie von selbst richtete er sich nach innen und schließlich konnte er es nicht mehr aufhalten.

»Ich fühle mich so nutzlos«, platzte es in verächtlichem Ton aus ihm heraus. »Ich will das nicht mehr.«

»Was wollen Sie dann?« Dr. Balczewskis ruhige Stimme schlich sich in seinen Kopf und hallte dort wider.

»Mein Leben zurück. Auf eigenen Füßen stehen. Gebraucht werden.«

Einen Moment lang herrschte Stille, dann fragte sein Arzt: »Was macht die Wohnungssuche?«

Finn blinzelte und sah ihn an. »Ich habe heute Nachmittag und am Montag ein paar Besichtigungstermine. Ich denke, es wird schon etwas dabei sein.«

»Das hört sich gut an. Und wie sieht es mit dem Job aus? Stresst Sie der Gedanke, wieder in einen Hubschrauber zu steigen?«

»Nein, seltsamerweise nicht mehr so sehr. Ich habe in letzter Zeit nicht oft darüber nachgedacht, aber wenn, dann hat es von Mal zu Mal seinen Schrecken verloren.«

»Ich denke, das hängt damit zusammen, dass Sie von dieser jungen Frau abgelenkt waren. Solche Begebenheiten helfen fast immer dabei, den Teufelskreis aus Erinnerungen und negativen Gefühlen zu durchbrechen. Und der Kopf kann sich dann erholen.«

»Ich habe sogar schon darüber nachgedacht, nach einer schrittweisen Wiedereingliederung zu fragen. Meinen Sie, das ist möglich? Damit ich mich langsam wieder an meinen Job gewöhnen kann?«

»Natürlich. Ich würde das sogar unterstützen und befürworten.« Der Psychotherapeut nickte zustimmend, und sie schwiegen einen Moment. Finn beobachtete, wie der Mann Ende Vierzig sich Notizen machte und blinzelte überrascht, als der ihn schließlich wieder ansah. »Möchten Sie jetzt über Ihren Kumpel sprechen? Andreas?«

Hatte er sich den Namen gemerkt oder notiert? Finn runzelte die Stirn. »Was sollen wir da reden? Er ist tot.«

»Aber Sie vermissen ihn.«

Sein Magen zog sich zusammen und der Schmerz wanderte hinauf in seine Kehle. »Ja.«

»Erzählen Sie mir davon, was Sie alles mit ihm erlebt haben!«

Und das tat Finn. Sie hatten vom ersten Tag der Ausbildung an einen guten Draht zueinander gehabt, waren schnell Freunde geworden und von da an durch viele gute und ein paar schlechte Zeiten gegangen. Sie hatten zusammen das Ende ihrer Ausbildung gefeiert, und zwar ziemlich wild. Sie hatten jeweils zusammen getrunken und sich gegenseitig wieder aufgebaut, als sie den ersten Menschen nicht hatten retten können. Und sie hatten sich zusammen für den Einsatz in Afghanistan gemeldet.

Verdammt, es tat echt weh, dass er nicht mehr da war. Sie hatten noch einige gemeinsame Pläne gehabt, beruflich wie privat. Einen Roadtrip durch die USA, vielleicht sogar die Route 66 entlang oder einen Teil der Panamericana. Weiterbildungen und internationale Einsätze, vielleicht für die NATO. Sesshaft werden. Andreas hatte sogar schon die richtige Frau dafür gefunden und Steffie nur zwei Tage vor dem Hinterhalt über Skype einen Heiratsantrag gemacht.

Scheiß auf Afghanistan!

Die Erinnerungen verfolgten ihn auf dem Weg nach Hause, sodass er erneut in dieser verhassten Gedankenspirale festhing. Die Fahrt mit der U-Bahn mutierte beinahe zur Tortur, weil die Enge darin ihn zusätzlich bedrängte, da konnten auch keine Entspannungsübungen helfen.

An seiner Haltestelle stürmte er aus dem Wagen und die Treppe hinauf, joggte bis zur nächsten Kreuzung und bog in das Wohngebiet seiner Kindheit ab. Dort wurde er langsamer und atmete tief durch, bis er sich wieder halbwegs beruhigt hatte. Nur gut, dass er fast zu Hause war.

Er bog in die Straße ab und lief an dem großen Spielplatz der Siedlung vorbei, auf dem er als kleiner Junge viele Stunden verbracht hatte. Eine Handvoll Kinder turnte auf den Klettergeräten herum.

Finn wandte den Blick ab und überprüfte, in welcher Tasche sein Hausschlüssel steckte, da wurden die Kinderstimmen unvermittelt lauter und mittendrin erklang ein verzweifelter Schrei.

»Scheiße, helft mir! Lasst mich nicht allein!«

Finn blieb wie angewurzelt stehen. Sah nicht den Gehsteig vor sich, sondern den Wüstensand, und hörte Schmerzensschreie und Rufe in verschiedenen Sprachen. Die Hitze brach über ihn herein, dann fühlte er diese seltsame Leichtigkeit im Kopf und der Boden kippte langsam zur Seite.

Als er auf die Knie fiel, raste sein Herz und er rang nach Atem. Kämpfte gegen die Enge in seiner Brust und die Erinnerungen an. Scheiße, wie ging noch mal diese Übung, die der Therapeut ihm beigebracht hatte? *Verdammt, erinnere dich!*

Er krümmte sich zusammen, schloss die Augen, dann fiel ihm das Mantra ein, dass sie für ihn erarbeitet hatten. Tonlos sagte er es immer wieder auf und schaukelte vor und zurück.

Nach und nach passte sich seine Atmung dem Rhythmus an.

In seiner eigenen Welt gefangen hatte er nicht bemerkt, dass sich Leute genähert hatten. Unvermittelt fragte eine Kinderstimme: »Mami, was hat der Mann denn? Hat er Schmerzen?«

Finn zuckte zusammen und erstarrte.

»Der hat nichts, komm, mein Schatz!« Die Frau klang ängstlich und zerrte ihr Kind weiter, er konnte es an den Schritten hören.

Das hatte ihm gerade noch gefehlt, ungewollte Zuschauer einer Panikattacke, die ihn zum Gespött der Straße machte. *Fuck!*

Mit aller verfügbaren Kraft rappelte er sich auf und wankte

auf zittrigen, weichen Beinen vorwärts, so schnell er konnte. Und erreichte sein Elternhaus, ohne noch jemandem zum begegnen. Es kam ihm wie eine Ewigkeit vor, bis er es schaffte, die Tür aufzuschließen und hinein zu stolpern. Er wollte auch gar nicht wissen, ob jemand zu Hause war, sondern nur auf sein Zimmer verschwinden und die Panikattacke durchstehen. Seine Familie sollte das nicht sehen müssen.

»Okay, dann vielen Dank für heute, ich wünsche euch noch einen schönen Abend.«

Kathi klatschte und strahlte ihre Mannschaft an. Die Kids erwiderten es, sammelten ihre Handtücher und Trinkflaschen ein und verließen den Tanzsaal.

Sie blickte ihnen noch einen Moment nach, lief zum Fenster und spähte auf den Parkplatz hinaus. Nein, er war wieder nicht gekommen, um Lukas abzuholen. Anscheinend hatte sie ihn mit ihrem Verhalten verjagt.

Scheiße, ich kriege aber auch nichts auf die Reihe!

Mit einem tiefen Seufzen wandte sie sich dem Ghettoblaster zu, suchte auf ihrem Handy die Playlist mit ihren Lieblingstanzhits heraus und startete sie. Ließ sich in die Musik fallen und überließ ihrem Körper die Führung, denn er kannte ihre Choreo im Schlaf. Deshalb kehrten ihre Gedanken auch schnell zu Finn zurück.

Sie hatte nach dem Pfannkuchen-Frühstück mit Michelle noch einige Stunden über das alles nachgedacht und für sich beschlossen, sich bei ihm zu entschuldigen. Ihr war bewusst, dass sie sich sehr abweisend benommen hatte, deshalb wollte sie das schnellstmöglich aus der Welt schaffen. Jedoch bekam sie keine Gelegenheit dazu.

In der Woche nach dem Turnier in Lübeck kam er zu keinem der drei Trainingstermine, auch nicht am Montag oder heute. Kein Lebenszeichen, nicht mal eine beiläufige Bemerkung von Lukas. Vorhin hätte sie sich beinahe verplappert und nach Finn gefragt. Nicht, dass da irgendwelche Gerüchte in die Welt gesetzt wurden!

Dennoch, die Enttäuschung saß tief, und mit einem Mal fühlte Kathi sich unsagbar erschöpft. Also hörte sie auf zu tanzen, stützte sich vornübergebeugt auf den Knien ab und rang nach Atem. Okay, vielleicht mochte er sie nicht auf diese Weise, aber vielleicht hätte sich eine Freundschaft zwischen ihnen entwickelt. Auch wenn es nicht das war, was sie sich insgeheim wünschte. Sie wollte die Ameisen wieder marschieren fühlen, einfach nur in seiner Nähe sein, das würde ihr schon reichen.

Kathi ging zum Fenster, schaltete die Musik aus und packte ihre Klamotten zusammen. Trocknete sich Gesicht und Nacken, trank noch ein paar Schlucke und warf die Sachen ebenfalls in ihre Trainingstasche. Sie sollte es einfach akzeptieren, nicht mehr darüber nachgrübeln. Es war bestimmt besser so. Außerdem stand in gut zwei Wochen das nächste Turnier an, somit würde sie ihre gesamte Freizeit darauf ausrichten und ihre Konzentration dahingehend bündeln.

Nachdem sie sich frisch gemacht hatte, verließ sie den Tanzsaal, die Tasche über die Schulter gehängt, und verabschiedete sich im Vorbeigehen bei ein paar Leuten, die im Schankraum des Vereinsheims saßen. Draußen standen noch Lukas, Nele, Kevin und Marie am Fuß der Treppe.

»Wollt ihr denn gar nicht nach Hause?«, fragte sie und blieb neben ihnen stehen.

»Doch, aber wir diskutieren noch über unseren Auftritt beim Sommerfest«, erwiderte Nele. »Können wir den am Freitag nach dem Training noch einmal mit dir proben?«

»Klar, bis jetzt habe ich nichts vor.«

»Super. Wir sind uns nämlich an einer Stelle nicht einig, welcher Schritt besser passt«, warf Marie ein.

»Kein Problem, das besprechen wir dann.« Kathi lächelte. »Kommen denn eure Familien alle am Samstag? Sie freuen sich bestimmt auf euren Auftritt.«

Nele seufzte. »Mein Vater ist mal nicht auf Geschäftsreise und wollte eigentlich chillen, aber meine Mutter und ich haben ihn so lange bearbeitet, bis er zugestimmt hat. Er sieht mich nur selten

tanzen, deswegen ist mir unser Vierer-Auftritt besonders wichtig.«
Sie warf einen Blick in die Runde.

»Meine Familie kommt auch vollzählig«, meinte Kevin, und Marie nickte. »Jepp.«

»Und deine Eltern, Lukas?« Kathis Magen begann zu flattern.

Der grinste sie an. »Klar kommen meine Alten am Samstag her, und Finn auch. Den habe ich die Tage eh nur selten zu Gesicht bekommen.«

»Ach, ja? Warum?« Verdammt, hoffentlich klang ihre Frage nicht zu gestelzt.

»Der hat sich ein paar Wohnungen angesehen und auch eine gefunden, er kann schon nächsten Monat einziehen. Außerdem hat er sich bei seiner neuen Dienststelle vorgestellt und so. Sieht ganz so aus, als ob er bald in den Dienst zurückkehrt.«

»Na, das klingt doch prima.«

»Eben! Dann habe ich zu Hause wieder meine Ruhe.«

Kathi lachte. »Wie geht es denn eurem mittleren Bruder, Jonas? Du hast vor den Sommerferien erzählt, dass er zum Studieren ins Ausland geht, aber mehr nicht.«

»Das ist so geil, Alter!« Auf Lukas' Gesicht breitete sich ein Grinsen aus. »Zum Wintersemester beginnt sein Studium in Paris und er ist schon im Juli hingezogen, um vorher zu jobben. In den Herbstferien wollen wir ihn für ein paar Tage besuchen.«

»Paris?«, schwärmte Nele. »Darf ich mitkommen?«

Kathi beobachtete, wie sich Lukas' Haltung veränderte. Sein schlanker Körper richtete sich zu voller Größe auf und nahm eine Pose ein, die wohl cool und locker wirken sollte. Irrte sie sich oder wollte er sie neuerdings beeindrucken? »Von mir aus, kein Problem. Müssen nur unsere Alten unter einander klarmachen.«

Marie stieß ihrer Freundin den Ellbogen in die Seite und kicherte. »Als ob deine Eltern dir das erlauben würden!«

Nele verzog das Gesicht und zuckte mit den Schultern. »Nee, das wird wohl nix. Aber irgendwann fahre ich mal nach Paris, und das wird mega!«

Sie lachten zusammen, dann verabschiedete sich Kathi, lief zur

U-Bahn-Station hinüber. In ihrem Magen kribbelte es. Am Samstag würde sie Finn also auf jeden Fall wiedersehen. Scheiße, das musste perfekt werden!

Sie würde sich bei ihm entschuldigen und versuchen, Zeit mit ihm zu verbringen. Natürlich nur, wenn er sie nach der Entschuldigung nicht gleich links liegen ließ. Und es Anzeichen gab, dass er sie auch mochte.

Und was war, wenn sie seine Reaktion gar nicht verstand? Kathi blieb neben einer Sitzbank stehen, warf einen Blick auf die Abfahrtsanzeige und kaute auf ihrer Unterlippe. Michelle musste ihr helfen, sie war die einzige, die sie darauf vorbereiten konnte. Ja, genau. Und sie musste noch heute damit anfangen.

6.

»Oh, Gott, mir ist schlecht!«, maulte Kathi und presste eine Hand auf ihren Magen. »Auf was habe ich mich bloß eingelassen?«

»Hey, du wolltest, dass ich dir helfe, seine Aufmerksamkeit zu erregen!« Michelle zupfte ein letztes Mal an ihren Haaren herum und trat einen Schritt zurück. »Okay, du darfst aufstehen und dich im Spiegel ansehen.«

Sie tat es und ließ den Blick skeptisch über ihr Outfit gleiten. Ihre beste Freundin hatte ihr Haar in Locken gelegt und nur ein paar blonde Strähnen locker an den Seiten festgesteckt. Zu ihrem Lieblingsjeansrock trug sie eine türkisfarbene Sommertunika mit Traumfänger vorne drauf, deren vorderen Saum sie in den Rockbund gesteckt hatte. So kam der weiß-silberne Gürtel besonders gut zur Geltung, der genau zu ihren Sandalen passte. »Meinst du, das wird ihm gefallen?«

»Oh, bitte! Du siehst heiß aus! Genau die richtige Mischung aus dir selbst und ein wenig Glamour. Wenn er darauf nicht abfährt, kannst du ihn eh vergessen.«

Kathi drehte sich zu ihrer Freundin um und schloss sie in die Arme. »Danke.«

»Nicht dafür«, winkte Michelle ab. »Viel wichtiger: Hast du dir alle Punkte gemerkt, die wir besprochen haben?«

»Ich glaube schon.«

»Gut. Und den Rest machst du aus dem Bauch heraus.«

»Dann wird das ein Griff ins Klo.« Sie verzog das Gesicht. »Mann, das ist so bescheuert! Ich bin Dreiundzwanzig und habe nur ein paar Erfahrungen mit Jungs. Finn ist der erste richtige Mann, für den ich etwas empfinde, und das macht mich echt zappelig. Ich wünschte, ich könnte wieder so unbekümmert sein wie an dem Tag, an dem ich ihn kennengelernt habe. Oder als wir Pizza gegessen haben.«

»Tja, das wird mal nix. Versuch, ihn allein zu erwischen und dich als erstes bei ihm zu entschuldigen. Und betone, dass du ihn auf keinen Fall vergraulen wolltest und so.« Michelle zog sie in eine Umarmung. »Ich drücke dir ganz feste die Daumen, aber du musst unbedingt mit einer gesunden Leck-mich-am-Arsch-Einstellung auftreten, hörst du?«

»Mann, du hast immer leicht reden.« Kathi seufzte und zupfte noch einmal ihre Tunika zurecht. »Mir ist das ganz und gar nicht egal.«

»Wird schon. So, und jetzt raus mit dir, deine Bahn fährt gleich.«

Nach einer weiteren Umarmung überprüfte Kathi noch einmal, ob sie alles Wichtige verstaut hatte. Personalausweis und Fahrkarte steckten in der Handyhülle, das Gerät selbst in ihrer Gesäßtasche, Geld und Schlüssel in den vorderen Taschen ihres Jeansrocks. Sehr gut. Sie lief die Treppen hinunter und zur U-Bahn-Station, fuhr zum Vereinsheim. Immer und immer wieder spielte sie die Szenarien im Kopf durch, die Michelle mit ihr geübt hatte. Versuchte, sich Finns Reaktion auf ihre Entschuldigung in mehreren Variationen vorzustellen, und landete schließlich bei einer mehr als unfreundlichen Abfuhr. Nein, so durfte sie nicht denken.

Es war bereits halb vier, als sie auf dem Vereinsgelände ankam, und die Party war längst in vollem Gange. Auf dem Platz zwischen Vereinsheim und Tartanbahn, der bei Wettkämpfen als zusätzlicher Parkplatz verwendet wurde, wimmelte es von Menschen, schließlich zählte der Verein mit seinen verschiedenen Sparten an die fünfhundert Mitglieder. Auf dem Weg zum Platz und an drei der vier Seiten gab es diverse Zelte mit Kaffee und Kuchen oder Aktivitäten wie Kinderschminken und Tombola, ein paar Getränkewagen und zwei Grillplätze. Die vierte Seite nahm eine Bühne ein, auf der es den ganzen Nachmittag und Abend diverse Auftritte und auch Livemusik geben würde. Mann, hoffentlich verpasste sie Finn in dem Gewusel nicht!

Um sich einen Überblick zu verschaffen, schlenderte Kathi erst einmal von Stand zu Stand. Sie plauderte mit dem Vorstand, Trainerkollegen und ein paar Mitgliedern, die sie vom Sehen her kannte. Zwischendurch legte sie eine Pause ein und gönnte sich eine Waffel und einen Kaffee.

Den Müll hatte sie gerade entsorgt, als sie den Kopf hob und in der Menge Lukas und seine Familie entdeckte. Bei Finns Anblick begann ihr Herz zu klopfen, und das Lächeln, mit dem er eine Bemerkung seines Bruders quittierte, ließ ihren Magen flattern. Verdammt, vor zwei Wochen hatte sie noch nicht in dieser Form auf seinen Anblick reagiert. Ob es damit zu tun hatte, dass sie ihn seitdem nicht gesehen hatte?

Okay, reiß dich zusammen!

Sie musste sich unbedingt auf ihr Vorhaben konzentrieren, doch dafür musste sie ihn zunächst allein erwischen. Auch wenn sie noch nicht wusste, wie sie das bewerkstelligen sollte.

Kathi lief in die vage Richtung von Familie Uppendieck und behielt die Vier im Auge, während sie von Gespräch zu Gespräch spazierte. Immer wieder sah sie hinüber, und unvermittelt schauten Finns grün-braune Augen sie direkt an. Sie lächelte ihm zu und wartete, bis er es erwiderte, bevor sie sich wieder der älteren Trainerin zuwandte. Ihr Herz hämmerte wie verrückt, Millionen Ameisen marschierten im Gleichschritt durch ihren Körper und sie konnte sich keine weitere Sekunde auf das Gespräch konzentrieren. Also verabschiedete sie sich und schlenderte weiter.

Zweimal wiederholte sich der Blickkontakt mit Finn, dauerte jedes Mal ein klein wenig länger und machte sie ein klein wenig nervöser. Dann nahm sie endlich ihren Mut zusammen und schlenderte zu Finn und seinen Eltern hinüber, die einen Platz in der Nähe der Bühne ergattert hatten. Es war bereits kurz vor sechs und der Auftritt, den sie gestern noch mit Lukas, Nele, Kevin und Marie geübt hatte, stand kurz bevor.

Kathi trat in die Lücke zwischen Finn und seiner Mutter. »Hallo, zusammen!«

Alle drei drehten sich zu ihr um, doch sie begrüßte erst Lukas' Eltern mit Handschlag.

»Kathi, wie schön, Sie mal wieder zu sehen«, meinte Finns Mutter. »Meinen ältesten Sohn Finn kennen Sie bereits, oder?«

»Ja, klar.« Sie wandte sich zu ihm um und lächelte ihn schüchtern an. »Hey.«

»Hey, alles klar?« Sein Lächeln ließ schon wieder ihren Magen flattern.

»Klar. Und bei dir so? Lukas hat erzählt, du hast eine eigene Wohnung gefunden?«

»Ja, endlich.« Seine Mutter schnalzte mit der Zunge, doch er ging nicht darauf ein. »Die Bundeswehr hilft da ungemein.«

»Und wo?«

Er nannte ihr eine Straße, die in ihrem Stadtteil lag.

»Cool. Und sonst? Du warst schon lange nicht mehr ...«

Die Stimme des zweiten Vereinsvorsitzenden, der vorne auf der Bühne aufgetaucht war, unterbrach sie. »Guten Abend, zusammen! Noch einmal herzlich willkommen und schön, dass ihr so zahlreich erschienen seid. Keine Angst, ich will hier keine großen Reden schwingen, sondern nur das Abendprogramm einläuten. Und es beginnt mit einer kleinen Performance von vier Tänzern unserer äußerst erfolgreichen *Hip Hop Homies*. Einen großen Applaus für Marie, Nele, Kevin und Lukas!«

Sie wandten sich der Bühne zu und klatschten, was das Zeug hielt, als die vier Kids winkend auf die Bühne liefen und ihre Positionen einnahmen. Wenige Sekunden später startete die Musik und die Teenager legten eine perfekte Show hin.

Kathi folgte jeder ihrer Bewegungen mit den Augen und lächelte bei den neuen Moves, die sie gestern noch eingebaut hatten. Während die Jungs in der Hocke eine komplette Drehung vollführten und einen *Easy Floor Step* dranhängten, tanzten Nele und Marie zwei *Step & Twist* und viermal den *Booty Bounce*. Dann kamen sie wieder zusammen und tanzten paarweise weiter, in fast perfekter Synchronität. Gott, sie war so stolz auf ihre besten Tänzer, die da oben eine tolle Show ablieferten, obwohl sie so unterschiedlich waren. Im Gegensatz zu Nele und Lukas trennten Marie und Kevin gute zwanzig Zentimeter, und die Anmut, die Nele schon von Natur aus mitbrachte, machte Marie mit Power und Geschmeidigkeit wett. Kevin und Lukas waren zwar fast gleich groß, aber im Vergleich zum schlanken, geschmeidigen Lukas wirkte Kevin durch seine austrainierten Muskeln eher bullig. Doch all das fiel im Team nicht sonderlich auf, weil sie alle eine ganz eigene Note mit einbrachten und bei den Choreos Eins waren.

Am Ende jubelte und applaudierte sie, Finn pfiff auf zwei Fingern.

»Du meine Güte, das war so toll!«, schwärmte Lukas' Mutter und packte ihren Mann am Arm. »Komm, wir müssen zur Bühne und ihnen gratulieren. Bis später, Finn.«

»Alles klar.«

Kaum waren sie fort, schossen die Ameisenarmeen in ihre Arme und Beine, und nur unter Aufbietung sämtlicher Willenskraft schaffte sie es, zu Finn aufzusehen.

Sie schluckte. »Hast du vielleicht Lust, eine Cola mit mir zu trinken?«

»Klar.« Sein Lächeln breitete sich zu einem Grinsen aus. »Wollen wir da rüber gehen?« Er deutete zum nächsten Getränkewagen.

Mehr als ein Nicken bekam sie nicht zustande, ehe sie mit ihm hinüber stakste.

»Warte hier«, meinte Finn und schob sie zu einem freien Tisch, »ich bin gleich wieder da.«

»Okay.« Verdammt, ihre Stimme war nicht mehr als ein Krächzen. Kathi räusperte sich mehrfach und ließ ihn nicht aus den Augen. Bewunderte, wie toll er in der hellen Jeans und dem passenden Jeanshemd aussah, und staunte gleichzeitig über sich selbst. Warum löste ausgerechnet er das alles in ihr aus?

»So, bitteschön!«

Sie blinzelte und nahm das Glas entgegen. »Danke. Prost!«

Sie hoben ihre Gläser und tranken.

Okay, jetzt oder nie! Sei ehrlich!

Kathi schluckte, stellte das Glas ab und biss sich auf die Unterlippe. »Finn, ich ...« Sie sah ihm ihn die Augen. »... ich möchte mich bei dir entschuldigen. Du warst so aufmerksam und nett zu mir, besonders am Abend nach Lübeck, und ich war einfach nur dämlich. Weißt du, es war mir verdammt peinlich, dass du mich so gesehen hast, deswegen war ich so ekelhaft zu dir. Eigentlich ... wollte ich dich echt nicht wegmobben oder so.« Sie atmete tief durch und wartete gespannt auf seine Reaktion.

Ein schiefes Grinsen breitete sich auf seinem Gesicht aus. »Und ich habe gedacht, du kannst mich absolut nicht leiden.«

»Nein. Also ... doch, kann ich«, stotterte sie und schloss die Augen. »Sorry, ich bin ... bei so was ziemlich verkrampft.«

»Geht mir genauso.«

Kathi versuchte zu verstehen, was der da gesagt hatte. Mochte er sie nun auch? Oder hatte er nur Mitleid mit ihrer Verklemmtheit?

Und was jetzt? Ihr Hirn war mit einem Mal wie leer gefegt, Michelles Tipps waren alle verschwunden, sie war vollkommen auf sich allein gestellt.

»Was hältst du davon ...«, begann Finn, wurde jedoch von einem weiblichen Ruf unterbrochen.

»Mensch, Kathi, da bist du ja! Komm mit, du musst unbedingt meine Eltern kennenlernen!«

Kathi drehte den Kopf und bekam gerade noch mit, wie Marie sie am Arm packte und vom Tisch wegziehen wollte.

»Hey, und was ist mit meiner Cola?«

»Dann nimm sie halt mit.« Die Teenagerin strahlte Finn an. »Sorry, ist echt wichtig.«

»Ja, ich merk schon.« Er schüttelte den Kopf.

Kathi umschloss ihr Glas und schaute ihn an. »Sehen wir uns später noch?«

»Klar.«

»Super. Bis dann.«

Finn starrte ihr nach, bis er Kathis Blondschopf in der Menge nicht mehr ausmachen konnte. Dann stieß er die Luft aus und stürzte die Hälfte seiner Cola hinunter.

Wahnsinn!

Nein, mit dieser Aktion hätte er nie gerechnet. Mit einer Entschuldigung vielleicht, aber der Rest... Das Herz klopfte ihm bis zum Hals und ein Haufen Glückshormone rauschte durch ihn hindurch. Wenn ihn nicht alles täuschte, hatte sie gerade hintenrum zugegeben, dass sie ihn mochte. Richtig? Richtig.

»Wahnsinn!«, flüsterte er und schüttelte den Kopf. Er hatte sich diese bescheuerten Sorgen umsonst gemacht! Seine Mundwinkel zogen sich schon wieder in die Breite und er konnte nichts dagegen tun, doch gleich darauf stockte er. Und was nun?

Verdammt, darauf war er gar nicht vorbereitet! Er hatte nicht zu hoffen gewagt, dass sie ihn auch mochte, und jetzt hatte er sogar die Gewissheit. Also, so gut wie. Das musste er erst einmal verdauen. Und sich etwas einfallen lassen. Aber was?

Etwas, das mit Tanzen zu tun hatte, ganz klar. Etwas, bei dem sie regelmäßig Zeit miteinander verbringen konnten und... Ein Gedankenblitz schoss durch seinen Kopf. Genau! Sie konnte ihm Tanzstunden geben, wenn sie die Standardtänze beherrschte, die man in der Tanzschule lernte. Zu seinen Teenagerzeiten war das total angesagt gewesen, aber er hatte null Bock darauf gehabt. Jetzt war es der ideale Vorwand, wenn er noch ein bisschen Zwang dazugab. Er kaute auf seiner Unterlippe herum und starrte vor sich hin. Wofür musste man tanzen können? Hochzeit? Nein, da kannte er niemanden, bei dem es bald soweit war. Ein Ball? Eine Wohltätigkeitsveranstaltung? Irgendetwas mit Orchester?

Das war es! Eine Weihnachtsfeier bei der Bundeswehr! Das waren oft Veranstaltungen, bei denen man zu Livemusik tanzte. Ein Grinsen breitete sich auf seinem Gesicht aus.

Finn trank seine Cola aus, hielt nach seiner Familie Ausschau und gesellte sich zu ihnen. Redete und aß ein Steak-Brötchen mit ihnen und war doch nicht anwesend. Seine Gedanken schweiften immer wieder zu Kathi ab und wiederholten die wenigen Sätze, die sie gewechselt hatten. Und erst jetzt wurde ihm bewusst, dass die Anspannung verschwunden war, die er bis zu ihrem Auftauchen in der Menge verspürt hatte.

»Ey, Alter, träumst du?« Lukas schnipste vor seinen Augen, bis er blinzelte.

»Was? Wie kommst du darauf?«

»Weil du gar nichts mitkriegst.«

»Sorry, ich ... war in Gedanken.«

»Ach, was!« Lukas grinste. »Na, wie heißt die Bitch?«

»Nenn' sie nicht so!«, zischte Finn und kniff die Augen zusammen.

»Oha, Alter!« Sein jüngster Bruder hob beide Hände. »Sorry! Kenne ich sie?«

Finn überlegte noch, wie er darauf reagieren sollte, da legte Lukas den Kopf schief und musterte ihn mit einem wissenden Lächeln. »Ich glaube, ja.«

»Lukas ...«

»Keine Angst, ich halt's Maul.«

»Du weißt doch gar nicht ...«

»Ich bin doch nicht behindert, Alter!«, entrüstete er sich. »Klär sie dir, okay? Aber bau bloß keine Scheiße, ich hab keinen Bock, das später auszubaden.«

»Ich fasse es nicht«, stöhnte Finn, fuhr sich durchs Haar und schüttelte den Kopf. »Ich bekomme die Genehmigung von meinem jüngsten Bruder.«

»Tja, weil ihr euch ohne mich nie getroffen hättet. Also!« Lukas verschränkte die Arme vor der Brust und grinste.

»Jungs?«

Die beiden wandten sich ihrer Mutter zu.

»Papa und ich fahren jetzt nach Hause.«

»Was? Schon?« Finn sah die Enttäuschung auf Lukas' Gesicht.

»Ja, mein Schatz, wir sind müde, die Woche war ziemlich anstrengend. Ihr kommt doch allein zurecht, oder?« Ihr Blick wanderte zwischen ihnen hin und her.

»Mom, ich bin fünfzehn!«, wies Lukas sie zurecht und verdrehte die Augen.

»Genau. Und deshalb bist du spätestens um zwölf zu Hause.«

»Ja, geht klar.« Er seufzte, und Finn musste sich ein Grinsen verkneifen. Wie gut, dass er aus diesem Alter raus war.

»Und dir wünsche ich noch viel Spaß«, wandte seine Mutter sich nun an ihn. »Hier laufen ein paar nette Mädchen herum, vielleicht lernst du ja eine näher kennen.«

»Ja, genau!« Lukas grinste ihn an.

»Vielleicht, Mama. Bis morgen!«

»Gute Nacht! Und seid leise, wenn ihr nach Hause kommt. Ihr wisst ja, wie leicht Papas Schlaf ist.«

»Ja, Mama!«, erwiderten sie synchron.

Die verzog das Gesicht, schüttelte den Kopf und nahm ihren Mann am Arm.

»Gute Nacht, ihr beiden«, verabschiedete der sich ebenfalls, dann verschwanden sie in der Menge.

»Super, endlich sturmfrei.« Lukas rieb sich die Hände.

Finn legte ihm eine Hand auf die Schulter. »Ich werde hier nicht den Aufpasser machen, okay? Benimm dich und halt dich an die Regeln, dann ist alles gut.«

»Alter!«

»Nix, Alter! Muss ich mit dir noch ein Männergespräch führen, oder weißt du, was läuft?«

»Also, echt! Ich bin doch nicht behindert!«

»Oh, Mann, du hast ein ganz schön beschränktes Vokabular«, murmelte Finn und verdrehte die Augen. »Okay, wir sehen uns morgen.« Nach einem Schlag auf Lukas' Schulter hob der zwei Finger zum Gruß an die Stirn und tauchte in der Menge unter.

Finn seufzte und sah sich um. Genau, sturmfrei. Es wurde Zeit, Kathi zu suchen.

Er schlenderte umher und versuchte, im schwindenden Licht Kathis Lockenfrisur auszumachen. Was ihm schließlich gelang, am Rand einer Gruppe von *Homies* und ihren Eltern. Kurz entschlossen holte er am nächsten Getränkewagen etwas zu trinken und wartete ein paar Schritte hinter ihr, bis die Traube sich auflöste.

Kaum, dass er auf sie zuging, drehte Kathi sich um und lächelte ihn an. »Hey.«

»Hey. Wenn ich mich richtig erinnere, magst du ab und zu auch mal ein Alster, oder?« Er erwiderte das Lächeln und streckte ihr eine der Bierflaschen entgegen.

»Ja, stimmt, danke!«

Finn stieß mit seiner Bierflasche gegen ihre. »Wollen wir uns da rüber setzen und ein bisschen quatschen?«

»Mh-hm.« Sie nickte und ging neben ihm her zu einem der Grashügel, die das Vereinsgelände umgaben und natürliche Tribünen für den Sportplatz dahinter bildeten.

Ganz oben nahmen Sie Platz, schauten auf die Menge hinunter und schwiegen.

»Darf ich dich etwas fragen?«, begann er schließlich. »Du musst auch nicht antworten, nur keine Ausreden, okay?«

Kathi zögerte. »Okay. Was willst du wissen?«

»Wie kommt es, dass du so besessen bist vom Gewinnen?«

»Oh!«, entfuhr es ihr. Sie hielt inne und überlegte. »Ich ... hm, na ja. Ich möchte, dass die Kids erfolgreich sind. Ich möchte für sie und mit ihnen das erreichen, was ich nicht geschafft habe. Oder worauf mir die Chance genommen wurde. Hört sich das blöd an?«

»Nein, eigentlich nicht«, gab Finn zu und trank von seinem Bier. »Es ist nur, dass du das viel ernster nimmst als die Kids. Ihnen macht es nichts aus, mal nicht auf dem Treppchen zu stehen.«

»Ich weiß, und dafür bewundere ich sie oft.«

»Dann lass es doch etwas lockerer angehen. Es gibt genug andere Dinge, die du in deiner Freizeit tun kannst.«

»Meinst du?« Als sie den Kopf senkte, bemerkte er, wie verlegen sie war.

»Klar. Du ... könntest zum Beispiel mit mir ein Eis essen gehen, morgen Nachmittag.«

»Hört sich gut an. Und was noch?«

»Kino, Schwimmen, abhängen.« Er zuckte mit den Schultern und lächelte sie an. »Und ich habe noch ein ganz besonderes Anliegen.«

»Ja?«

»Ich habe mich zur Wiedereingliederung in meiner neuen Staffel angemeldet, Mittwoch geht es los. Und ich habe schon erfahren, dass es eine Weihnachtsfeier gibt. Für die ich tanzen können muss«, schwindelte er. »Kannst du mir das beibringen? Also, diese Standardtänze?«

»Oh, ich ... klar.« Sie schob die Hände mit der Bierflasche zwischen ihre Knie. »Wann hast du denn Zeit? Ich muss schauen, ob der Tanzsaal im Vereinsheim frei ist.«

»Ich weiß noch nicht, wie meine Dienstzeiten demnächst aussehen, aber vielleicht können wir mittwochs nach eurem Training anfangen?«

»Ja, das müsste gehen.« Verdammt, Kathis Lächeln löste ein wahres Chaos in seiner Brust aus. Was war denn plötzlich mit ihm los?

»Super, vielen Dank.«

»Gerne.«

Irrte er sich, oder wurde sie rot? Auf jeden Fall wandte sie den Blick ab und hob ihn zum sternenklaren Himmel. Finn beobachtete lieber ihr Gesicht, begleitet von der Tanzmusik, die von der Bühne herüberschallte.

»Darf ich dich auch etwas fragen?«

Er zuckte vor Schreck zusammen. »Ja, sicher.«

»In der Wüste kann man bestimmt viel mehr Sterne sehen, oder?«

Seine Laune raste einem Tal entgegen, doch er kämpfte tapfer dagegen an. Nein, er würde sich diesen Abend nicht von Erinnerungen zerstören lassen.

»Ja, Milliarden davon.« Mist, er merkte selbst, wie gepresst das klang.

»Oh, Scheiße, tut mir leid! Ich wollte keine schlechten Erinnerungen heraufbeschwören.« Sie legte eine Hand auf seinen Arm, und er konnte nicht anders, als die Berührung zu genießen.

»Schon okay.« Finn nahm ihre Hand in seine und verschlang die Finger mit ihren, dann sah er ihr direkt in die Augen. Das Herz klopfte ihm bis zum Hals, als er allen Mut zusammennahm. »Möchtest du vielleicht tanzen? Oder etwas anderes machen?«

Doch sie schüttelte nur den Kopf und hielt seine Hand ein klein wenig fester. »Im Moment möchte ich hier mit dir sitzen und quatschen. Ist das okay? Oder uncool?«

Ihre Unsicherheit war echt süß. »Nein, das ist cool.«

»Okay, super.« Kathi ließ den Blick schweifen, bevor sie sich wieder auf ihn konzentrierte. »Erzählst du mir ein paar von deinen schönen Erinnerungen? Du hast doch bestimmt ein paar tolle Sachen erlebt.«

»Ja, ich denke, schon.«

»Dann raus damit. Ich bin nämlich noch nicht weit aus Deutschland rausgekommen.«

Ein penetrantes Klingeln riss sie aus ihrem Gespräch, und Kathi blinzelte irritiert. »Was ist das?«

»Mein Handy, sorry.« Finn ließ ihre Hand los, angelte das Smartphone aus der Gesäßtasche seiner Jeans und nahm das Gespräch an. »Lukas, was gibt's?«

Zwei Sekunden lang lauschte er, dann riss er die Augen auf. »Was, schon so spät? ... Ja, klar. Pass auf dich auf. Wenn irgendetwas ist, ruf mich an ... Okay, schon gut, reg dich ab ... ja, bis morgen.«

Er steckte das Telefon zurück in die Hosentasche und nahm ihre Hand.

»Ist etwas passiert?«, wollte sie wissen. Ihr Herz klopfte wieder wie wild, wie jedes Mal in den vergangenen Stunden, wenn er ihre Hand losgelassen und später erneut in seine genommen hatte. Finns Hände waren schmal und kräftig, gleichzeitig sanft und behutsam, und sie konnte sich gut vorstellen, wie er damit Wunden versorgte, Leben rettete oder Trost spendete.

»Nee, er wollte nur Bescheid sagen, dass er jetzt nach Hause fährt.«

»Wie spät ist es denn?«

»Halb zwölf oder so.«

»Oh, das ging aber schnell.« Kathi lachte auf.

»Viel zu schnell, wenn du mich fragst.«

Und schon schoss ihr wieder Hitze ins Gesicht, doch sie nickte trotzdem und trank ihr drittes Alster aus. Sie spürte, wie sein Daumen über ihren Handrücken strich, und erschauerte. »Aber ich muss auch bald los, meine letzte Bahn fährt um halb eins.«

»Hast du etwas dagegen, wenn ich dich nach Hause bringe? Wir könnten zu Fuß gehen, dann haben wir noch ein wenig Zeit.«

Sie hatte keine Chance gegen die Freude und Nervosität, die sich in ihr ausbreiteten, und lächelte. »Nein, ich habe nichts dagegen.«

Himmel, hatte sie das wirklich gesagt? Warum fiel es ihr so leicht, ihm gegenüber offen und ehrlich zu sein? Das war schon ein krasser Gegensatz zu ihrem bisherigen Verhalten gegenüber Männern in ihrem Alter.

Finn erwiderte ihr Lächeln. »Super. Möchtest du denn noch etwas trinken? Oder essen?«

»Also, wenn ich ehrlich bin ... ich liebäugele schon seit heute Nachmittag mit der Zuckerwatte.« Sie zuckte mit den Schultern.

»Wenn das alles ist ...« Er stand auf und zog sie hoch, und mit einem Mal waren sie sich sehr nah. In Kathis Bauch explodierte ein Haufen Brausebonbons, sie biss sich auf die Lippe und blickte zu ihm auf. Finn schluckte und starrte auffällig auf ihren Mund.

Ach, du scheiße! Will er mich etwa küssen?

Doch dann räusperte er sich, trat einen halben Schritt zurück und führte sie den Hügel hinab. »Komm, wir gucken, ob der Stand noch geöffnet hat.«

»Okay.« Die Enttäuschung in ihrer Brust verblüffte sie.

Echt jetzt? Das konnte doch nicht sein! Und die Enttäuschung war sogar ziemlich groß. Was sie doppelt überraschte, so etwas hatte sie sich noch nie bei einem Mann gewünscht. Klar war sie schon geküsst worden, mehrfach sogar, aber irgendwie war das hier anders.

Nein, denk nicht darüber nach!

»Ist deine Flasche leer?«

»Was?« Sie blinzelte und bemerkte, dass Finn ihr die andere Hand entgegenstreckte, zwei Finger um den Hals seiner Bierflasche geschlungen.

»Oh, ja, danke.«

Er nahm ihr die Flasche ab, lenkte Kathi zum nächsten Getränkewagen und stellte das Leergut hinter einem Mann auf der Theke ab. Dann gingen sie zum Stand mit der Zuckerwatte hinüber, wo der Verkäufer gerade alles zusammenräumte.

»Halt, wir brauchen noch einmal Zuckerwatte!«, rief Finn und beschleunigte seinen Schritt.

»Da hast du aber Glück, *mien Jung!*«, erwiderte der Verkäufer in breitem Hamburger Akzent. »Ich wollte gerade sauber machen. Welche Geschmacksrichtung?« Finn deutete auf sie, und der Verkäufer schaute sie an.

»Apfel, bitte.«

»Gerne, *Frollein.*«

Kathi beobachtete, wie er die Maschine einschaltete und grünen Zucker in den Behälter in der Mitte einfüllte. Kurz darauf bildeten sich die ersten Fäden in der flachen Schale, er hielt ein Holzstäbchen hinein und wickelte eine große, duftige Wolke darauf.

»Bittesehr!«

»Danke.« Sie nahm die Zuckerwatte entgegen, ließ Finns Hand los und angelte in ihrer Rocktasche nach Kleingeld, doch er war schneller.

Der Verkäufer bedankte sich, sie verabschiedeten sich und schlenderten zum Rand des Platzes.

»Du hast mich heute gar nichts bezahlen lassen«, bemerkte sie, rupfte ein Stück Zuckerwatte ab und schob es sich in den Mund.

»Macht man das nicht so bei einem Date?« Grinsend schob er die Hände in die Hosentaschen.

»Ich weiß nichts von einem Date«, erwiderte sie mit unschuldigem Unterton. »Das hat sich nur spontan ergeben.«

»Und darüber bin ich sehr froh.«

Um ihre Verlegenheit zu überspielen, zog sie einen weiteren Streifen grüner Watte ab und hielt ihn Finn hin. Er öffnete den Mund und versuchte unbeholfen, die Zuckerfäden mit der Zunge hineinzuziehen, ohne dass sie sein Gesicht verklebten.

Kathi kicherte und half nach. Bis ihre Finger seine Lippen berührten und ein Kribbeln über ihren Arm in ihren Bauch schoss. Sie riss die Augen auf. War das gerade eine statische Entladung gewesen? *Heftig!*

Er stutzte, leckte sich dann über die Lippen und lachte. »Was für eine klebrige Sauerei!«

»Ja, oder? Aber ab und zu darf das mal sein.« Ihre Finger klaubten ein extra großes Stück aus der Zuckerwatte und stopften es in ihren Mund.

»Wenn du das sagst!« Er zwinkerte ihr zu, und sie nahmen den Weg Richtung Vereinsheim wieder auf.

»Möchtest du noch?«, fragte sie, als sich nur noch ein Rest auf dem Holzstab befand.

»Nee, danke.«

»Okay.« Kathi zog die letzten Zuckerfäden vom Holzstäbchen, sah sich nach einem Mülleimer um und warf ihn hinein. Dann drehte sie sich um. »Ich wasche mir kurz die Hände.«

»Ich warte hier.«

Sobald sie wieder das Gebäude verließ, heftete sich ihr Blick auf Finn. Sie hatte sich die letzten Jahre echt nicht für Männer interessiert, aber auch davor hatte sie bei keinem solches Herzklopfen gehabt.

»Wollen wir?« Finn streckte ihr die Hand entgegen, und sie ergriff sie mit einem Nicken.

Als sie den Parkplatz verlassen hatten und in die relative Ruhe an der Straße eingetaucht waren, gab Kathi ihrer Neugier nach. »Hast du eigentlich deine neuen Kollegen schon kennengelernt?«

»Nein, die sehe ich erst am Mittwoch, wenn die Wiedereingliederung startet. Aber ich freue mich darauf, ich habe es satt, zu Hause zu sitzen.«

»Hast du Angst, wenn du daran denkst, bald wieder mit dem Hubschrauber unterwegs zu sein?«

»Ich war in Afghanistan bei den Bodentruppen, da waren wir nur selten mit dem Hubschrauber unterwegs. Deswegen habe ich die Versetzung zur Luftwaffe beantragt, um einen klaren Schnitt zu haben.«

»Erzählst du mir irgendwann mal, was da unten passiert ist?«

Er drehte den Kopf und erwiderte ihren Blick, lächelte gezwungen. »Ja, vielleicht irgendwann einmal.«

»Okay«, meinte sie leise und drückte seine Hand. Zwischen ihnen breitete sich Stille aus, und sie überlegte, was ihm wohl zugestoßen sein konnte. Es gab einfach zu viele Horrorgeschichten über die Militäreinsätze in diesen Ländern.

Erst nach einer ganzen Weile nahm Finn das Gespräch wieder auf, und sie bemerkte, dass sie das Schweigen überhaupt nicht als unangenehm empfunden hatte. »Und wie bist du zum Hip-Hop gekommen?«

Kathi lachte. »Ich habe zu viele Videoclips gesehen. Das hat mich ganz schnell angefixt, und da das damals ein Trend war, gab es auch viele Angebote in Tanzschulen und so.«

»Und die haben dein Talent entdeckt.«

»Ja, genau. Damals wurde gerade ein Team zusammengestellt und sie haben mich gefragt. Es hat mir riesigen Spaß gemacht, also habe ich mich angemeldet. Ein Jahr später und wir gehörten zu den besten Teams Hamburgs. Man hat mir sogar eine große Tanzkarriere prophezeit und nahegelegt, Tanz zu studieren. Aber mit dem Unfall war das alles vorbei.«

»Du hast gesagt, du seist plötzlich gestürzt.«

Für einen Moment presste sie die Lippen zusammen, dann atmete sie tief durch. »Ich bin gestoßen worden.«

»Was? Von wem?«

Sie hörte und sah sein Erstaunen gleichermaßen. »Kannst du dich aus Lübeck an die Trainerin der *Black Ones* erinnern?«

Finn runzelte die Stirn. »Diese dürre Tussi mit den braunen Haaren?«

»Ja, genau die. Laura war mit mir in diesem Team und hat nach meinem Sturz meine Position in der ersten Reihe übernommen, inklusive Solo.«

»Du glaubst, sie hat ...« Er brach ab.

Sie nickte und ging in Gedanken zu diesem Ereignis zurück. »Wir waren auf dem Weg zum Training und total gut drauf, die Jungs haben rumgeblödelt. Hinter mir gingen zwei Mädchen, unter anderem Laura. Und irgendwann gab es diesen Stoß und ich fiel und schrie. Der Schmerz war furchtbar, sengend heiß, und mein Fuß hat pulsiert. Ich weiß noch, wie geschockt ich war. Alle rannten um mich herum ... nur Laura nicht. Die stand mit ihrer besten Freundin an der Seite und hat mich beobachtet.«

»Hast du damals jemandem davon erzählt?«

»Ja, dem Trainer, aber der hat das als Folge des Schocks abgetan. Und später auch meinen Eltern und ein paar Freunden. Niemand hat mir geglaubt.«

»Und warum nicht? Du saugst dir solche Anschuldigungen doch nicht aus den Fingern.«

»Laura ist die perfekte Schauspielerin, schon immer gewesen. Tut super nett und sympathisch, die perfekte Frau von Welt halt. Ich glaube, ihr wahres Gesicht zeigt sich nur sehr selten, wenn sie sich unbeachtet fühlt. Oder wenn sie dir eine Kampfansage macht. Dementsprechend hatten meine Eltern, mein Trainer und alle drumherum gar keinen Grund, mir zu glauben. Wahrscheinlich haben sie alle gedacht, ich wollte nur jemandem die Schuld zuschieben.«

»Das muss frustrierend gewesen sein.«

»War es auch. Ich habe getobt, als ich sie meinen Platz bekommen hat. Und dann vor Schadenfreude gelacht, als sie nur Vizemeister geworden sind. Macht bestimmt kein gutes Bild von mir, oder?«

Finn stieß die Luft aus. »Ich kann es nachvollziehen.«

»Das sagst du jetzt nur so.« Sie stieß mit ihrer Schulter gegen seine.

»Nein, ehrlich!«

Sie versanken in Schweigen, und Kathi starrte vor sich auf den Gehweg, während sich ein Gedanke in ihrem Kopf formte. »Meinst du, dass ich deswegen mit den Kids gewinnen will? Als eine Art Ersatz?«, fragte sie leise.

»Kann schon sein. Hast du denn noch Kontakt zu deinem damaligen Team?«

»Nein, den habe ich nach dieser Sache komplett abgebrochen. Ich wollte nicht mal mehr was vom Tanzen wissen.«

»Aber du hast wieder zurückgefunden.«

»Ja, es ist wie eine Sucht, die aus meinem Herzen kommt. Ich kann nicht ohne. Kannst du das verstehen? Oder hört sich das total blöd und abgehoben an?«

»Oh, mir geht es mit meinem Job ähnlich, ich will helfen. Koste es, was es wolle.«

»Wolltest du je Arzt werden?«

»Nein, dafür war ich zu schlecht in der Schule. Und ich bin seit jeher Realist. Ich hätte das Studium nie gepackt.«

»Wow, ganz schön fokussiert. Ich bin nach dem Unfall in ein so tiefes Loch gefallen, dass ich am liebsten alles geschmissen hätte. Aber am Ende habe ich die tanzfreie Zeit genutzt, um mir Gedanken über meine Zukunft zu machen. Notgedrungen. Meine Eltern hatten irgendwann die Schnauze voll.«

»Bist du gleich nach der Schule ausgezogen?«

»Ja, das konnte mir gar nicht schnell genug gehen.«

»Mir auch.« Er lachte. »Obwohl meine Eltern ganz in Ordnung sind. Aber es war gut, dass die Sanitäter-Ausbildung bei der Bundeswehr eben nicht in Hamburg stattfand. Das hat es sehr erleichtert, mich abzunabeln.«

»Ich halte auch so viel Abstand wie möglich, aber meine Eltern würden mich am liebsten jeden Sonntag zum Essen sehen.« Kathi verzog das Gesicht und bemerkte, dass sie bereits in ihre Straße abgebogen waren. Verdammt, jetzt würden sie sich gleich voneinander verabschieden.

»Apropos essen, bleibt es bei unserem Date morgen?«

Sie musste grinsen. »Also, unter einem Date verstehe ich aber mehr als ein Eis.«

Finn schnalzte mit der Zunge. »Okay, verstanden. Habt ihr nächste Woche ein Turnier?«

»Nein, erst in drei Wochen wieder.«

»Passt. Wie wäre es dann mit Kino und Pizza und wonach uns danach noch ist?«

»Abgemacht.«

»Abgemacht? Cool. Und morgen? Gibt es in der Nähe ein gutes Eiscafé?«

»Ja, ungefähr zehn Minuten von hier.«

»Dann hole ich dich ab. Drei Uhr?«

»Okay.« Sie liefen zur Haustür, blieben davor stehen, und Kathi spürte die Nervosität in sich aufsteigen.

»Gibst du mir noch deine Nummer?« Finn angelte mit der Linken das Smartphone aus der Gesäßtasche und versuchte, es zu entsperren. »Mist, sorry.« Er ließ ihre Hand los, wischte und tippte mit der Rechten auf dem Display herum. »Schieß los!«

Sie schob die Hände in ihre Rocktaschen, weil sie ohne ihn nichts mit ihnen anzufangen wusste, und diktierte ihm die Nummernfolge. Es vibrierte zweimal an ihrem Hintern, dann steckte er sein Telefon wieder weg. Sah ihr in die Augen und wirkte genauso verlegen und unsicher, wie sie sich fühlte.

»Tja, dann, also …«

»Ja, dann …« Sie räusperte sich. »Gute Nacht?«

»Ja, gute Nacht.«

Und keiner rührte sich oder unterbrach den Blickkontakt.

»Wir sehen uns morgen …«, startete sie einen neuen Versuch.

Er nickte nur.

Ohne Vorwarnung trat er auf sie zu, beugte sich vor. Ihr Herz schien ihre Brust sprengen zu wollen, vor Aufregung, doch er küsste sie nur auf die Wange. Das Kribbeln prallte auf ihre Enttäuschung und verursachte ein Gefühlschaos, angestachelt von seinem Duft. War das sein Ernst? Sie starrte Finn an, als er sich wieder aufrichtete.

Nein, so durfte es heute auf keinen Fall enden!

Adrenalin schoss durch ihre Adern, als sie die Hände aus ihren Rocktaschen zog und auf seine Schultern legte, der Wunsch war inzwischen zu mächtig. Kathi stellte sich auf die Zehenspitzen, schloss die Augen und küsste ihn zärtlich auf den Mund. Spürte überdeutlich seine weichen, warmen Lippen und den sanften Druck, mit dem er die Berührung erwiderte. Seine Hände legten sich um ihre Wangen, seine Lippen teilten sich, und sie folgte.

Sein Kuss ließ sie am ganzen Körper erschauern, und sie schlang ihm die Arme um den Hals, drückte sich an ihn. Es war ... behutsam, neugierig, berauschend, überwältigend! Seine Hände wanderten ihren Rücken hinab, hielten sie fest und entfachten etwas in ihr, das sie nicht zu fassen vermochte. Aber es gefiel ihr. In seinen starken Armen fühlte sie sich wohl und geborgen.

Als sie schließlich den Kopf zurückzog und sich wieder auf die Fersen sinken ließ, schien eine Ewigkeit vergangen zu sein. Finn lächelte, strich ihr eine Locke hinters Ohr.

»Hast du nicht gesagt, du bist bei so was ziemlich verkrampft?«, meinte er leise.

»Na ja, ich ... ich weiß nicht ... es ist anders, mit dir. Es fühlt sich ... richtig an.« Kathi schloss die Augen und stöhnte auf. »Sorry, habe ich das gerade echt gesagt? Ich kann das nicht aufhalten.«

Er lachte auf und küsste sie auf die Nasenspitze. »Ich find's cool, dass du so ehrlich bist, das macht es weniger kompliziert. Da muss ich mich nicht länger fragen, ob du mich überhaupt wahrnimmst oder magst. Also bleib am besten so, ja?«

Vertrauen und Geborgenheit durchfluteten sie, er war definitiv anders als alle Männer, denen sie bisher begegnet war. »Ich werde es versuchen.«

Sie zog ihn am Nacken zu sich herunter, küsste ihn noch einmal und trat schließlich zurück, sodass sie sich loslassen mussten. »Gute Nacht. Und bis morgen.«

»Bis morgen, schlaf gut.«

»Du auch.«

Mann, sein Lächeln war einfach umwerfend, und es reichte bis in ihr Innerstes.

Sie drehte sich um, fummelte den Schlüssel aus der Tasche und trat ins Haus. Hob noch einmal die Hand und drückte die Tür zu, hätte sie am liebsten sofort wieder aufgerissen. Trotzdem lief sie die Treppen hinauf, im Dunkeln, und durchlebte noch einmal die letzten Minuten. Alles in ihr stand unter Strom, sie wollte schreien und jubeln und hüpfen.

Sie erkannte das Gefühl, auch wenn sie es schon seit ein paar Jahren nicht mehr gespürt hatte. Diesen alles überstrahlenden Glücksrausch des Gewinnens.

Kathi schloss die Wohnungstür auf, schlüpfte hinein und lehnte sich von innen gegen das weiß lackierte Holz. Gewonnen hatte sie mit Finn auf jeden Fall.

Jackpot!

7.

»Mama, kann ich dein Auto haben?« Finn ließ sich auf dem Würfelhocker der Garderobe nieder, angelte nach den Sneakers und schlüpfte hinein.

»Wenn du mir verrätst, wofür«, entgegnete sie aus der Küche.

Er nahm Haus- und Autoschlüssel vom Brett und ging zu ihr. »Ich möchte eine ganz besondere Frau zum Eis essen abholen und bin etwas spät dran.«

Seine Mutter hielt beim Glasieren des Schokoladenkuchens inne, hob den Kopf und starrte ihn an. »Sag das noch mal!«

Das Grinsen breitete sich auf seinem Gesicht aus, ohne dass er etwas dagegen tun konnte, und er zuckte mit den Schultern. Sah, dass ihre Gesichtszüge weich wurden und ihre Augen einen verträumten Zug annahmen.

»Himmel, du strahlst ja richtig! Du glaubst gar nicht, wie gut das tut« Sie atmete tief durch und wischte sich über einen Augenwinkel. »Kenne ich sie?«

»Ja.«

Ihre Brauen hoben sich. »Ja? Oh, dann ...«

»Mama, hör auf zu fragen, ich werde sie früh genug mitbringen.«

»Tut mir leid«, murmelte sie und wurde rot.

»Ist schon gut. Ich bin dann weg.«

»Okay. Sollen wir mit dem Abendessen warten?«

Finn verdrehte die Augen. »Nein, Mama, danke! Bis später.« Er drehte sich um, lief hinaus und zu dem Familienzweitwagen, der vor dem Haus parkte. Meistens war er seinen Eltern wirklich dankbar dafür, dass sie ihn nach seiner Rückkehr aufgenommen hatten, räumlich und emotional, doch in Momenten wie diesen wurde ihm erneut bewusst, dass er seinen Freiraum brauchte.

Nachdem er eingestiegen war und den Motor gestartet hatte, warf er einen Blick in den Rückspiegel. Aber, ja, seine Mutter hatte recht. Er strahlte.

Weil er Kathi inzwischen nicht mehr nur mochte, sondern total verknallt in sie war. Nein, halt. Verknallt traf es nicht ganz, das hatte einen unreifen Beigeschmack. Das, was er fühlte, schien um einiges tiefer zu gehen. Und diese Erkenntnis machte es gleich doppelt genial!

Mit einem Seufzer und einem Lächeln im Gesicht schloss er den Sicherheitsgurt. Radio an, Fenster runter, los ging's. Finn pfiff vor sich hin und überlegte, wie er ihr Date am Samstag besonders gestalten konnte, doch dafür fehlten ihm wichtige Hintergrundinformationen. Seine Gedanken verselbstständigten sich und wanderten zum gestrigen Abend und dem unvergesslichen Ende. Selbst zwei Stunden später hatte er noch wach gelegen. Beinahe hätte er sogar verpasst, in Kathis Straße abzubiegen, doch kurz darauf parkte er in der Nähe ihres Wohnhauses, lief hinüber und klingelte.

Wenige Sekunden später ertönte der Summer, er drückte die Tür auf und lief die Treppen hinauf. In der zweiten Etage erwartete Kathi ihn in der geöffneten Tür.

Sie trug ein ärmelloses, weißes Sommerkleid mit türkisem Federmuster und einem weit schwingenden Rock. Das Haar fiel ihr in einem geflochtenem Seitenzopf über die rechte Schulter, ihre wunderschönen blauen Augen leuchteten.

»Wow, du siehst toll aus!«, platzte es aus ihm hervor.

»Danke!« Ein Hauch von Rot überzog ihre Wangen.

Finn blieb direkt vor ihr stehen, sie sah zu ihm auf, und er küsste sie zärtlich.

»Hey«, sagte er leise.

»Hey.« Ihre Finger strichen über seinen Arm und hinterließen einen angenehmen Schauer. »Danke für deine süße Nachricht heute früh.«

»Gerne.«

»Komm rein, dann stelle ich dir meine beste Freundin und Mitbewohnerin vor.« Sie nahm seine Hand und zog ihn ins Wohnzimmer. »Michelle? Finn ist da.«

Über der Rückenlehne tauchte ein grünschwarzer Wuschelkopf auf und drehte sich in seine Richtung, sodass die graugrünen Augen ihn von oben bis unten mustern konnten.

»Endlich lerne ich den Typen kennen, der es geschafft hat, meine Kathi aus dem Dornröschenschlaf zu holen.«

»Michelle!«, zischte sie, und Finn musste lachen.

»Sorry, ich sage nur die Wahrheit.« Michelle zuckte mit den Schultern.

»Ist okay. Finn, hi.« Er trat an die Couch und streckte ihr über die Rückenlehne hinweg die Hand hin. Michelle schüttelte sie, zog ihn aber zu sich heran.

»Klingt wie ein Klischee, aber wenn du sie nicht gut behandelst, kann ich ganz schön fies werden«, stellte sie mit gesenkter Stimme und ernstem Blick klar.

»Ich werd's mir merken«, flüsterte er, zwinkerte ihr zu und zog sich zurück. »Zeigst du mir noch dein Zimmer?« Er bemerkte, wie die Frauen sich anfunkelten, ging jedoch nicht darauf ein.

»Klar, komm.« Sie zog ihn zurück in den Flur und durch die nächste Tür.

Ihn erwartete ein weiß-türkis gehaltenes Zimmer mit klaren Linien, modern und schnörkellos. Neben dem großen Bett und dem Kleiderschrank gab es einen Schreibtisch und eine Ecke mit vielen Fotos und Pokalen, vor der ein paar verschieden große Kissen auf dem Boden lagen.

»Cool«, meinte er, überflog ein paar der Bilder von Kathi und den *Homies*.

»Nichts Besonderes«, winkte sie ab und schloss die Tür.

»Was für ein Quatsch! Das bist genau du.« Er ging zu ihr, zog sie an sich und küsste sie. Sie schlang ihm die Arme um den Hals, und er spürte, wie sie in seinen Armen weich wurde. Jegliches Zeitgefühl verschwand, weil er sich in ihrer Nähe verlor.

»Ich habe dich in den letzten Stunden wahnsinnig vermisst«, gab Finn schließlich zu, die Stirn gegen ihre gelehnt.

Kathi erwiderte seinen Blick und lächelte. »Warum soll es dir anders gehen als mir?«

Er grinste nur und versuchte, nicht vor Glück überzulaufen. »Okay, komm, lass uns gehen und einen riesigen Eisbecher bestellen.«

Sie lösten sich von einander, und Kathi nahm eine weiße, beutelähnliche Tasche vom Schreibtisch. »Einen für zwei Personen? Ich warne dich, ich habe ausgefallene Vorlieben.«

»Na, da bin ich ja mal gespannt.«

Auf dem Flur rief sie noch eine Verabschiedung ins Wohnzimmer und bekam ein »Viel Spaß!« zur Antwort, dann liefen sie die Treppe hinunter.

»Wo geht's lang?«, fragte Finn, ergriff ihre Hand und verschlang seine Finger mit ihren.

»Da hoch. Ist Lukas gestern eigentlich gut nach Hause gekommen?«

»Ja, warum?«

»Na ja, er ist fünfzehn. Da haben meine Eltern mich nicht allein und bis zwölf unterwegs sein lassen.«

»Meine Eltern sind von Sohn zu Sohn entspannter geworden. Obwohl ich anmerken muss, dass sie mir das Leben teilweise zur Hölle gemacht haben.«

»Echt? Waren sie so streng?«

»Sie haben sich halt alle Nase lang Sorgen gemacht und das war manchmal verdammt nervig. Ich nehme an, dass du das sehr gut nachfühlen kannst, gerade als Mädchen.«

Kathi lachte, und das ließ seinen Magen flattern. »Und ob! Aber Michelle kann manchmal genauso schlimm sein. Tut mir leid, dass sie dir diese Ansage gemacht hat.«

»Sie ist deine beste Freundin. Nur eine Sache ist mir nicht ganz klar, was meinte sie mit deinem Dornröschenschlaf?«

»Oh, das …«

Als sie verstummte, warf Finn ihr einen Blick zu und sah, dass ihre Wangen glühten. Er runzelte die Stirn und versuchte, sich an den Inhalt des gleichnamigen Märchens zu erinnern. Hm, die Prinzessin hatte sich an einer Spindel gestochen, war in einen hundertjährigen Schlaf gefallen und von einem Prinzen wachgeküsst worden. Wie konnte man das auf eine Frau von heute übertragen, die mit einem Mann ausging ... oh!

»Ich habe mich die letzten Jahre nicht wirklich für Männer interessiert«, bestätigte sie seine Überlegungen. »Weil die einzigen Erfahrungen, die ich gemacht habe, nicht sonderlich prickelnd waren. Mein damaliger Freund war ... ein rücksichtsloser Drecksack, was das anging.«

»Oh, das ... tut mir leid«, stammelte er, und die Röte schoss ihm nun ebenfalls ins Gesicht. Wenn das Thema auf solche Intimitäten kam, verhielt er sich am Anfang immer viel zu verkrampft.

»Können wir bitte über etwas anderes reden?«, presste Kathi hervor und drückte seine Hand.

»Sicher, kein Problem, das ...« Er überlegte fieberhaft und flüchtete sich in den erstbesten Gedanken. »Hast du eine Idee, welchen Film wir uns am Samstag angucken könnten?«

»Nein, keine Ahnung. Ich hatte schon seit Ewigkeiten keine Zeit mehr fürs Kino.«

»Welches Genre magst du gar nicht?«

»Weder Krimis noch blutrünstige Thriller. Und Liebesschnulzen sind auch nicht so meins.«

»Okay, da werden wir bestimmt was Passendes finden, oder?« Er lächelte sie an, und sie erwiderte es.

»Sehe ich auch so.«

Kaum hatte sie den Fuß zur Tür hinein gesetzt, hörte Kathi ein schnelles Trampeln auf sich zukommen. »Ich will alles hören, jedes Detail«, rief Michelle.

Sie hob die Brauen und starrte ihre Freundin an. »Darf ich vielleicht erst einmal reinkommen?«

Michelle verdrehte die Augen und trat zwei Schritte zurück, sodass sie die Tür schließen konnte. In aller Seelenruhe schlüpfte sie aus den Sandalen, hängte ihre Beuteltasche an die Garderobe und den Schlüssel ins Schränkchen.

»Scheiße, jetzt komm schon!« Michelle schnappte sich ihre Hand und zog sie ins Wohnzimmer, drückte sie auf die Couch. »Setz dich, ich hole uns zwei Alster.«

»Wir haben morgen Uni!«

»Mann, ein Bier wird dich nicht umbringen!«, erwiderte sie aus der Küche.

Kathi grinste, lehnte sich zurück, legte ein Kissen auf den Couchtisch und die Füße darauf. Im Fernsehen lief der Abspann der Tagesschau. Die Kühlschranktür knallte zu, dann erklang das Klappern von Flaschen.

Michelle ließ sich am anderen Ende der Couch in die Polster plumpsen, reichte ihr eine Flasche und stieß mit ihr an. »Hopp hopp, rinn in'n Kopp!«

»Cheerio, Miss Sophie!«

Sie tranken und Michelle schlug die Beine unter. »Erzähl!«

»Was soll ich dir denn erzählen? Du weißt doch, wie verkrampft so ein erstes Date abläuft.«

»Wie verkrampft es ablaufen *kann*, ja. Aber bei dir gibt es keine Erfahrungswerte. Also?«

»Okay, das Peinlichste zuerst. Ich glaube, es war ihm verdammt unangenehm, über meine Unerfahrenheit informiert zu werden.«

Michelle verschluckte sich am Bier und hustete, hielt sich eine Hand vor den Mund und konnte gerade noch alles bei sich behalten. »Du hast es ihm *gesagt*?« Ihre Stimme überschlug sich beinahe.

Kathi lachte. »Nein, nicht so direkt. Aber er wollte wissen, was du mit deiner Anspielung gemeint hast, also habe ich gesagt, dass ich mich bisher kaum für Männer interessiert habe, weil Bastian ein Arsch war. Da er genauso rot angelaufen ist wie ich, wird er es wohl verstanden haben.«

»Alter, wie süß!« Michelle lachte auf.

»Wenn du das sagst.« Sie trank von ihrem Alster.

»Na, und weiter?«

»Wir haben über Gott und die Welt geredet. Angefangen bei Filmen, dann Musik, die Schulzeit, seine Ausbildung, mein Studium. Was man halt so redet, um sich besser kennenzulernen.«

»Was dann?«

»Haben wir ein Eis gegessen.«

»Sag mir nicht, dass du ihn mit diesem Schoko-Chili-Orangen-Becher geschockt hast!«

»Nee, konnte ich gar nicht. Seine Wahl war nämlich noch schlimmer, Erdnussbutter und gesalzenes Caramel.« Allein bei der Erinnerung schüttelte es sie.

»Wuah!«, rief Michelle und schlug sich die Hände vors Gesicht. »Nicht dein Ernst!«

»Doch! Er ist definitiv amerikanergeschädigt. An dem Abend, als wir meine Kids zum Pizzaessen begleitet haben, hat er sich eine BBQ-Pizza bestellt!«

»Mann, das ist abartig!«

»Ach, na ja, beim Küssen habe ich nichts davon gemerkt.« Kathi zuckte mit den Schultern und grinste.

»Und? Wie küsst er?« Ihre Freundin beugte sich vor, stützte den Ellbogen auf die Rückenlehne und den Kopf in die Hand.

»Gut, finde ich.«

»Sagt die, die kaum Vergleichsmöglichkeiten hat. Oder eben nur welche mit Teenagerjungs.«

Sie verdrehte die Augen. »Mir gefällt es auf jeden Fall, und das ist die Hauptsache, oder?«

»Also nicht zu schlabberig oder nass oder plump oder so?«

Kathi brach in Gelächter aus. »Nein, nichts von alledem.«

»Au Mann, du hast ja so ein verdammtes Glück! Dieser coole Typ sieht nicht nur gut aus, er kann auch noch küssen.«

»Jemanden wie ihn habe ich noch nie kennengelernt, Michelle! Er ist bodenständig, ehrlich, stark und ... lieb.«

»Klingt irgendwie nach einem totalen Weichei.«

»Nein, gar nicht!«

»Und wann geht ihr das nächste Mal aus?«

»Am Samstag.«

»So lange noch!« Michelle seufzte theatralisch und pustete sich das Haar aus der Stirn.

»Am Mittwoch treffen wir uns nach dem Training. Ich habe dir doch erzählt, dass er mich gebeten hat, ihm das Tanzen beizubringen. Also ganz normal Standard und Latein, für die Weihnachtsfeier seiner Einheit.«

»Oh, wow, ist das eine größere Party? Darf ich mit? Du weißt, ich stehe auf Männer in Uniform!«

Kathi verdrehte erneut die Augen. »Halt du dich lieber an die Security im Millerntorstadion!«

Michelles Blick wurde glasig, ein Lächeln breitete sich auf ihren Lippen aus. »Stimmt, da war noch was! Hoffentlich ist er beim nächsten Heimspiel wieder da. Ich glaube, dann spreche ich ihn an. Vielleicht geht er mal ein Bier mit mir trinken.«

»Ich drücke dir auf jeden Fall die Daumen.«

Sie blinzelte und musterte Kathis Gesicht. »Der Wahnsinn, was gerade bei dir abgeht! Ich erkenne dich gar nicht wieder.«

Die runzelte die Stirn. »Ist das jetzt etwas Schlimmes?«

»Nein, gar nicht! Es ist nur total ungewohnt, dich auf Wolke sieben zu sehen. Aber ich gönne es dir von Herzen.«

»Sieht man mir das wirklich an?« Kathi legte die Hände an die Wangen.

»Ich schon.«

»Meinst du, Finn hat das auch gesehen?«

»Hoffe ich doch! Der guckt dich nämlich genauso verliebt an.«

Zwischen Haupteingang des Vereinsheims und der Tür zum Tanzsaal verklang die Musik und aufgeregte Stimmen wurden laut.

Finn runzelte die Stirn und blieb neben der Tür stehen, um die Lage zu sondieren, schließlich wollte er nicht in irgendetwas Wichtiges hineinplatzen. Durch das Glas konnte er sehen, dass Kathi vor der Spiegelwand stand, die Hände in die Hüften gestemmt, und mit zusammengepressten Lippen ihre Mannschaft musterte.

»Alter, du hast immer was zu meckern«, hörte er eines der Mädchen rufen. Sie hatte das blonde Haar zu einem hohen Dutt zusammengefasst und trug Hotpants und ein enges Top, was ihre schmale Gestalt noch unterstrich. »Sind wir dir auch mal gut genug?«

»Jenny, ich meckere nur, wenn es angebracht ist. Und heute hat es euch echt an Motivation gefehlt. In gut zwei Wochen ist das nächste Turnier, wir müssen uns ranhalten.«

»Ach ja? Das haben wir vor Lübeck auch, und wo sind wir hingekommen?«

Lukas sprang Kathi bei, verschränkte die Arme vor der Brust. »Oha! Schon vergessen, dass ein paar von uns Magen-Darm hatten? Unter anderem du!«

»Was hat das denn damit zu tun?«

»Bist du behindert, Alter?«, schimpfte ein anderes Mädchen, ein blasse Rothaarige, deren Namen er noch nicht kannte, und funkelte sie an.

»Ach, halt's Maul«, fauchte diese Jenny, dann hörte er Schritte, und kurz darauf wurde die Tür aufgestoßen und sie rannte an ihm vorbei.

Der Rest der Mannschaft folgte, am Ende Lukas. Der entdeckte ihn und blieb vor ihm stehen, die Brauen zusammengezogen. »Was machst du hier?«

»Ich habe Kathi gebeten, mir Tanzen beizubringen.« Finn schob die Hände in die Hosentaschen.

»Hip-Hop oder was?« Sein jüngster Bruder bog sich vor Lachen.

»Nein, du Schlaumeier, Standard. Was man normalerweise in der Tanzschule lernt.«

»Mh-hm, alles klar. Viel Spaß!« Er zwinkerte ihm zu und lief zur Jungenumkleide hinüber.

Finn seufzte. Ob er Lukas einfach sagen sollte, dass er mit Kathi zusammen war? Hoffentlich hatte er kein Problem damit. Er ging hinein und entdeckte Kathi vor dem Fenster, die Arme unter der Brust verschränkt, den Blick auf den Parkplatz gerichtet.

»Hallo.«

Sie drehte sich zu ihm um, ein schmerzliches Lächeln erschien auf ihrem Gesicht. »Hey!«

»Was war das da gerade?« Er küsste sie zur Begrüßung, strich ihr dann über die Arme und nahm ihre Hände in seine.

»Ach, ich weiß auch nicht. Jenny hat in den letzten Monaten schon ein paarmal solche unzufriedenen Andeutungen gemacht, wenn wir nicht auf dem Treppchen gelandet sind. Vielleicht habe ich das nicht ernst genug genommen und jetzt hat sie die Schnauze voll.«

»Was glaubst du, was nun passieren wird?«

»Ich habe keinen blassen Schimmer. Ich hoffe nur, dass sie keine schlechte Laune verbreitet und andere anstachelt. Das kann ich echt nicht gebrauchen.«

»So schlimm wird es schon nicht werden«, versuchte er, sie zu beruhigen, und zog sie in seine Arme.

»Deinen Optimismus möchte ich haben«, murmelte sie und legte den Kopf an seine Schulter, die Nase an seinem Hals. Ihr weiches Haar streichelte seine Wange.

»Hattest du nicht neulich gesagt, du wolltest dich bemühen, es nicht mehr so verbissen zu sehen?«

»Ja, ich weiß. Aber ich habe mich so darüber geärgert, dass sie keine Lust hatten. Meinst du, ich habe es übertrieben?«

»Sorry, das habe ich nicht mitbekommen, erst Jennys Bemerkung.«

»Ach, Mann!« Kathi seufzte und ihr warmer Atem streifte seinen Hals, ließ ihn erschauern.

»Wird schon«, murmelte er schließlich und drückte die Lippen auf ihre Stirn, sog ihren Duft ein.

»Oh, sorry, ich bin total verschwitzt. Bin gleich wieder da.« Sie löste sich von ihm.

»Nein, kein Problem, ich ...«

Doch sie grapschte nach einem Haufen neben ihrer Tasche und lief hinaus. Finn schob die Hände in die Hosentaschen und blickte ihr nach.

Verdammt, er hatte schon wieder vergessen, dass er es langsam angehen wollte. Aber, fuck, sie war so süß, da fiel es ihm echt schwer, seine Vorsätze einzuhalten!

Ein paar Minuten später kehrte sie in einem frischen T-Shirt zurück, setzte sich neben ihre Tasche und zog die Turnschuhe aus. Die Baumwollsocken mussten Feinsöckchen weichen, dann zog sie nudefarbene Sandalen mit hohem Absatz und eine Art Bürste aus der Tasche. Mit der bearbeitete sie die Sohlen, dann zog sie die Schuhe an.

»Was machst du da?«

»Das sind richtige Tanzschuhe, und ich habe die Sohlen aufgeraut, um besseren Grip zu haben.«

Finn lachte und schüttelte den Kopf. »Du bist immer hochprofessionell, oder?«

»Wenn es ums Tanzen geht, ja.« Kathi streckte ihm die Hand entgegen, er packte sie und zog sie hoch. Hoffte, sie würde direkt in seine Arme fallen, doch da hatte er ihre Körperspannung wohl unterschätzt.

»So, fangen wir mit der Grundhaltung für den langsamen Walzer an!«

Eine Stunde lang verlangte sie volle Konzentration von ihm, aber das Ergebnis konnte sich sehen lassen. Langsamer Walzer und Discofox saßen.

»Womit machen wir nächste Woche weiter?«, fragte er auf dem Weg zum Auto.

»Jive und Cha Cha, die sind von den Grundschritten sogar sehr ähnlich.«

»Okay, was immer du sagst.« Er öffnete die Zentralverriegelung, und sie stiegen in den Wagen seiner Mutter.

»Hey, du hast mir noch gar nichts von deinem ersten Tag in der neuen Einheit erzählt!«, rief Kathi, als er vom Parkplatz fuhr.

»Ja, stimmt. Na ja, es war nichts Großartiges. Meine Hubschrauberbesatzung hatte keinen Dienst, deshalb hat mir der Obergefreite aus der Einsatzzentrale den Stützpunkt gezeigt und ein paar Anwesende vorgestellt.«

»Und wie ist euer Chef so?«

Finn grinste. »Meinst du den Oberstarzt, der für das Bundeswehrkrankenhaus und das medizinische Personal zuständig ist? Der ist ziemlich in Ordnung.«

»Gibt es noch einen anderen Chef?« Sie klang verwirrt.

»Ja, den Kommandeur des Rettungsfliegergeschwaders, aber der ist, wie gesagt, nicht mein fachlicher Vorgesetzter. Dem sind der Pilot und sein Bordtechniker unterstellt.«

»Klingt kompliziert.«

»Für Außenstehende bestimmt.« Er lenkte den Wagen auf einen Parkplatz direkt vor ihrem Haus, schaltete den Motor ab und löste den Sicherheitsgurt. Sie stiegen aus. Vor dem Auto nahm er ihre Hand und führte sie zum Hauseingang, wo er sie in seine Arme zog.

»Können wir am Freitag nicht auch etwas unternehmen? Ich weiß nicht, wie ich die Tage ohne dich überstehen soll.«

Kathi grinste und faltete die Hände in seinem Nacken. »Ich würde gerne, aber ich habe Trainer-Stammtisch vom Verein.«

»Dann spamme ich dich mit Nachrichten zu. Oder wir telefonieren.«

»Darum möchte ich doch bitten!«, tat sie entrüstet und zog ihn für einen Kuss zu sich herunter, den er am liebsten niemals beendet hätte. Es war unglaublich schön, sie in den Armen zu halten und sich in ihrem Duft und Geschmack zu verlieren.

Doch schließlich zog sie sich langsam zurück. »Sorry, aber ich muss morgen früh raus.«

»Himmel, ja, ich auch.« Er seufzte und küsste sie auf die Nasenspitze. »Bis Samstag. Und morgen telefonieren wir.«

»Okay. Und wir schreiben uns.«

»Auf jeden Fall.«

»Gut, dann darfst du jetzt gehen!«

Finn schüttelte lachend den Kopf, stahl sich noch einen Kuss und marschierte zum Auto. Dort winkte er ihr noch einmal zu, bevor er sich hineinsetzte und davonfuhr.

8.

»… und die Special Effects … wow!« Kathi stieß die Türen auf und trat hinaus auf den kleinen Platz vor dem Kinokomplex. »Ich bin immer noch total geflasht!«

»Ja, das merke ich!« Finn lachte, fing sie mit einem Arm um die Taille ein und zog sie an sich, um sie zu küssen. »Was habe ich mir da bloß eingebrockt?«

»Ich habe die Filme zwar nicht im Kino gesehen, aber auf DVD. Michelle und ich sind echte Avengers-Groupies, eigentlich schade, dass wir dafür nicht im Kino waren. Da kommen sie dreimal so gut.« Sie legte eine Hand auf seine Brust. »So, und jetzt lass uns was essen gehen!«

»Hast du nach dem ganzen Popcorn überhaupt noch Hunger?«

»Klar, was glaubst du denn!« Sie schob ihre Hand in seine. »Wo geht's lang?«

»Da runter.« Sie überquerten die Straße und schlenderten weiter, diskutierten über besonders gelungene Szenen des Superhelden-Action-Films, auf den sie sich vor der Kino-Kasse sofort geeinigt hatten.

Vor einem italienischen Restaurant mit Biergarten blieb er schließlich stehen. Die Fassade aus weiß getünchtem Backstein wirkte rustikal und einladend. »Wollen wir uns draußen hinsetzen?«

»Oh ja, der Abend ist so schön!«

Finn ging voran durch den eisernen Torbogen, an dem rosafarbene Rosen rankten. Zwischen den Holzmöbeln standen Terrakottakübel mit Zypressen oder Olivenbäumchen, und die Tische waren mit rot-weiß-karierten Decken, Lavendeltöpfchen und Windlicht dekoriert. Aus einem versteckten Lautsprecher perlte moderner Italo-Pop. An einem freien Tisch blieb er stehen und zog den Stuhl zurück, um ihn ihr dann wieder heranzuschieben.

»Wow, Gentleman der alten Schule?« Sie strahlte ihn an, während er sich ihr gegenüber niederließ und mit der Zunge schnalzte.

»Aah, man tut, was man kann. Nicht, dass du Michelle nachher erzählen musst, wie unaufmerksam ich war.«

Eine junge Kellnerin mit weißem Shirt und schwarzer Bistroschürze erschien neben ihnen, begrüßte sie und zündete die Kerze im Windlicht an. »Was darf ich bringen?«

»Ähm, die Speisekarte und zwei Alster?« Finn warf Kathi einen fragenden Blick zu, sie nickte.

»Gerne.« Die Kellnerin eilte davon, und Kathi sah sich um. »Nett hier, gemütlich.«

»Ja, stimmt. Und sie haben ein gute Auswahl an vegetarischen Gerichten.«

Ihr wurde ganz warm in der Brust. »Du hast das Restaurant extra deswegen ausgewählt?«

»Natürlich.«

»Aber das hättest du nicht tun müssen, ich habe bisher überall was gefunden.«

»Ich wollte, dass es ein perfektes Date wird, da gehört so was dazu.«

»Du bist so süß, weißt du das?« Sie streckte die Arme aus und nahm seine Hände.

»Und du erst!« Er hob ihre Hände zu seinem Mund und drückte die Lippen auf ihre Finger, womit er dieses überaus angenehme Kribbeln durch ihren Körper schickte.

Sie musste kichern. »Jetzt aber nicht kitschig werden, ja?«

»Tschuldigung.« Die Kellnerin war zurück und stellte ihnen die Flaschen hin, nachdem sie ihre Hände von einander gelöst hatten. Dann legte sie die Speisekarten daneben und ging wieder.

»Okay, dann wollen wir mal sehen.« Kathi schlug die weiß eingeschlagene Karte auf und blätterte durch das Angebot. »Oh, wow, das klingt lecker. Tagliatelle mit Pilzen, Kirschtomaten und Lachswürfeln.«

»Du isst Fisch?«

»Ja, auch ab und zu. Aber nur, wenn mich so was praktisch anlächelt.«

»Gut. Nicht, dass du irgendwelche Mangelerscheinungen bekommst.«

»Keine Angst.« Sie schlug die Karte zu, er tat es ihr nach. »Was nimmst du?«

»Spaghetti mit Tomaten-Sahne-Soße und Garnelen.«

»Klingt auch gut.«

Finn hielt ihr seine Bierflasche hin. »Auf einen schönen Abend.«

»Prost.« Sie stießen an und tranken, doch bevor sie das Gespräch wieder aufnehmen konnten, tauchte die Kellnerin erneut auf. Keine Minute später war sie wieder weg, mit ihrer Bestellung und den Speisekarten.

Kathi schaute ihr nah. »Mann, die ist aber fix.«

»Das gleiche habe ich auch gerade gedacht.« Er grinste und schüttelte den Kopf.

Ihre Hände fanden von allein auf dem Tisch zusammen, und sie blickte fasziniert auf ihre verflochtenen Finger hinab. Waren sie wirklich schon seit einer Woche zusammen?

»Wie ist es gestern gelaufen? Hat diese Jenny sich beruhigt?«

Kathi verzog das Gesicht. »Sie war gar nicht da und keiner wusste, warum. Angeblich. Aber ich kann mir das nicht vorstellen.«

»Was vermutest du denn?«

»Mein Bauchgefühl sagt mir, dass sie sich eine andere Mannschaft sucht. Ich kenne ihre Eltern, sie sind beide Ärzte und sehr ehrgeizig, das hat Jenny von ihnen. Auf dem Sommerfest habe ich mich kurz mit ihnen unterhalten und sie haben durchklingen lassen, dass das Training wieder besser werden muss. Schließlich macht ihre Tochter das nicht zum Spaß, sie will Erfolg haben, und sie unterstützen sie, wo sie nur können. Vielleicht hat sie sogar schon etwas Neues gefunden.«

»Meinst du?«

Sie zuckte mit den Schultern. »Kann gut sein. Leider vergisst sie dabei aber auch, dass das Team immer nur so gut ist wie seine Mitglieder. Und sie ist eine derjenigen, deren Talent nicht so ausgeprägt ist. Ich glaube, ihre Eltern wissen das nicht, so, wie sie ihre Ansprüche an mich vermitteln.«

»Hat das Einfluss auf deinen Job als Trainerin?«

»Keine Ahnung. Lass uns lieber von etwas anderem reden, das würde mir nur den Abend vermiesen.«

»Mach einen Vorschlag!«

»Ich will alles von deinem neuen Team wissen. Wie sind die so?«

Finn lachte. »Na ja, ganz nett eigentlich. Wir haben eine Pilotin, Gina, echt tough. Björn ist der Bordmechaniker, Robert der Arzt.«

»Ihr duzt euch alle?«

»Das hat mich auch gewundert, aber sie haben es mir alle sofort angeboten, und ich finde das super.«

»Wissen sie, warum du zu ihnen wechselst?«

»Bestimmt, aber sie haben es nicht angesprochen.«

»Und der Sanitäter, dessen Stelle du übernimmst?«

Er grinste sie an. »Cindy bleibt erst einmal am Boden, sie ist schwanger.«

»Oh!« Kathi kicherte. »Ich muss mich erst daran gewöhnen, dass es immer mehr Frauen beim Bund gibt. Und machen die auch Auslandseinsätze?«

»Klar.«

»Das läuft aber alles auf freiwilliger Basis, oder?«

»Überwiegend, ja. Es sei denn du schlägst beim Bund einen bestimmten Werdegang ein, da wird so was vorausgesetzt.«

»Verrätst du mir, warum du ausgerechnet nach Afghanistan gegangen bist?« Da sie Finn genau beobachtete, blieb ihr nicht verborgen, dass sein Lächeln ins Wanken geriet. Also drückte sie seine Hand, um ihm ihre Unterstützung zu zeigen.

Es half, er atmete tief durch. »Ich glaube, mich hat der Patriotismus gepackt. Ich wollte etwas bewegen und dort helfen, wo ich gebraucht werde.«

»Und das wirst du hier nicht?«

Ernst sah er auf ihre verschränkten Hände hinab, strich mit dem Daumen über ihren Handdrücken. »Vielleicht schon, aber ich kam mir damals so festgefahren vor. Der Job in der Kaserne war Standard, und privat ging es mir ähnlich. Ich war unglücklich, ich wollte ausbrechen.«

»Nicht ungewöhnlich, wenn man Single ist, glaube ich.«

»Ich war in einer Beziehung.« Als er aufblickte, traf sie sein schmerzerfüllter Blick und versetzte ihr einen eifersüchtigen Stich.

»Oh.«

»Genau. Mir hat nur der Mut gefehlt, Schluss zu machen. Das hat der Einsatzbefehl erledigt, Sandra war kurze Zeit später weg.«

»Du warst nicht in sie verliebt?«

»Nein, nicht wirklich.«

»Und warum bleibt man dann zusammen? Tut mir leid, ich würde das nicht wollen.«

»Bequemlichkeit, nehme ich an.« Finn zuckte mit den Schultern und verzog das Gesicht. »Von beiden Seiten. Es tut halt gut, wenn da jemand ist.«

Kathi entzog ihm ihre Hände und verschränkte die Arme vor der Brust. »Vielleicht hat sie dich geliebt?«

»Nein, glaub mir, das hat sie nicht.«

»Woher willst du das wissen?«

Er legte den Kopf schief. »Wenn du jemanden liebst, mäkelst du an seinem Job herum? Du hast ihn so kennengelernt und plötzlich hat er nicht genug Zeit für dich, schenkt dir nicht genug Aufmerksamkeit? Versuchst du, ihn zu beeinflussen und von der Arbeit abzubringen, die er wirklich gerne macht?«

Sie überlegte einen Moment und schüttelte den Kopf.

»Siehst du? Eben das meine ich. Ich habe Sandras Verhalten nicht ernst genug genommen und es einfach laufen lassen. Und das hat sich schließlich dahingehend gerächt, dass ich unzufrieden war und meine Laune auf den Job übertragen habe.«

»Ein bescheuerter Grund, deswegen in ein Gefahrengebiet zu gehen.«

Finn atmete tief durch. »Ist nun mal passiert. Ich ...« Er senkte den Kopf und faltete seine Hände. »Ich werde darüber hinweg kommen.«

Kathi konnte sein Leid beinahe selbst spüren, und sie hätte sich am liebsten geohrfeigt. Sie streckte die Hände aus und legte sie über seine. »Es tut mir leid, jetzt habe ich uns den Abend verdorben, oder? Ich hatte nicht vor, das Thema anzuschneiden.« Und trotzdem wünschte sie, er würde ihr vertrauen und ihr endlich davon erzählen.

»Nein, du hast ihn nicht verdorben. Trotzdem sollten wir uns die schwereren Themen für später aufheben und nicht beim ersten richtigen Date abhandeln.«

»Okay, ich werde mich bemühen.«

»Gut, und ich weiß auch schon, worüber wir unbedingt noch reden müssen.«

»Und das wäre?«

»Nächste Woche bekomme ich die Schlüssel zu meiner neuen Wohnung. Fürs Renovieren schnappe ich mir Lukas, aber ich könnte deine Hilfe beim Einrichten gebrauchen.«

Sie lächelte. »Und was hast du dir so vorgestellt?«

»Wir fahren zu IKEA und suchen ein paar hübsche Möbel aus.«

»Hey, es ist deine Wohnung, nicht, dass da ein zu weiblicher Touch reinkommt.«

Finn verdrehte die Augen. »Von Deko redet doch keiner! Ich will, dass es gemütlich wird. Schließlich sollst du dich auch bei mir wohlfühlen.«

Ihr wurde warm ums Herz und ihre Mundwinkel wanderten nach oben. »Hört sich gut an, ich bin dabei.«

»Guten Morgen!«, rief Finn fröhlich, als er die Küche betrat.

»Mann, Alter, wie kannst du nur so gut drauf sein? Es ist Montag!«, maulte Lukas und schob sich einen Löffel Müsli in den Mund.

»Im Gegensatz zu dir war ich schon joggen und duschen«, wich er aus, ging zur Kaffeemaschine, goss sich eine Tasse ein und setzte sich damit an den Frühstückstisch. »Oder was meinst du, wer die Brötchen hergezaubert hat?«

»Na, wer schon, Harry Potter«, versetzte sein jüngster Bruder.

»Ja, genau!« Finn lachte, nahm sich ein Brötchen und schnitt es auf.

»Und was hast du heute so vor?«

»Ich fahre zur Dienststelle, mache einen halben Tag und kümmere mich dann um einen fahrbaren Untersatz.«

»Cool, dann kannst du mich demnächst ja öfter fahren.« Lukas grinste und kratzte sein Müsli zusammen.

»Hättest du wohl gerne. Aber ... ich hätte tatsächlich einen Deal für dich.« Er hatte Butter auf die untere Brötchenhälfte gestrichen und belegte sie nun mit Käse.

»Und der wäre?«

»Wir können ab und zu über meine Fahrdienste reden, dafür hilfst du mir am Samstag beim Renovieren. Ist auch nichts Wildes, die Wohnung muss nur einmal gestrichen werden.«

»Ist okay, solange ich um sechs fertig bin.«

»Kein Widerstand?«, wunderte Finn sich. »Du überraschst mich.«

Sein Bruder zuckte nur die Schultern, schob seine leere Schale zur Seite und begann, sich zwei Brötchen für die Schule fertig zu machen. »Ist mal 'ne nette Abwechslung.«

»Klingt, als sei am Wochenende etwas nicht so gelaufen wie geplant.«

Lukas grummelte nur.

»Ein Mädchen?« Finn biss von seinem Brötchen ab und schaute ihn erwartungsvoll an.

»Geht dich nichts an, Alter!«

»Wenn du meinst ... ich dachte nur, ich könnte vielleicht helfen oder so.«

»Wie willst du mir schon helfen?«

»Hallo? Du vergisst, dass ich auch mal in deinem Alter war!«

Lukas schwieg, und Finn hatte bereits akzeptiert, dass sein Bruder keinen Beistand wollte, da seufzte er auf. »Also gut ... Ich habe dir doch erzählt, dass ich Nele total cool finde.«

»Ja?«

»Sie steht aber nicht auf mich, sie meint…« Er stockte, als Schritte auf der Treppe laut wurden, und beugte sich vor. »Sie meint, ich sei halt nur ihr Bro.«

»Scheiße«, kommentierte Finn, da bog ihre Mutter um die Ecke.

»Hallo, ihr zwei. Und tschüs, ich hab's eilig. Habt einen schönen Tag!« Sie winkte ihnen zu, schnappte sich Handtasche und Schlüssel und wirbelte hinaus. Die Tür fiel ins Schloss und Stille breitete sich im Haus aus.

»Und bei dir so? Wie läuft's mit Kathi?«

»Gut, wieso?«

Lukas grinste und schob den Stuhl zurück. »Och, ich wollte nur wissen, ob ihr zusammen seid. Danke!« Er nahm seine Brötchen und ging zur Schublade mit den Plastikdosen.

Finn lachte. »Tut mir leid, ich wollte es nicht an die große Glocke hängen.«

»Bist du behindert? Warum nicht?«

»Na ja, sie ist deine Trainerin.«

»Ja, und? Ist sie dir etwa peinlich?«

»Nein! Wie kommst du darauf?«

»Dann mach es halt offiziell und alles ist gut.«

»Und was, wenn sie das nicht will?«

»Alter, was seid ihr kompliziert«, murmelte Lukas, packte die Dose mit seinen Brötchen in den Rucksack und kam zurück zum Tisch. »Frag sie einfach, ich habe kein Problem damit.« Er sammelte sein benutztes Geschirr ein und räumte es in die Spülmaschine.

»Mache ich.«

»Gut. Tanzt ihr am Mittwoch wieder?«

»Ja.«

»Schade, ich hatte gehofft, dass du mich fährst.«

»Tut mir leid.«

»Kein Problem, bis später.« Und schon hatte er sich aus dem Staub gemacht.

Finn lächelte und schob sich das letzte Stück Brötchen in den Mund. Er liebte seine Familie, auch die morgendliche Gesellschaft und alltägliche Hektik, aber genauso genoss er die Stille, damit seine Gedanken zu Kathi schweifen konnten.

Sie hatten beim Essen zu unverfänglichen Themen gefunden und danach stundenlang weitergeredet. Während des Spaziergangs runter nach St. Pauli, in der Musik-Kneipe, in der sie sich ein paar Bier gegönnt hatten, und dann auf dem Weg zu Kathis Wohnung. Eigentlich belangloses Zeug und doch wieder nicht. Durch Kleinigkeiten lernte man jemanden eben viel besser kennen.

Und da sie es nicht lange ohne einander aushielten, waren sie gestern Nachmittag über einen riesigen Floh- und Antiquitätenmarkt geschlendert, gefolgt vom Stadtpark. Sie hatten sich ins Gras gelegt, die Wolken beobachtet und Händchen gehalten. Über das Leben philosophiert und das, was vielleicht noch hinter den Wolken war, draußen im All.

Das Beste an diesen wunderschönen Momenten war Finn danach klar geworden: Er begann zu heilen.

Die Erinnerungen verblassten, verloren Schritt für Schritt ihren Schrecken. Er hatte endlich wieder Spaß am Leben und daran, in die Zukunft zu schauen. Das hatte er Kathi zu verdanken. War ihr bewusst, dass sie ihm Mut, Halt und Zuversicht gab? Mit jeder kleinen Berührung, jedem persönlichen Wort. Und erst recht mit jedem einzelnen Kuss. Daraus schöpfte er Energie.

Total verrückt! Aber wahr!

Nur über Afghanistan reden, das konnte er noch nicht. Obwohl er es wollte. Er wollte sich ihr anvertrauen, nicht nur als Zeichen dafür, wie viel sie ihm bedeutete. Die Sehnsucht nach einem Vertrauten, der seine Geschichte kannte und ihm durch das Trauma half, wurde immer größer. Er wünschte sich nichts sehnlicher, als dass sie dieser Mensch war. Die Frage war nur, ob sie genauso viel empfand wie er und ob sie bereit war, diesen Weg mit ihm zu gehen.

9.

»Finn?«

Er hörte, wie Lukas die Haustür hinter sich ins Schloss drückte.

»Ja? Bin im Esszimmer.«

Finn las die letzten Sätze der Vertragsunterlagen, legte alles wieder auf einen ordentlichen Stapel und schob ihn in die Klarsichthülle.

»Alter, ist das deine Karre?«

Finn sah auf und grinste. »Wenn du den kleinen Roten meinst, dann ja.«

»Klein? Alter! Das ist ein SUV, echt cool. Neu?«

»Nein, ein Jahreswagen. Mit extra Rabatt für Beschäftigte der Bundeswehr.«

»Krass! Du musst ziemlich gut verdienen, ist das normal beim Bund?« Lukas zog einen Stuhl unterm Tisch hervor und ließ sich darauf fallen.

»Ich habe in den letzten zwei Jahren viel gespart, auf Auslandseinsätzen bekommt man einige Zulagen und gibt nur wenig aus. Außerdem brauchte ich einige Jahre keinen eigenen Wagen.«

»Ah, okay. Können wir mal eine Spritztour machen?«

»Ich hatte tatsächlich vor, dich zum Training zu bringen und gleich da zu bleiben.«

»Geiler Scheiß! Da bin ich dabei.« Sein Bruder grinste breit.

»Aber du musst allein nach Hause kommen.«

»Weiß ich, kein Problem.«

»Okay, dann sieh zu, dass du etwas isst und deine Hausaufgaben bis um fünf fertig hast.«

»Ja, Papa!«, erwiderte Lukas mit ironischem Unterton, sprang auf und marschierte zum Kühlschrank.

»Draußen steht Nudelsalat, Wiener Würstchen sind im Kühlschrank«, rief Finn ihm nach und zog das Betriebshandbuch seines neuen Autos heran.

»Genial, da habe ich jetzt echt Bock drauf.« Lukas klapperte mit Geschirr und Besteck und setzte sich schließlich mit einem fast überladenen Teller und einem Glas Cola an den Tisch.

Finn ließ ihn in Ruhe essen, bevor er den Blick hob und ihn ernst ansah. »Sag mal, das mit Jenny neulich ...«

»Hm?« Sein kleiner Bruder wischte sich den Mund ab und warf das Blatt Küchenpapier auf den Teller.

Finn konnte sehen, wie bei Lukas das Rollo runterging.

»Du brauchst nicht gleich zu mauern, ich wollte nur hören, ob sie sich eine neue Mannschaft gesucht hat?«

»Ich glaube, schon.« Er drehte den Kopf weg und trank von seiner Cola.

»Das ist scheiße, das wird Kathi treffen.«

»Ich weiß.«

»Liegt es wirklich an ihrem Ehrgeiz?«

»Mh-hm.«

»Mann, du bist ja echt gesprächig«, murrte Finn und schüttelte den Kopf.

»Sorry, Alter, aber das geht dich nichts an. Und mich auch nicht. Das ist allein Jennys Ding.«

»Aber das hat Einfluss auf euch alle.«

»Erzähl mir was Neues!«, zischte Lukas, sprang auf und machte sich mit dem Geschirr aus dem Staub.

Hast du ja super hinbekommen!

Finn seufzte, das hatte keinen Zweck. Und er musste es wieder geradebiegen. Was er dann auf dem Weg zum Training auch tat. Am Ende einer schweigsamen Fahrt lenkte er den Wagen auf den Parkplatz des Vereinsheims und hielt seinen Bruder am Arm zurück, bevor er aussteigen konnte.

»Sorry, Lukas, ich wollte mich nicht einmischen, wegen Jenny. Vergiss es einfach.«

»Okay, alles cool.«

»Gut. Danke.« Finn lächelte.

Sie stiegen aus, gingen hinein und hörten bereits den Tumult, der im Tanzsaal vor sich ging.

»Kathi? Können wir Sie kurz sprechen?«

Sie hielt in ihren Dehnübungen inne und drehte sich zum Eingang um, dort stand Jenny, in Jeans und schicker Bluse. Zusammen mit ihren Eltern.

»Ja, natürlich. Worum geht es denn?«

Wie bei Friedensverhandlungen trafen sie sich in der Mitte des Raumes. Aber Kathi ahnte, dass der Eindruck täuschte.

»Hallo, Jenny. Schön, dass du wieder da bist, ich habe mir schon Sorgen gemacht.«

Die Teenagerin verschränkte die Arme unter der Brust und betrachtete sie abschätzig.

»Jenny wird nicht bleiben«, wies ihre Mutter sie kühl zurecht, und Kathi wandte sich ihr zu. Die Orthopädin trug noch ihre weiße Arbeitshose und ein teuer wirkendes Top, strahlte Reichtum und Überheblichkeit aus.

»Darf ich fragen, warum nicht?«

»Wir sind der Meinung, dass Jennys Talent hier nicht genug gefördert wird.«

»Wenn das mit Lübeck zu tun hat …«

»Auch«, unterbrach sie jetzt Jennys Vater, von dem sie wusste, dass er als Chirurg in einer Privatklinik arbeitete. Auch seine Kleidung roch förmlich nach Geld. »Die Erfolge Ihrer Mannschaft lassen seit geraumer Zeit zu wünschen übrig, die *Homies* stehen nicht mehr jedes Mal auf dem Treppchen.«

»Ja, das kommt vor«, versuchte Kathi einzulenken. »Vor allem, wenn wir ein paar krankheitsbedingte Einflüsse bewältigen müssen.«

»So ein Scheiß«, meldete sich Jenny zu Wort. »Wir sind einfach nicht mehr gut genug. Ein paar haben keinen Bock mehr, und dein Training hat auch nachgelassen.«

Kathi schluckte. »Das hat mir bis jetzt noch keiner gesagt. So kann ich nichts daran ändern.«

»Ist mir jetzt auch egal. Ich wollte nur Bescheid sagen, dass ich die *Homies* und den Verein verlasse.«

»Hm, okay, sehr schade. Ich kann dich wohl nicht mehr umstimmen, oder?«

»Nee, bestimmt nicht!« Jenny lachte auf.

Kathi spürte einen Knoten im Magen, wann hatte Jennys Arroganz die Kontrolle übernommen?

»Alter, du bist so eine Bitch!«

Die schrille, weibliche Stimme ließ alle zusammenzucken. Nele und Marie standen in der Tür und funkelten sie an.

»Warum? Weil ich Erfolg haben will?«

»Weil du uns im Stich lässt!«, keifte Marie, und Nele legte ihr eine Hand auf die Schulter. »Ist das der Dank dafür, dass wir dir so oft dabei geholfen haben, die Choreo zu lernen?«

Jennys Eltern blickten ihre Tochter an, ließen sich aber nichts anmerken, ob sie die Tatsache erstaunte, dass Jennys Talent durch harte Arbeit ergänzt werden musste.

»Ach, haltet doch das Maul!«, schimpfte sie zurück. »Ihr seid unter meinem Niveau.«

Hinter Nele und Marie drängten sich weitere Leute, und Kathi konnte auch Finn darunter ausmachen.

»Spinnst du, oder was?«, meldete Kevin sich zu Wort.

»Du halt dein Maul!«, giftete sie ihn an. »Du schimpfst genauso auf das alles und fällst mir jetzt in den Rücken?«

Alle Augen richteten sich auf Kevin, dessen Blick von einem zum anderen zuckte. Er verstummte und presste die Lippen zusammen.

»Sagt sie die Wahrheit, du Opfer?« Lukas stieß ihn gegen die Schulter.

»Hey!«, rief Kathi und machte mit ausgestreckter Hand zwei Schritte auf die Gruppe zu. »Keine Prügeleien! Das klären wir anders.«

»Verpiss dich doch einfach, Alter!«, sprang Sebastian ihm bei, was

Kathi umso mehr erstaunte, da er sonst kaum den Mund aufbekam. Nur auf der Bühne war der schlacksige Junge, der vom Äußerlichen fast wie ein Computer-Nerd wirkte, ein komplett anderer Mensch.

»Genau!« Marie funkelte ihn an. »Mann, das hätte ich nie von dir gedacht! Beim Sommerfest hast du dich noch aufgeführt wie der King und jetzt ...«

Kevin reckte das Kinn. »Das hat mit unserem Auftritt beim Sommerfest nichts zu tun. Aber ich habe keine Lust mehr, in der zweiten oder dritten Reihe zu verschimmeln.«

»Was meinst du damit?« Lukas verschränkte die Arme vor der Brust.

»Na, du und Nele, ihr steht immer vorne. Kein anderer bekommt eine Chance. Das nervt.«

»Der einzige, der hier nervt, bist du!«, fauchte Nele. »Zeig, dass du besser bist als wir und die *Homies* führen kannst, dann bitte, mach!«

»Leute, beruhigt euch wieder, das bringt gar nichts!« Kathi hob beide Hände. »Wenn ihr dafür seid, können wir uns gerne ein rotierendes System einfallen lassen. Oder die Choreo so umstellen, dass alle mal vorne sind. Ich habe die Wettkampfauftritte bisher immer danach ausgerichtet, was am besten aussah. Aber ihr müsst schon mit mir reden, wenn ihr unzufrieden seid.«

Jenny winkte ab. »Für mich hat sich das erledigt, ich wechsele zu den *Black Ones*.«

Kathi schnappte nach Luft und versuchte, das heiße Ziehen in ihrem Magen zu ignorieren. Die Kids reagierten mit Rufen und Protest, alle wild durcheinander.

»Was?«

»Das kannst du doch nicht machen!«

»Mann, du Opfer!«

»Du bist doch wohl behindert!«

Kathi fing sich wieder und brüllte: »Ruhe, verdammt noch mal!«

Die *Homies* verstummten und starrten sie an, auch Jenny und ihre Eltern. Deren Blick erwiderte sie.

»Also, Jenny. Es ist wirklich schade, dass du in Lauras Mannschaft wechselst, ohne ein ernsthaftes Gespräch gesucht zu haben. Vor allem den anderen gegenüber ist das nicht fair, aber da du deine Entscheidung getroffen hast, bringt Reden nichts mehr.«

»Nein.« Jenny verschränkte die Arme vor der Brust.

»Nein, das tut es wirklich nicht«, pflichtete ihre Mutter ihr bei. »Es ist Zeit, zu gehen. Komm, Jenny!« Sie nahm ihre Tochter am Arm und eilte davon. Der Vater stolzierte ihnen nach.

Die Kids traten zurück und bildeten eine Schneise, begleiteten ihren Abgang mit abschätzigen Blicken. Erst, als hinter ihnen die Tür zufiel, kam wieder Leben in die Bude, und sie diskutierten wild durcheinander.

Kathi sackte in sich zusammen und bemerkte Finn zunächst nicht. Dafür erwiderte sie den Druck seiner Hand um ihre Finger umso dankbarer und hielt sich an seinem Arm fest.

»Was für eine verfluchte Scheiße«, murmelte Kathi und musterte das leidenschaftliche Chaos in ihrer Tanzmannschaft. Auch die letzten waren inzwischen eingetroffen und wurden von den anderen in die Ereignisse eingeweiht.

»Trifft euch das?«

»Ja, schon. Auch wenn wir durch den Austritt von ein oder zwei Personen nicht gleich auseinanderbrechen. Ich frage mich nur, warum ausgerechnet Lauras Truppe.«

»Das wird sie dir wohl kaum verraten.« Er küsste sie auf die Schläfe. »Aber ihr schafft das schon.«

Sie sah zu ihm auf, und Finns warmer Blick schenkte ihr eine Portion Mut. Dann gab sie ihm einen zärtlichen Kuss, ließ ihn los und klatschte in die Hände.

»Alle mal herhören!«

Die Kids wandten sich ihr zu, die aufgebrachten Stimmen verstummten.

»Also. Möchte uns vielleicht sonst noch jemand verlassen? Kevin?«

»Eigentlich nicht ... aber ich möchte eine Chance.«

»Gut. Hat jemand etwas dagegen, wenn wir die Choreo so umstellen, dass jeder mal vorne tanzt?«

Die Kids sahen einander an und schüttelten schließlich die Köpfe.

»Sehr schön. Dann wärmt euch jetzt auf und überlegt euch, wie wir das effektiv umsetzen. Wäre doch gelacht, wenn wir uns von Jennys Abgang abschrecken lassen, oder?«

»Du grübelst.« Finn schaltete den Motor aus.

»Was?« Ihr Kopf fuhr hoch und zu ihm herum.

»Du grübelst.«

Kathi zuckte mit den Schultern, sie lösten die Sicherheitsgurte und stiegen aus dem Wagen. »Das mit Jenny geht mir nicht aus dem Kopf.«

»Habe ich gemerkt.«

»Ach, ja? Woran?« Sie verzog das Gesicht und ließ sich von ihm in die Arme ziehen.

»Zum einen daran, dass du gar nichts zu meinem Auto gesagt hast.«

»Gefällt mir, aber, sorry, das ist echt Nebensache.«

»Kann ich verstehen. Und weil ich dich ablenken will, sind wir auch nicht zu dir gefahren.«

»Wie bitte?« Sie hob den Kopf und sah sich um. »Und wo sind wir?«

»Ich habe mir gedacht, wenn ich den Schlüssel zu meiner neuen Bude eher bekomme, dann zeige ich sie dir gleich.«

»Echt?« Ein Lächeln breitete sich auf ihrem Gesicht aus, und sie löste sich von ihm, schob aber ihre Hand in seine. Sie musterte das schmale, weiße Jugendstil-Haus, dessen Bauart in manchen Gebieten das Stadtbild Hamburgs prägt. Links befand sich die grau-weiße zweiteilige Eingangstür, rechts ein kleines Ladengeschäft für Nagelmodellage. »Welcher Stock?«

»Erster.« Finn fischte einen Schlüsselbund aus der Hosentasche und führte sie zur Haustür. »So kannst du dir gleich einen Eindruck verschaffen und dir den Samstag in gut zwei Wochen freihalten. Bis dahin sollte ich die Wohnung renoviert haben, und wir können Möbel kaufen fahren.«

»Da bin ich ja mal gespannt.«

Er schloss auf, zog sie hinein und die Treppen hinauf in den ersten Stock. Dort wandte er sich der rechten Tür zu, öffnete sie und ließ ihr den Vortritt. »Herein in mein bescheidenes Reich.« Obwohl es draußen noch recht hell war, schaltete er das Licht ein und führte sie nach einander durch die zweieinhalb Zimmer, das relativ große Bad und die gemütliche Küche, deren Einrichtung er anscheinend übernommen hatte. Als Abschluss schob er sie im Wohnzimmer hinaus auf die kleine Terrasse über dem Ladengeschäft.

»Wow, deine Wohnung ist ein richtiges kleines Schmuckstück.«

»Ja, oder?« Er trat neben sie auf die Freifläche. »Und genauso möchte ich sie auch einrichten. Kann ich auf dich zählen?«

Kathi grinste. »Klar. Meinst du denn, wir werden uns auf eine Linie einigen können?«

»Ich denke, schon. Der Stil in deinem WG-Zimmer gefällt mir ziemlich gut. Aber jetzt …« Er zog sie an sich, beugte den Kopf und küsste sie. Genoss das Gefühl ihrer Arme um seinen Hals und ihrem Körper an seinem. Wie immer gab sie sich seiner Zärtlichkeit ganz hin und entspannte sich.

Als sie den Kopf schließlich zurückzog, lächelte sie ihn an und strich mit den Fingern durch sein Haar. »Danke, genau das habe ich gebraucht.«

»Habe ich's mir doch gedacht!« Finn grinste und küsste sie noch einmal. »Schlaf erst mal eine Nacht drüber, dann sieht das Ganze schon anders aus. Außerdem wirkte eure veränderte Choreo gar nicht schlecht.«

Sie wiegte den Kopf. »Schon, aber ein paar von ihnen haben noch viel zu üben, bis sie sitzt.«

»Ist es in Ordnung, wenn ich wieder mitfahre? Oder bin ich ein Unglücksbringer?«

Kathi lachte. »Also echt! So abergläubisch sind wir nun auch nicht.«

»Okay, Schluss für heute.« Kathi verabschiedete die Kids mit Applaus und ging zum Ghettoblaster, um die Musik auszuschalten. Keine zehn Sekunden später war sie allein, die Stille dröhnte in ihren Ohren.

Scheiße, hoffentlich kriegen wir das bis nächste Woche hin!

Sie packte ihre Sachen zusammen, ging zur Trainerumkleide und stieg schnell unter die Dusche, bevor sie in ihr Sommerkleid und die Sandalen schlüpfte. Auf Wunsch der Kids hatten sie ein paar Moves eingebaut, die sie sich bei den Tutorials eines weltweit bekannten Hip-Hop-Tänzers und Choreografen abgeschaut hatten, aber sie hakten noch und die Umstellung funktionierte auch nicht richtig, wenn Lukas und Nele nicht vorne tanzten, warum auch immer. Daran änderten weder strengere Ansagen noch gutes Zureden etwas. Dazu hatte Kathi sich in der Uni nicht wirklich auf die Vorlesungen konzentrieren können.

Ein Glück, dass Freitag war und sie Michelle versprochen hatte, mit ihr etwas trinken zu gehen. Finn war so süß und verständnisvoll, dass sie beinahe ein schlechtes Gewissen ihm gegenüber hatte.

»Hey, zusammen zu sein, bedeutet nicht, aufeinander zu hocken«, hatte er gestern Abend am Telefon gesagt. »Ich bereite die Wohnung einfach fürs Streichen vor, dann geht es am Samstag mit Lukas umso schneller.«

Im Grunde hätte sie auch bei der Renovierung geholfen, aber er hatte sie davon abgehalten. »Nein, du lenkst mich zu sehr ab. Lass uns lieber am Sonntag ins Freibad gehen, okay? Ich bringe einen vollen Picknickkorb mit.«

Ein ganzer Tag mit ihm im Freibad? Eine sehr gute Idee.

Besonders, weil ich ihn bloß in Badeshorts sehen kann!

Kathi hielt beim Föhnen ihrer Haare inne und presste die Augen zusammen.

Mann, was für ein kindischer Gedanke! Wie alt war sie? Fünfzehn? Sie war doch eine erwachsene Frau! *Ja, aber eine, die kaum ihre eigenen Bedürfnisse kennt!*

Scheiße, so langsam hatte sie es echt satt!

Sie warf ihr halb trockenes Haar zurück, packte ihre Tasche

und machte sich auf den Weg in die WG. Als sie die Wohnungstür aufschloss, stand Michelle bereits im Flur.

»Na, das wird aber auch Zeit! Können wir direkt los?« Ihre beste Freundin schlüpfte in ihre Flip-Flops.

»Ja, doch!«, maulte Kathi und warf ihre Tasche vor die Badezimmertür.

»Na, deine Laune ist ja bestens. Was ist passiert?«

»Ich brauche erst mal ein Bier, also lass uns gehen.«

»Yes, Sir!« Michelle salutierte, nahm ihren Schlüssel und schob Kathi wieder in den Hausflur hinaus.

Der Weg zum Schanzenviertel war nicht weit, und Michelle überbrückte die Zeit mit Geplauder über ihre heutigen Vorlesungen. Doch als sie ihre Lieblingskneipe erreicht und am letzten freien Biergartentisch Platz genommen hatten, kannte sie kein Halten mehr. »Zuerst will ich wissen, was es bei dir und Finn Neues gibt. War er sauer, dass du heute mit mir ausgehst?«

Kathi lächelte, vergaß für einen Moment ihre schlechte Laune und erzählte von Finns Renovierungsplänen und dem ersten Eindruck seiner neuen Wohnung.

Michelle schnalzte mit der Zunge und grinste. »Heißt das, dass du demnächst öfter bei ihm sein wirst?«

»Keine Ahnung. Hoffentlich«, gab sie zu und fühlte trotzdem Hitze in ihre Wangen steigen. Ihre Freundin lachte auf.

»Na, dann will ich dich mal nicht weiter belästigen, was das angeht.«

Ein junger Kellner blieb neben ihrem Tisch stehen, und Michelle richtete sofort ihre volle Aufmerksamkeit auf ihn. »Moin, Kleiner! Bist du neu?«

Kathi verbarg ihr Kichern hinter der Hand, ihre Freundin war echt die einzige, die einen großen, attraktiven Kerl mit »Kleiner« ansprach. Und anscheinend auch noch ungeschoren davonkam.

»Sieht ganz so aus, oder, Süße?« Der südländische Typ mit Dreitagebart strich sich das Haar hinters Ohr. »Willst du mich nur anbaggern oder auch was bestellen?«

Michelle klappte für eine Sekunde das Kinn herunter, dann

grinste sie ihn an. »Wir fangen mal mit zwei Flaschen Alster an. Und über das Anbaggern können wir später noch reden.«

»Schauen wir mal«, entgegnete der Kellner mit einem selbstsicheren Grinsen und ging weiter.

»Himmel, Michelle!« Jetzt konnte Kathi das Lachen nicht mehr unterdrücken.

»Was denn? Der ist echt süß!« Sie stimmte mit ein.

»Ach, Mensch, ich wünschte, ich hätte deinen Mut und deine freche Klappe«, meinte Kathi schließlich mit einem Seufzen und wischte sich die Tränen aus den Augenwinkeln.

»Was? Wieso? Du hast doch Finn.«

»Na ja, aber ich …« Sie hielt inne und schaute auf, als der Kellner zurückkehrte und ihnen die Flaschen auf den Tisch stellte.

Er lächelte Michelle noch einmal an, und sie folgte ihm mit dem Blick, bis er hinter Kathi verschwunden war. Die hob eine Braue und sah ihre Freundin herausfordernd an.

»Was? Darf ich nicht gucken?« Michelle grinste, nahm ihr Alster und stieß mit ihr an. »Hopp hopp, rin'n Kopp!«

»Cheerio, Miss Sophie!« Kathi schüttelte den Kopf und trank.

»Okay, zurück zu dir. Du hast Finn abbekommen, aber …«

»Ach, ich wünschte, ich wäre mutiger, hätte mehr Erfahrungen und so weiter. Manchmal fühlt es sich total blöd an, dass er so rücksichtsvoll ist und nicht weitergeht. Dabei würde ich das schon gerne.«

»Dann tu's doch einfach!«

»Du bist blöd!« Kathi nahm einen Bierdeckel aus dem Ständer und warf ihn nach ihrer Freundin. Die fing ihn auf und lachte, steckte ihn zurück an seinen Platz.

»Nein, ernsthaft«, meinte sie dann. »Wenn du dich nicht traust, den nächsten Schritt zu gehen, musst du ihm wenigstens ein Zeichen geben. Wie soll er sonst wissen, dass du bereit bist?«

»Und wie soll ich das anstellen?«

»Keine Ahnung? Dich beim Küssen an ihn pressen? Über seinen Rücken zu seinem Hintern streichen?«

»Oh, Gott!« Kathi schlug die Hände vor's Gesicht, nahm sie

aber kurz darauf wieder runter. »Weißt du was? Manchmal habe ich es echt satt, die zu sein, die es kaum getan hat.«

»Hört, hört, das sind ja mal Töne! Klingt ziemlich verliebt.«

»Verliebt ist das eine und das Körperliche das andere.«

»Scheiße, wie sich das anhört!« Michelle kicherte und nahm noch einen Schluck. »Sag doch einfach, dass du total scharf auf ihn bist.«

»Das klingt total gefühllos.«

»Darüber reden wir wieder, wenn du das erste Mal mit ihm hinter dir hast.« Michelle zwinkerte ihr zu.

Kathi verdrehte die Augen, trank von ihrem Bier und stutzte. Hinter ihrer Freundin war ein Pärchen aufgetaucht, und die Frau kam ihr bekannt vor. Tatsächlich, Laura!

Mist, hoffentlich entdeckte ihre Erzfeindin sie nicht!

Sie duckte sich und beobachtete die beiden unauffällig. Der Kerl bei Laura war ein gutes Stück größer, hatte viel zu ausgeprägte Muskeln und einen rasierten Schädel. Da er den Arm um sie gelegt hatte, ging Kathi davon aus, dass es ihr Freund war.

Michelle beugte sich vor und flüsterte: »Was ist, wer ist da?«

»Laura und ihr Freund.«

»Was? Die Laura, die die *Black Ones* trainiert und damals deinen Platz bekommen hat?«

»Ganz genau.« Kathi richtete sich wieder auf, nachdem die beiden ein paar Tische weiter einen Platz gefunden und sich hingesetzt hatten. »Und sie hat ihre Krallen schon wieder in meine Richtung ausgefahren.«

»Was meinst du damit?«

Sie sah ihre Freundin an. »Jenny ist raus, sie hat die Crew gewechselt und ist jetzt bei den *Black Ones*.«

»Nicht dein Ernst!« Michelle riss die Augen auf.

»Leider doch. Am Mittwoch gab es deswegen ziemlichen Ärger beim Training.« Kathi fasste es ihr kurz zusammen.

»Meinst du echt, das sie sie belatscht hat, zu wechseln?«

»Sieht ganz so aus. Und wenn das stimmt, wird sie weitermachen.«

»Wirb jemanden aus ihrer Truppe ab!«

»Du weißt genau, dass das nicht mein Ding ist.«

»Dann bleibt dir nur eine Alternative. Sieh zu, dass deine *Homies* gar nicht erst weg wollen.«

Kathi winkte ab. »Schluss jetzt mit dem Thema, ich will nichts mehr davon hören!«

Michelle verschränkte die Arme vor sich auf dem Tisch und beugte sich lächelnd vor. »Auch das sind ganz neue Töne. Ich werde deinen Finn zum Dank zu knutschen, wenn ich ihn das nächste Mal sehe.«

»Untersteh' dich!«, brummte Kathi und versuchte, ein feindseliges Gesicht zu machen, doch es gelang ihr nicht. Weil sie genau wusste, dass Michelle niemals etwas in der Richtung tun würde. Sie prusteten los, und Kathi spürte die Anspannung von sich abfallen. Eigentlich sollten sie viel öfter mal auf ein Bier rausgehen, sie hatte viel zu viele Abende zu Hause verbracht. Was eindeutig ihre Schuld war. *Gott, bin ich echt so spießig?*

Begleitet vom gesprächigen Summen an den Tischen um sie herum, quatschten sie über die Uni und was sonst noch in den vergangenen Tagen passiert war.

Als jemand an ihrem Tisch stehenblieb, sah Kathi überrascht auf, denn der südländische Kellner hatte erst vor ein paar Minuten neue Getränke gebracht. Doch es war nicht Michelles Flirtpartner des Abends, es waren Laura und ihr Freund, die auf sie hinab grinsten.

»Kathi, welch eine Überraschung! Solltet ihr nicht trainieren, so viel ihr könnt?«

Sie hasste es, ihren Spitznamen aus dem Mund ihrer Erzfeindin zu hören, deshalb verging ihr Lächeln auch augenblicklich.

»Ich glaube nicht, dass du das beurteilen kannst, Laura.«

»Ach, nein?« Sie kicherte. »Jenny fehlt doch bestimmt in eurer Choreo.«

Kathi wurde heiß und ihr Magen zog sich zusammen, trotzdem gab sie sich locker. »Oh, das haben wir längst kompensiert.«

Laura ließ sich davon nicht beirren, sie machte eine wegwerfende Handbewegung und meinte in ironischem Ton: »Ach, na dann! Dann werdet ihr gar nicht merken, wenn noch mehr Leute zu mir wechseln.«

Waren ihr die Gesichtszüge entgleist? Anscheinend, denn diese Hexe warf den Kopf in den Nacken und lachte gehässig. Dann legte sie ihrem Freund den Arm um die Taille und seine Hand tauchte auf ihrer anderen Seite auf, strich über den Ansatz ihrer Brust. Kathis Blick zuckte automatisch hin, und sie zwang sich, diesem verlogenen Weibsbild in die Augen zu schauen.

»Toi, toi, toi für nächste Woche, ihr könnt es brauchen«, versetzte Laura und zog ihren Freund vom Tisch weg.

Kathi starrte ihr nach und versuchte, gegen den Knoten in ihrem Magen anzuatmen.

»Wetten, er darf sie jetzt flachlegen?«, witzelte Michelle ohne Vorwarnung.

Gegen das beinahe hysterische Kichern, das in Kathi aufstieg, konnte sie nichts tun, außer die Hand vor den Mund zu schlagen. »Hör auf, ey, jetzt habe ich Kopfkino!«

»Und ich erst!« Michelle stimmte in das Kichern mit ein und hielt ihr die Flasche zum Anstoßen hin. »Tut mir einen Gefallen und gewinnt nächste Woche, ja? Diese Bitch verdient es nicht anders.«

Kathi ließ ihre Flasche gegen die ihrer besten Freundin klirren. »Wir tun unser Bestes, versprochen!«

»Wie wäre es da vorne im Schatten?«

Kathi folgte Finns ausgestrecktem Finger bis zum Rand der schon gut gefüllten Liegewiese und entdeckte auf Anhieb den jungen Baum, unter dem noch keine Decke oder Besucher lagen. »Sehr gut.« Sie steuerte in die entsprechende Richtung.

Beim Baum angekommen, stellten sie ihre Taschen und den Picknickkorb ab und breiteten die Decke aus. Finn ließ sich gleich darauf fallen und seufzte. »Ist das nicht herrlich?« Er sah zu ihr auf und streckte ihr die Hand entgegen. Sie lächelte und ergriff sie, ließ sich von ihm quer auf seinen Schoß ziehen.

»Ja, ist es.« Sie streckte die Beine aus und kickte die Flip-Flops von ihren Füßen, schmiegte sich an seine Schulter. Er schlang die Arme um sie und drückte sie sanft an sich. Genau hier gehörte sie hin, es fühlte sich perfekt an!

»Ich hab mich gestern den ganzen Tag auf das hier gefreut«, sagte Finn leise und küsste sie sanft auf die Stirn, sog ihren Duft ein. »So gesehen war ich also trotzdem abgelenkt.«

Sie kicherte. »Du Armer! Aber ihr seid fertig geworden, oder?«

»Ja. Lukas war eine gute Hilfe und auch pünktlich startklar. Meine Mutter hat uns zum Mittagessen einen Korb Essen gebracht und unseren Fortschritt begutachtet und gelobt.«

»Meine Eltern haben sich damals erst auf der Einweihungsparty sehen lassen. Ich glaube, sie haben es mir übel genommen, dass ich Nägel mit Köpfen gemacht habe, als sie meinten, ich solle endlich den Arsch hochkriegen.« Sie legte den Kopf in den Nacken, er erwiderte ihren Blick. »Ist es eigentlich Zufall, dass deine neue Bude in meiner Nähe liegt?«

Er sah mit unschuldigem Gesichtsausdruck zum Himmel und pfiff vor sich hin, dann grinste er sie an. »Nein, ist es nicht.«

»Hast du gut gemacht.« Sie hob die Hand, vergrub die Finger in seinem Haar und zog ihn für einen Kuss zu sich herab. »Wollen wir mal gucken, wie das Wasser ist?«

»Auf jeden Fall!« Er entließ Kathi aus seiner Umarmung, und sie entledigten sich ihrer Klamotten, unter der sie bereits ihre Badesachen trugen. In einem unbeobachteten Moment schielte er zu ihr hinüber und bewunderte ihren sexy trainierten Körper, die sanft geformten Muskeln unter ihrer hellen Haut, wandte aber schnell den Blick ab. Nichts wäre peinlicher, als sich beim Gaffen erwischen zu lassen. Als sie fertig waren, legten sie Handtücher bereit, verstauten ihre Sachen unter dem Kopfende der Decke und liefen Hand in Hand zum Außenbecken hinunter.

Sie schwammen und tobten, redeten und lachten, spritzten sich gegenseitig nass und tauchten einander unter. Und irgendwann konnte Finn nicht mehr widerstehen. In einer Ecke des Beckens angekommen zog er sie an sich, schlang die Arme um ihre Taille und küsste sie. Er liebte ihren Geschmack und versank zu gerne darin.

Ihre Arme legten sich um seinen Nacken, und Kathi drückte sich an ihn. Verdammt, sie machte ihn ganz verrückt und ahnte das wahrscheinlich nicht einmal! Seine Hände wanderten über ihren Rücken, auch unter den Verschluss des Bikinioberteils, dann wieder tiefer, und er wagte sich einen Schritt vor und umschloss sanft ihren süßen Hintern. Dass sie nicht zurückwich, freute ihn, und er vertiefte den Kuss, bis sie schließlich den Kopf zurückzog.

Er sah in ihre wunderschönen blauen Augen und bemerkte, dass sie genauso atemlos wirkte, wie er sich fühlte.

»Ich möchte nicht wegen Erregung öffentlichen Ärgernisses rausgeschmissen werden«, meinte sie und grinste.

Finn erwiderte es und strich ihr eine nasse Strähne aus dem Gesicht. »Keine Angst, so weit gehe ich nicht. Wenn du nicht willst.«

Kathis Wangen färbten sich rot, doch sie wich seinem Blick nicht aus. »Jetzt gerade nicht«, hielt sie dagegen und löste sich von ihm. »Wie wäre es mit einem Snack? Wasserspiele machen hungrig.«

Oh, und andere erst! Er verdrängte diesen Gedanken und nickte. »Finde ich auch. Lass uns nachsehen, was alles in dem Korb ist.«

Sie schoben sich durch das Wasser, stiegen aus dem Becken und rannten lachend zu ihrem Platz hinüber. Nachdem sie sich abgetrocknet hatten, setzten sie sich auf die Decke.

»Okay«, sagte Finn gedehnt und schlug die beiden Deckel zurück. »Ich könnte dir Obst anbieten, Muffins …«

»Muffins? Welche Sorte?« Sie versuchte, einen Blick in seinen Korb zu erhaschen, doch er hinderte sie daran.

»Ich habe zwei Sorten mitgebracht, eine für jetzt, eine für heute Nachmittag. Schoko und Blaubeere.«

»Blaubeere. Magst du einen Kaffee?« Sie warf sich das Shirt über, das sogleich an ihrem nassen Bikinioberteil festklebte, schlüpfte in ihre Flip-Flops und kramte bereits nach ihrem Portemonnaie.

»Schwarz, danke.«

Ein paar Sekunden lang sah er ihr nach und lächelte, dann packte er zwei Pappteller, Servietten und die beiden Blaubeermuffins aus und stellte den Korb wieder beiseite. Er stützte sich mit den Händen nach hinten ab und ließ den Blick über die anderen Badegäste schweifen. So langsam fühlte er sich wieder wohl in seiner Haut, und Kathi hatte den größten Anteil daran. Dass Lukas ihm beim Streichen geholfen hatte, hatte hingegen dazu beigetragen, dass sie sich wieder annäherten. Finn war bewusst geworden, wie viel er in den letzten Jahren verpasst hatte.

Finn setzte sich auf, als Kathi mit zwei Pappbechern zurückkam, und nahm ihr diese ab, damit sie sich neben ihn setzen konnte. »Sag mal, mir ist da gerade eine Idee gekommen.«

»Ja?« Sie schlug die Beine im Schneidersitz unter, trank einen Schluck von ihrem Cappuccino und stellte den Becher auf eine halbwegs ebene Stelle auf der Decke. Nahm Pappteller und Muffin und biss hinein. »Mmh, ist der lecker!«, nuschelte sie, hielt sich dann aber alle verfügbaren Finger der Muffinhand vor den Mund. Kaute und schluckte. »Sorry, das war jetzt nicht gerade die feine Art«, meinte sie mit einem entschuldigenden Lächeln.

»Macht nichts, ich bin Soldaten gewöhnt, schon vergessen?« Er zwinkerte ihr zu und biss ebenfalls in seinen Muffin.

»Nun sag schon, was für eine Idee hattest du?«

»Weißt du, dass mein mittlerer Bruder in Paris studiert?«

»Ja, Lukas hat mir neulich davon erzählt.« Sie widmete sich wieder ihrem Gebäck.

»Hat er auch erwähnt, dass er und meine Eltern Jonas in den Herbstferien besuchen wollen?«

»Ja, ich glaube schon. Warum?«

»Was hältst du davon, wenn wir auch hinfahren? Bis auf ein oder zwei Familientreffen können wir uns ja ausklinken.«

Kathi riss die Augen auf. »Echt? Du willst schon mit mir verreisen?«

Er lachte auf. »Klar, warum denn nicht? Du kannst auch vorher bei mir übernachten, probehalber. Vielleicht schnarche ich ja, dass sich die Dachbalken biegen. Außerdem …« Er zuckte mit den

Schultern. »Wir beide in der Stadt der Liebe? Romantischer geht es kaum, oder?«

Als sie errötete und den Blick abwandte, wurde sein Lächeln sanft.

»Okay, ich schaue mal, wegen der Uni und den Turnierterminen, aber eigentlich sollte das in den Herbstferien kein Problem sein.« Sie aß ihren Muffin auf, wischte sich die Finger an der Serviette ab und nahm ihren Kaffeebecher in beide Hände.

»Das wäre echt super.« Finn schob sich ebenfalls das letzte Stück in den Mund, säuberte seine Hände und stapelte ihre beiden Teller neben dem Korb. »Und wie war euer Mädelsabend vorgestern?«, fragte er, während er an seinem Kaffee nippte.

»Ganz cool, eigentlich.« Sie erzählte ihm zunächst lächelnd von Michelles frecher Flirterei, doch als sie das Zusammentreffen mit Laura ansprach, verschwand ihre Leichtigkeit.

»Sie ist eine blöde Kuh, mehr nicht.« Er griff nach ihrer Hand und drückte sie.

»Denk nicht mehr daran, das hier ist unser Tag, okay?« Finn stellte ihre leeren Becher zu den Papptellern und strich ihr über die Wange.

»Du hast recht, tut mir leid.«

»Hey, das ist schon in Ordnung. Also, was wollen wir als nächstes machen? Wieder schwimmen? Oder faulenzen?«

»Lass uns hier ein bisschen chillen.« Kathi zog sich das T-Shirt über den Kopf, und für einen Augenblick war er von ihrem reizvollen Anblick abgelenkt. Doch er riss sich zusammen und angelte nach ihrer Tasche. »Soll ich dir den Rücken eincremen?«

Sie grinste ihn an und wandte ihm den Rücken zu. »Das wäre super.«

Seine Hände auf ihrer Haut zu spüren, hatte ihr gefallen. Sehr sogar. Finn war sanft und zurückhaltend, und sie fühlte sich in seiner Gegenwart besonders wohl und geborgen. Nicht zum ersten Mal wünschte sie sich, er hätte die letzten Jahre nicht außerhalb von Hamburg gelebt.

Kathi genoss die Vertrautheit und die Gespräche, das Treibenlassen oder die Ausgelassenheit im Wasser. Suchte seine Nähe und berührte ihn, wann immer sie die Gelegenheit dazu hatte. Am Nachmittag nahm sie sogar allen Mut zusammen und setzte sich auf seinen Hintern, um ihm die Schultern und den Rücken einzucremen.

Ein letztes Mal glitten ihre Hände über seine warme Haut, doch sie blieb sitzen. »So, fertig.«

»Na, endlich, du bist aber auch schwer!« Finn ruckte mit dem Hintern nach oben, sodass sie fast das Gleichgewicht verlor und in Gelächter ausbrach.

»Hey, das hier ist kein Rodeo!«

»Ach, nein?« Er bäumte sich stärker auf, und sie kippte zur Seite, rollte sich neben ihm auf den Rücken und lachte ausgelassen. Dann war er halb über ihr, auf einen Ellenbogen gestützt, und schob ihr eine Haarsträhne hinters Ohr. Kathi ließ sich in seine grün-braunen Augen fallen, beider Lachen ebbte ab, und sie legte ihm die Hand in den Nacken, zog ihn zu sich herunter. Sie schloss die Augen und hieß seinen Mund willkommen. Sie versanken in einem zärtlichen Kuss, doch dabei blieb es nicht.

In ihr brodelte die Leidenschaft hoch, der Kuss vertiefte sich und schließlich schlang sie ein Bein um seines. Sie presste sich an ihn und fuhr mit den Fingernägeln über sein Rückgrat. Sein Aufstöhnen überraschte sie, hielt sie aber nicht auf, sie antwortete ihm sogar auf die gleiche Weise.

Das Kreischen und Lachen einiger vorbeilaufender Kinder schreckte sie aus ihrer eigenen Welt auf, und Finn hob den Kopf. Sie öffnete die Augen, begegnete seinem Lächeln. Erwiderte es und streichelte über seinen Rücken.

»Ist irgendwas?«

»Nein, ich schaue dich nur gerne an.«

Hitze schoss ihr ins Gesicht, und sie biss sich auf die Unterlippe. Was sollte sie darauf erwidern?

»Geht es dir gut?«, wollte er wissen und strich ihr ein paar Haare aus dem Gesicht, die der Wind dorthin geweht hatte. »Wenn es dir zu schnell geht …«

»Nein, alles super. Echt, ich …« Sie schluckte und grinste schief. »Ich habe keine Angst oder so was. Wenn mir was nicht passt, sage ich das schon.«

»Das ist gut. Ich will nämlich nicht, dass du dich zu irgendetwas gezwungen fühlst.«

»Tue ich nicht, ehrlich!«, versicherte sie.

»Okay, gut. Aber … bevor wir noch Hausverbot bekommen … wie wäre es mit dem Schokomuffin?«

Kathi schob die Unterlippe vor und tat, als würde sie schmollen. »Wenn's sein muss …«

Er lachte leise, senkte den Kopf und küsste sie. Und sie nutzte es aus und zog ihn noch einmal fest an sich. Es wurde Zeit, ein paar Stunden in ihrem Zimmer zu verbringen. Oder demnächst in seiner Wohnung.

»Soll ich mal schauen, ob ich am Kiosk einen Frozen Coffee bekommen kann?«, fragte er schließlich und löste sich von ihr.

»Gute Idee.«

Finn bückte sich zu seiner Jeans, fummelte das Portemonnaie aus der Gesäßtasche und wandte ihr dabei die rechte Körperseite zu. Als er den Arm hob, fielen ihr zwei Narben auf, zwischen Brust und Achsel. Rund und dunkelrosa. Kathi zog die Brauen zusammen. Was war das?

»So, bin gleich wieder da.«

Einen Moment lang blickte sie ihm nach, wie er Richtung Kiosk lief und kaute auf ihrer Unterlippe, rang mit sich selbst. Dann siegte die Neugier, sie angelte nach ihrem Handy und rief Google auf. Sie erhielt Infos zu Pockenimpfung und natürlicher Bildung, doch sie glaubte nicht, dass diese Narben ohne Einfluss von außen entstanden waren. Der Zusatz »Verletzung« brachte auch nicht mehr Erkenntnisse, also überlegte sie einen Augenblick, kombinierte sein letztes Einsatzgebiet mit den dortigen Zuständen und gab schließlich »Narbe Schussverletzung« in die Suchleiste ein.

Beim Anblick der Bilder riss sie die Augen auf. »Ach, du Scheiße!«, flüsterte sie und schluckte.

10.

»Ich hoffe, nächsten Samstag hast du noch nichts vor!« Finn drehte sich vor der Haustür nach ihr um und streckte ihr die Hand hin.

Kathi ergriff sie und verschlang ihre Finger mit seinen, schulterte ihre Turniertasche. Sie liefen los zur nächsten U-Bahn-Station.

»Ich glaube, nicht. Warum?«

»Na, wir wollten doch zu IKEA.«

»Ach so, ja.« Sie lachte. »Sorry, ich war in Gedanken schon beim Turnier.«

»Schon okay. Hast du am Mittwoch nach unserem Tanztraining ein wenig Zeit, mit mir einen Blick in den Katalog zu werfen?«

»Klar, können wir machen. Aber ist es vor Ort nicht einfacher? Da werden doch alle Möbel ausgestellt und man kann sich Ideen holen.«

»Ja, stimmt auch wieder.« Er schüttelte den Kopf. »Bei meiner letzten Wohnung habe ich mir nicht so einen Kopf gemacht.«

Sie grinste. »Irgendeine Idee, woher das kommt?«

Finn zuckte mit den Schultern. »Keine Ahnung. Vielleicht, weil es die erste Wohnung in meiner Heimatstadt ist? Und ich hierbleiben will? Vorher wollte ich viel rumkommen und Erfahrungen sammeln, aber jetzt ... vielleicht liegt das ja an dir.« Er drückte ihre Hand, und ein warmes Glücksgefühl breitete sich in ihrer Brust aus.

»Jaaa, ich hätte auch nichts dagegen, wenn du in meiner Nähe bleibst. Wahrscheinlich werde ich nächstes Jahr einen Notfallsanitäter gut gebrauchen können, wenn die Prüfungen anfangen.«

»Ach, was, das kriegst du schon hin. Aber ich unterstütze dich natürlich, wo ich kann. Mit Massagen, Ablenkung…«

Kathi kicherte und stieß mit der Schulter gegen seine. »Darüber reden wir, wenn es soweit ist.«

Sie liefen zum Bahnsteig hinunter und kurz darauf kündigte sich bereits die Bahn an. Gleich neben der Tür fanden sie noch zwei Sitzplätze, und er legte den Arm um ihre Schultern und zog sie an sich, küsste ihre Schläfe.

»Habe ich dir eigentlich schon gesagt, wie dankbar ich bin, dich gefunden zu haben?«

Kathi schloss die Augen und lächelte. »Nein.«

»Du bist der Schutzengel, der mich aus der Dunkelheit gezogen hat«, sagte er so leise, dass sie es gerade eben hörte.

Sie erschauerte und erinnerte sich an seine Narben, spielte einen Augenblick lang mit dem Gedanken, ihn darauf anzusprechen. Sie hatte von Anfang an damit gerechnet, dass ihm etwas Unangenehmes widerfahren war, aber das… Vielleicht konnte sie behutsam an die Sache herangehen. »War es wirklich so schlimm?«

»Ja, schon. Aber seitdem wir uns kennengelernt haben, geht es bergauf. Wäre das nicht gewesen, wäre ich noch lange nicht soweit, den Dienst wieder aufzunehmen. Das sagt sogar mein Therapeut.«

»Oh…« Sie griff nach Finns freier Hand und schob ihre Finger zwischen seine.

»Und deshalb steige ich nächsten Montag auch wieder voll ein.«

»Echt jetzt?« Sie hob den Kopf und sah ihm in die Augen, entdeckte das Glück darin und lächelte. Er nickte. »Der Hammer!« Sie streckte sich, gab ihm einen zärtlichen Kuss und flüsterte: »Vielleicht sollten wir das feiern. Wie wäre es, wenn ich nach dem Möbeleinkauf bei dir übernachte?«

»Das wäre… absolut genial«, raunte er und küsste sie.

Die elektronische Stimme kündigte den Hamburger Hauptbahnhof an, und sie lösten sich nur widerwillig von einander, um auszusteigen. Hand in Hand gingen sie zur Rolltreppe, fuhren hinauf und am übernächsten Bahnsteig wieder hinunter. Der Zug nach Lüneburg sollte pünktlich in einer Viertelstunde abfahren, und die *Hip Hop Homies* waren bereits vollzählig versammelt.

Kathi drückte seine Hand, atmete tief durch und schaltete gedanklich auf ihren Job als Trainerin um. Allerdings fiel es ihr unglaublich schwer, sich von ihm zu lösen. »Hallo, zusammen!« Sie blieben vor der Gruppe Teenager stehen.

Die angespannte Atmosphäre, die beinahe greifbar erschien, ließ Kathi die Stirn runzeln. »Stimmt etwas nicht?«

Keiner von ihnen antwortete, sie zuckten nur die Schultern und scharten mit den Füßen.

»Los, raus damit!« Ihr Blick glitt über die Mannschaft, scannte die Gesichter. »Wo ist Kevin?«

»Nicht da«, rief Marie von hinten, die Stimme voller Verachtung. »Das Opfer ist zu den *Black Ones* übergelaufen.«

»Was?« Für einen Moment wurde ihr schwindelig, doch gleich darauf spürte sie Finns Hand in ihrem Rücken. »Das ist nicht euer Ernst.«

Die *Homies* tauschten betretene Blicke, dann sah Lukas sie an. »Ich habe schon versucht, unsere Ersatzleute zu aktivieren, aber ich erreiche keinen.«

»Scheiße!«, entfuhr es ihr, sie schluckte schwer.

»Wir schaffen das, oder?«

Kathi blinzelte und schaute zu Nele hinüber, die einen nach dem anderen fixierte. »Alter! Scheiß drauf, wenn einer fehlt. Sobald wir angekommen sind, tanzen wir die Choreo ohne Kevin durch, und dann holen wir uns den Pokal.«

»Ich schwöre, Nele hat recht!«, meldete Marie sich zu Wort, und alle wandten sich zu ihr um. »Scheiß auf Kevin, wir brauchen ihn nicht.« Das Power-Girl trat in die Mitte und streckte ihre Hand nach vorne. Nach und nach scharten die anderen Kids sich um sie und legten ihre Hände auf einander.

»Hip!«, schrie Marie.

»Hop!«, antworteten die anderen.

»Hip!«

»Hop!«

»Hip!«

»Hop!«

»Homiiiees!«, brüllten alle und rissen die Hände hoch, dass die Leute sich zu ihnen umdrehten.

Kathi biss sich auf die Lippe, als der Zug einfuhr, und beobachtete, wie sie sich ihre Taschen über die Schultern hängten. Sie sprühten nicht vor Energie, aber alle wirkten wieder viel entschlossener.

Finn schlang von hinten die Arme um ihre Schultern. »Du hast ein tolles Team, auf das du echt stolz sein kannst.«

»Mh-hm.« Sie hielt sich an seinen Unterarmen fest und lehnte sich für einen Moment gegen ihn. Er hatte ja recht, doch sie wusste, dass Tatendrang sie nicht aufs Treppchen brachte.

Kaum in der Multifunktionshalle in Lüneburg angekommen, in der das Turnier stattfand, besetzten Kathi und ihre Mannschaft einen Nebenraum, um ihre Choreo durchzugehen. Sie wirkte nervös und nicht gerade zuversichtlich, sodass Finn sie in den Arm nahm und aufs Haar küsste. »Ihr schafft das, Kathi! Und wenn nicht, ist das auch kein Weltuntergang.«

Sie seufzte und barg das Gesicht an seiner Brust. »Du hast leicht reden!«

»Ich glaube an dich. Weil du eine tolle Trainerin bist. Ich weiß, ich wiederhole mich, aber du hast nicht alles selbst in der Hand. Ihr könnt nur euer Bestes geben. So, und deshalb lasse ich euch jetzt in Frieden und schaue mich um, okay?«

»Alles klar«, murmelte sie, hob den Kopf und ließ sich von ihm küssen. Dann lächelte sie ihn dankbar an. »Ich bin froh, dass du da bist. So langsam fehlt mir die Kraft, ständig die Gewinnerfassade aufrecht zu erhalten.«

»Das musst du gar nicht. Sei einfach du selbst, alles andere ist Quatsch.« Er ließ sie los, zwinkerte ihr noch einmal zu und verließ den Raum.

Vor der Tür rieb er sich den Nacken und atmete tief durch. Verdammt, wenn er diesen Kevin noch einmal begegnen sollte, konnte der sich auf etwas gefasst machen. Sein Verhalten war unter aller Sau!

Finn sah sich um und schlenderte als erstes zum Getränkeverkauf hinüber, gönnte sich eine Cola und sondierte die Lage. Die Zuschauerplätze im Innenraum waren bereits gut gefüllt, und rundherum konnte er verschiedene Tanzgruppen ausmachen, die sich versammelten oder warm machten. Er ertappte sich sogar dabei, dass er die Menschen mit den Augen eines Soldaten musterte, immer auf der Suche nach Gefahrenquellen. Sein Magen zog sich schmerzhaft zusammen, er musste dringend damit aufhören, doch bei solchen Menschenmengen liefen die antrainierten Routinen von selbst ab.

Aus den Lautsprechern erklangen ein Gong und die Ansage, dass der Wettbewerb in zehn Minuten beginnen würde, woraufhin sich auch die letzten Zuschauer auf die Ränge begaben.

Er blinzelte, trank aus und wollte sich ebenfalls einen Sitzplatz suchen, doch dann hielt er inne. Nein, er würde es ausnutzen und nach dieser Laura Ausschau halten, vielleicht konnte er etwas in Erfahrung bringen. Also streifte er, immer an der Wand entlang, einmal durch die äußeren Bereiche der Halle. Beobachtete die Tänzer und ihre Trainer. Ob er Laura wiedererkennen würde? Es war einige Wochen her, dass er sie beim Turnier in Lübeck gesehen hatte.

Inzwischen begannen die Auftritte, und er warf einen Blick auf die Uhr. Die *Homies* sollten die letzten vor der Mittagspause sein. Hip-Hop-Musik und verschieden ausgeprägte Zuschauerreaktionen wechselten sich ab, während er eine zweite Runde drehte. Langsamer diesmal und mit genauerem Augenmerk auf die verschiedenen Leute. Es gelang ihm sogar, die noch immer unangenehm wirkenden Bässe auszublenden, Tag für Tag hatte sein Trauma ihn weniger im Griff. Am Getränkestand fiel ihm ein einzelner Typ auf, ein Bodybuilder mit kahlrasiertem Schädel und arrogantem Auftreten, der überhaupt nicht hierher passte. Er kaufte ein Bier sowie eine Flasche Wasser und schlenderte vor Finn her.

Scheiße, um die Uhrzeit! Er schüttelte den Kopf und verlangsamte seinen Schritt noch einmal, um dem Bodybuilder einen Vorsprung zu gewähren. Während der Auslandseinsätze hatte er stets darauf geachtet, dass ihm fremde Leute nicht zu nah kamen. Seit dem Überfall hasste er es regelrecht. Trotzdem behielt er den Typen im Auge.

Weshalb er hinter einer Biegung endlich Laura entdeckte. Der Bodybuilder wechselte die Seite und ging auf eine am Boden hockende Gruppe zu, vor der eine gertenschlanke Brünette stand und auf sie einredete. War sie das? Der Muskelprotz lief zu ihr und streckte ihr die Flasche entgegen.

Die Frau wandte sich um, nahm ihm das Wasser ab und lächelte. »Danke, Süßer!«

Tatsächlich, es war Laura.

Finn trat an die Hallenwand, holte sein Smartphone hervor und gab vor, beschäftigt zu sein. In Wahrheit beobachtete er, wie der Typ, wahrscheinlich Lauras Freund, ihr einen Klaps auf den Hintern gab, noch ein paar Schritte weiter ging und sich auf einem Stuhl niederließ. Auch er widmete sich seinem Handy.

»Also, Leute«, begann Laura und hob eine Hand, dann senkte sie die Stimme, und Finn verstand ihre Worte nicht mehr.

Stattdessen musterte er die Gesichter der Mannschaft, erkannte Jenny und wandte sich halb ab, damit sie ihn nicht entdeckte. Er versuchte, sie zu belauschen, doch es war unmöglich, aus der Entfernung und bei dem Trubel rundherum etwas zu verstehen. Was er jedoch erkannte, waren Lauras angespannte Körperhaltung und die beinahe aggressiven Gesten, mit denen sie auf ihre Kids einredete.

Er runzelte die Stirn, das sah nicht nach Spaß aus. Nahm diese Tussi das Gewinnen noch ernster als Kathi? Nach dem, was sie ihm von Laura erzählt hatte, auch aus der Vergangenheit, würde das passen. Aber Laura verstand es auch, ihre Truppe zu motivieren, die Teenager hingen praktisch an ihren Lippen und ihre Gesichter zeigten eine Mischung aus Verehrung und unerschütterlichem Glauben an den Sieg.

Wie Soldaten!
Finn biss die Zähne zusammen und wandte den Blick ab. Ja, genau wie Soldaten. Diesen Ausdruck hatte er schon bei manch einem Kollegen beobachten können, bei den Amerikanern war es sogar besonders ausgeprägt. Sein Magen verkrampfte sich, Erinnerungen wollten an die Oberfläche drängen, doch er ließ es nicht zu. Stattdessen lenkte er seine Gedanken zu letztem Sonntag, ihrem Schwimmbadbesuch, und seine Mundwinkel zogen sich in die Höhe. Nein, er hatte auf dem Weg zum Bahnhof nicht übertrieben, Kathi war der Engel, der ihn aus der Dunkelheit gezogen hatte und diese sogar in Schach halten konnte. Auch wenn sich das total schmalzig anhörte.

Ein letztes Mal schaute er zu Lauras Motivationsrede hinüber, die in diesem Moment mit kollektivem Klatschen endete, dann steckte er das Handy ein und lief zu den *Homies* hinüber.

»Okay, lasst uns einen letzten Durchlauf machen!« Kathi klatschte in die Hände und scheuchte damit ihre Kids vom Boden hoch. »Und denkt dran, Sebastian und Marie, mehr in die Mitte rein. Steffi, mehr nach vorne. Also, los geht's!« Sie wartete, bis alle Aufstellung genommen hatten, dann startete sie das Choreo-Medley auf ihrem Handy und zählte sie ein. »Eins, zwo, drei, vier!«

Sie beobachtete die Tanzschritte und Abläufe, tanzte sie im Kopf mit und half zwischendurch mit Ansagen. »Bounce, Bounce, ja, genau ... Kick, Kick, Cross Step, Kick, Step Turn. Super!«

In der Abschlussgruppierung fiel Kevins Abwesenheit kaum noch auf, und sie klatschte ihrer Mannschaft Beifall. »Alles klar, das war's. Jetzt chillt ein bisschen, und dann sehen wir uns um Zwanzig nach Zwölf zur letzten Vorbereitung wieder.«

Die Teenies gingen schnatternd auseinander, Kathi atmete einmal tief durch und trat zu ihrer Tasche. In dem Moment öffnete sich die Tür, Finn schob den Kopf hindurch. »Darf ich reinkommen?«

Sie grinste, warf ihr Handy in die Tasche und schloss den Reißverschluss. »Klar, wir sind gerade fertig.«

»Willst du was trinken? Oder essen?«, fragte er, nachdem die Kids den Raum verlassen hatten.

»Nee, dafür bin ich viel zu hibbelig, sorry.«

»Kein Ding, habe ich mir schon gedacht. Aber wenigstens eine Cola, komm.« Er hielt ihr die Hand hin.

Dankbar für seine allgegenwärtige Unterstützung schulterte sie ihre Turniertasche, schob ihre Hand in seine und ließ sich zu einem der Getränkestände führen. Sie ließ ihn von ihrem Stehtisch aus nicht aus den Augen und genoss es, dass sich mal jemand um sie kümmerte. Warum war ihr vorher noch nie aufgefallen, wie gut das tat? Dass sie es brauchte, wie jeder andere auch?

Weil es nie Finn war!

In Kathis Brust breitete sich diese wunderbare Wärme aus, die sie immer öfter in seiner Gegenwart spürte, oder wenn sie auch nur an ihn dachte. Als ob sie auf ihn gewartet hätte! Keinen der Typen, die es in den letzten Jahren bei ihr versucht hatten, hatte sie an sich herangelassen. Doch bei Finn ... war von Anfang an alles anders gewesen. *Wahnsinn!*

Ja, das war es. Wahnsinn! Aber wunderbarer Wahnsinn.

»Hier.« Er stellte ihr eine Cola hin, und sie kehrte mit einem Blinzeln in die Realität zurück.

»Danke.« Sie trank ein paar Schlucke und hieß die Wirkung von Zucker und Koffein willkommen, die bald durch ihren Körper rauschen würden.

»So, und jetzt erzähl mal. Wie klappt es ohne Kevin?«

Kathi stellte den Becher ab und zuckte mit den Schultern. »Es sieht ganz gut aus, aber ich bin realistisch. Ich glaube nicht, dass wir es heute aufs Treppchen schaffen.«

»Wie ich schon sagte, dann ist das eben so. Hauptsache, ihr habt Spaß.«

Sie runzelte die Stirn und kaute auf ihrer Unterlippe. »Meinst du, ich sollte das in meine Motivationsrede vor dem Auftritt einbauen?«

Ein Lächeln breitete sich auf seinem Gesicht aus. »Hört sich gut an und ist auf jeden Fall ein Schritt in die richtige Richtung. Weg von deiner verzweifelten Verbissenheit.«

»Das hört sich furchtbar an. Vor allem, was mich als Trainerin betrifft.«

»Ich habe dir schon nach Lübeck gesagt, dass es nicht gesund sein kann, sich dermaßen in das Gewinnenwollen hineinzusteigern.«

»Und ich glaube, Tröpfchen für Tröpfchen kommt das auch bei mir an.«

»Umso besser! Ich habe nämlich mitbekommen, wie es bei Laura läuft.«

Sie hob die Brauen. »Ach, ja?«

Finn nickte. »Sie führt ihre Mannschaft wie ein General und hat sie mit Motivation und Druck äußerst gut im Griff. Wie die Lemminge!«

»Dass die Kids sich von so was beeinflussen lassen.« Kathi schüttelte den Kopf.

»Solche gibt es immer, und die verstehen es dann, die anderen mitzuziehen. Sei froh, dass deine Truppe nicht so veranlagt ist, das ist ungesund. Glaub mir, ich weiß, wovon ich rede.«

Sie starrte in ihre Cola. War sie genauso? Oder auf dem besten Weg dorthin?

»Hey, nicht grübeln!« Seine Finger strichen über ihre Stirn und glätteten die Falten.

Mit einem Seufzen schloss sie die Augen und atmete tief durch. »Du hast recht, ich muss mich jetzt auf das Turnier konzentrieren. Laura und die *Black Ones* sind nebensächlich.« Sie nahm ihren Becher und trank ihn aus. »Wollen wir noch eine Runde laufen? Ich schaue mir die Mannschaften gerne vorher an. Und die Auftritte natürlich.«

Finn grinste. »Klar, lass uns spionieren gehen!« Er brachte ihre leeren Becher zum nächsten Mülleimer, dann schlenderten sie Hand in Hand los. Kathi ließ sich von ihm führen und musterte die anderen Teams. Die, die bereits aufgetreten waren, wirkten gelöst und zuversichtlich. Den anderen stand die Nervosität ins Gesicht geschrieben.

Schließlich schlichen sie sich in den Innenraum, suchten zwei freie Plätze und setzten sich. Die nächste Mannschaft lief gerade ein und positionierte sich.

»Kannst du mir erklären, was sie gut machen und was nicht?«, flüsterte Finn ihr zu.

»Wieso? Willst du dich demnächst als Juror zur Verfügung stellen?« Sie grinste ihn an.

»Nein, aber etwas mehr Sachkunde kann nicht schaden, wenn ich ab und zu mit euch mitfahre, oder? Dann sehe ich das Ganze aus einem anderen Blickwinkel und langweile mich nicht zu Tode.«

Kathi musste kichern und schlug sich die Hand vor den Mund, damit die anderen Zuschauer es nicht hörten. Sie freute sich über sein Interesse und gab bereitwillig Erklärungen ab. Danach nahm sich vor, ihn nach Details seines Jobs zu fragen. Ganz behutsam natürlich, doch sie wollte mit ihm in die neuen Aufgaben bei der Luftrettung hineinwachsen.

Als es an der Zeit war, machten sie sich auf den Weg zum Treffpunkt mit den *Homies*. Kathi stieg sofort in ihre Turnierroutine ein, Aufwärmen, Stretching, ein letzter Durchgang der Choreo. Dann meldeten sie sich bei der Startkontrolle an und erhielten die Bestätigung, dass sie als Übernächste dran sein würden. Finn warf ihr eine Kusshand zu, hob beide gedrückten Daumen und bedeutete ihr, dass er zum Zuschauen in den Innenraum wollte. Sie nickte nur und biss sich auf die Unterlippe.

Die Gruppe vor ihnen lieferte ihren Auftritt ab und kam zurück, mit überglücklichen Gesichtern.

»Okay, Leute. Toi, toi, toi!«, flüsterte sie den Kids zu. Die stellten sich im Kreis auf, legte die Hände aufeinander und riefen ihren Motivationsspruch.

Der Moderator kündigte sie an, und Kathi lief mit den *Hip Hop Homies* winkend in den Innenraum, bezog ihnen gegenüber Stellung.

Die Teenager kamen synchron zur Musik super in die Choreo rein, sodass Kathis Herz vor Aufregung wild klopfte. Doch kurze Zeit später schlich sich der erste kleine Fehler ein. Und weil sie es natürlich bemerkten, setzte sich das fort. Ihre Hoffnung schwand mit jedem Stellungsfehler und jedem falschen Schritt, den ihre Kids machten. Für die Zuschauer war das Fiasko kaum wahrnehmbar, doch die Juroren waren Profis mit perfekt geschulten Augen, ihnen entging nichts.

Die Trainerin in ihr hielt das professionelle Bild nach außen aufrecht, doch ihr Innerstes wurde immer schwerer und füllte sich mit Traurigkeit. Verdammt, ihre Kids hatten es nicht verdient, dass man sie in letzter Sekunde im Stich ließ und damit praktisch aus dem Rennen nahm.

Am Ende applaudierte und pfiff sie mit dem Publikum und rannte mit den Homies wieder nach hinten, zu ihren Taschen. Ihre langen Gesichter sprachen Bände und ihr Schweigen noch viel mehr, doch sie wollte sie trotzdem aufbauen.

»Kommt her, ihr Süßen, ihr wart super!« Kathi breitete die Arme aus und leitete ihre Gruppenumarmung ein. »Egal, was die Juroren sagen, ihr habt das Beste aus der Situation gemacht. Ich bin stolz auf euch.«

Einen Moment lang hielten sie einander nur fest, dann ergriff Lukas das Wort.

»Ich trete diesem Opfer in den Arsch, wenn ich Kevin noch einmal begegne!«

Zustimmendes Gemurmel und nervöses Gelächter antworteten ihm.

»Meinst du, das hilft?«

Kathi hob den Kopf und schaute Finn an, der zwei Schritte neben der Gruppe stehengeblieben war.

»Mir ja! Alter!« Lukas schüttelte den Kopf.

Sie warf einen Blick in die Runde. »An der heutigen Entscheidung können wir nichts ändern, aber bis zum nächsten Turnier sind es noch zwei Wochen. Wir lassen uns nicht unterkriegen, oder?«

Da es kaum eine Reaktion gab, fragte sie noch einmal lauter: »Oder?«

Halbherzige Zustimmungen ließen ihren Magen verkrampfen.

»Okay, wir machen jetzt Mittagspause. In einer halben Stunde geht es weiter, um drei werden die Ergebnisse verkündet. Spätestens dann treffen wir uns hier wieder.«

Sie ließ die Arme sinken, und die Homies gingen auseinander.

Finn trat zu ihr und legte ihr einen Arm um die Schultern. »Scheiße, es macht mich so verdammt traurig, sie so zu sehen.« Sie legte den Kopf an seine Schulter.

»Ihr wart nicht gut genug, oder?«

»Nein. Ich tippe höchstens auf den zehnten Platz.«

»Fuck.«

»Genau.«

»Wollen wir ein wenig an die frische Luft?«

Kathi nickte und löste sich aus seiner Umarmung. Sie führte ihn zu den nächstgelegenen Waschräumen und schlüpfte mit einer Gruppe hinein. Zurück auf dem Gang fiel ihr auf, dass Finn irgendetwas finster anstarrte. »Stimmt etwas nicht?«

Bevor er antworten konnte, folgte sie seinem Blick und hörte beinahe gleichzeitig Lauras Stimme. »Ich sag dir, die *Homies* waren dermaßen schlecht, da müssen wir uns nicht mal anstrengen, um zu gewinnen.«

Kathi schluckte und starrte ihre Erzrivalin und deren Freund an. Bemühte sich um Ruhe und Haltung, doch die nächste Bemerkung verursachte einen Klumpen in ihrem Bauch.

»Und es wird super easy, meinen Plan durchzuführen.« Sie schlang ihrem Freund die Arme um den Hals und küsste ihn auf eine so schamlose Art, dass Kathi schlecht wurde.

»Komm, wir gehen.« Finn packte ihre Hand und zerrte sie fort.

»Ist alles okay mit dir? Du hast seit dem Essen geschwiegen«, fragte Finn, als sie die U-Bahn-Station verließen und durch die Straßen zur WG schlenderten. Wie erwartet hatten sie es beim Turnier in Lüneburg lange nicht aufs Treppchen geschafft und das hatte die Stimmung kräftig gedämpft. Kathi hatte versucht, sich nichts anmerken zu lassen und ihr Team aufzubauen, doch er hatte es sofort bemerkt. Dass es sie traf und hinabzog.

»Ich hoffe, du gibst nicht dir selber die Schuld und willst jetzt noch den Frust wegtanzen.«

»Nein, dafür bin ich viel zu erschöpft.« Sie seufzte und schwieg, doch Finn spürte, dass da noch mehr kommen würde. »Natürlich gebe ich auch mir die Schuld. Weil ich mit dazu beigetragen habe, dass Kevin abgehauen ist, vielleicht war ich sogar der einzige Grund. Aber die Kids tun mir so leid, sie können doch nichts dafür!«

»Stimmt.«

»Meinst du, ich sollte meinen Job als Trainerin aufgeben?«

Das schockierte ihn. »Spinnst du? Du bist eine tolle, engagierte Trainerin, du darfst nicht aufhören!«

»Es gibt bestimmt ein paar Dinge, die ich besser machen kann. Vielleicht erreiche ich die Kids nicht mehr, oder ich …«

»Hör auf, zu grübeln«, bat er sanft und drückte ihre Hand. »Es ist bestimmt nicht verkehrt, das alles auf den Prüfstand zu stellen, aber nicht jetzt. Schlaf drüber und geh das Thema morgen an. Oder Montag.«

Kathi atmete tief durch. »Wahrscheinlich hast du recht. Ich darf mich von dieser Niedergeschlagenheit nicht runterziehen lassen.«

Ein ganzes Stück schwiegen sie, und es war ihm absolut nicht unangenehm. Er erlaubte sich sogar einen kleinen gedanklichen Ausflug zum nächsten Wochenende.

»Weißt du, was mir das Liebste an diesen lauen Sommernächten ist?«, wollte sie unvermittelt wissen.

Finn warf ihr einen Blick zu und lächelte. »Nein.«

»Beim Anblick der vielen Sterne kann ich alles vergessen, weil ich klein und unbedeutend bin, in der Unendlichkeit des Universums. Ich würde mich am liebsten irgendwo auf die Wiese legen und in den Himmel gucken. Stundenlang.«

»Dann machen wir das.«

Kathi blieb stehen und starrte ihn an. »Einfach so? Wo denn?«

»Habt ihr keine Gemeinschaftswiese hinterm Haus?«

»Schon, aber ich will nicht von allen Nachbarn beobachtet werden.«

»Okay, gutes Argument.« Er überlegte. »Kommen wir nicht an einem dieser Mini-Parks vorbei? Wir können natürlich auch in den Stadtpark fahren.«

Sie kicherte. »Nee, das ist mir jetzt zu spät. Vielleicht nächste Woche? Wenn ich bei dir übernachte?«

»Uuh, Frau Schwartz, haben Sie etwa irgendwelche unmoralischen Absichten?«, neckte er sie und freute sich, sie von den trüben Gedanken ablenken zu können.

»Tja, Herr Uppendieck, da müssen Sie schon bis nächste Woche warten.« Kathi zuckte mit den Schultern und klimperte übertrieben mit den Wimpern.

Sein Magen begann zu flattern. Er trat auf sie zu, legte die Hand an ihre Wange und beugte den Kopf.

Doch ein Knall ließ ihn zusammenfahren.

… Mayday! …

Er blinzelte heftig.

»Finn?«

Das Geräusch ertönte noch zweimal.

… Wir sind unter Beschuss! …

Finns Blick richtete sich in die Vergangenheit. Sein Körper versteinerte und begann gleichzeitig, unkontrolliert zu zittern.

Eine ganze Salve, irgendetwas knatterte hinter ihm vorbei.

Er taumelte zurück, alles um ihn herum begann, sich zu verzerren.

Bitte, nicht schon wieder! Nicht jetzt!

Wie aus weiter Ferne hörte er Kathis Stimme, dumpf und undeutlich. »Finn? Was hast du denn?«

Der Boden unter ihm kippte weg, und er fiel auf Knie und Hände. War von jetzt auf gleich in Schweiß gebadet und kämpfte um jeden Atemzug. Er spürte die Schläge in seine rechte Brustseite, den brennenden Schmerz, der sich bis in seine Fingerspitzen und Zehen ausbreitete.

Finn schloss die Augen und sah in die gleißende Wüstensonne, hörte Geschrei und einen Hubschrauber. Krümmte sich, würgte und kämpfte gegen die Panik an.

»Finn, du machst mir Angst!«

Auf einmal kniete sie neben ihm, fasste ihn an der Schulter. Scheiße, nein, das ging nicht. »Geh' weg!«, stieß er hervor.

»Was? Warum?«

Verdammt, sie durfte nicht sehen, wie er die Kontrolle an die Angst verlor. Niemand durfte das. »Lass mich!« Seine Stimme brach, die Beklemmung kroch von seinem Magen in Beine und Arme. Machte ihn schwach und schnürte ihm die Kehle zu.

»Nein, Finn, ich ...«

»Hörst du schlecht?«, rief er und starrte sie an, kämpfte gegen die verzerrte Wahrnehmung. Wie war er nur auf die Idee gekommen, das hinter sich lassen zu können? »Geh einfach weg! Ich bin ein Wrack, das hast du nicht verdient.«

»Aber ... wovon redest du? Was ist mit dir los?« Kathi setzte sich auf die Fersen und starrte ihn an, das Gesicht bleich und schockiert.

Finn ließ den Kopf hängen und versuchte, die Atemübung durchzuführen, die Dr. Balczewski ihm gezeigt hatte. Doch die Attacke hielt ihn fest umklammert, er konnte die Bilder nicht abschütteln. Als er ihre Hand wieder auf seiner Schulter spürte, schüttelte er sie ab und rappelte sich auf.

»Wo willst du hin?«

»Wenn du nicht gehst, tue ich es.« Er schlang die Arme um sich, atmete gegen die erneute Übelkeit und Erinnerungen an, die ihn in die Dunkelheit hinabziehen wollten. Scheiße, so schlimm war es schon lange nicht mehr gewesen.

»Spinnst du jetzt total? Was ...« Sie stand ebenfalls auf und legte einen Arm um seine Schultern, doch er schüttelte sie erneut ab.

Die Scham brannte sich durch seinen Körper. Nein, das konnte er ihr nicht zumuten. Sie sollte das Leben genießen und nicht mit einer seelischen Ruine wie ihm zusammen sein. Vielleicht würde er das Trauma niemals überwinden und das würde ihr Glück irgendwann zerstören. Da war es besser, es hier und jetzt zu beenden.

Finn blickte sie ein letztes Mal an und versuchte, nicht zu hyperventilieren. »Tut mir leid.«

Ihre Augen wurden groß und rund, ihr Mund klappte auf. Doch er wandte sich schnell ab und taumelte, so schnell es ging, die letzten Meter bis zu seinem Auto. Stieg ein, startete den Motor und fuhr los.

Am Ende wusste er nicht, wie er es nach Hause geschafft hatte, er konnte sich nur daran erinnern, dass er mit letzter Kraft die Erinnerungen in Schach hielt.

Finn hatte keine Ahnung, welches Geräusch der Auslöser gewesen war, doch es ließ ihn in seinen Körper und die Gegenwart zurückkehren. Vor ihm schälten sich eine halb volle Flasche Korn und ein volles Schnapsglas aus dem Nebel.

Er bemerkte Schritte, die näherkamen, dann innehielten.

»Mann, Alter, sag mir nicht, dass du auf mich gewartet hast, um mir'n Einlauf zu verpassen!«

Er blinzelte langsam und krächzte. »Nein.«

Wie lange saß er schon hier am Küchentisch?

»Alles klar bei dir? Du redest so komisch.« Lukas kam näher.

Nach einem weiteren langsamen Blinzeln wurde ihm bewusst, dass es in seinem Rücken zog, weil er total krumm saß, die Ellbogen aufgestützt und die Stirn in den Handflächen vergraben.

»Nein«, erwiderte Finn, richtete sich schwerfällig auf und ächzte.

»Ey, Alter! Warum besäufst du dich?« Sein kleiner Bruder ließ sich ihm gegenüber auf den Stuhl plumpsen und schob Flasche und Glas aus seiner Reichweite.

Finn folgte dem Glas mit den Augen, kaute auf seiner Unterlippe.

»Hast du Beef mit Kathi?« Lukas Stimme war sanfter geworden.

»Keine Ahnung, wahrscheinlich. Aber das ist es nicht.« Er fuhr sich mit beiden Händen übers Gesicht und lehnte sich zurück.

»Hä? Checke ich nicht. Warum hast du gesoffen?«

»Habe ich nicht.« Finn ließ die Hände sinken und schaute seinen Bruder an.

»Aber du wolltest. Warum?«

Er schloss für einen Moment die Augen und atmete tief durch. Verdammt, er musste dringend über den Rückfall reden, und sein Therapeut war spät abends und am Wochenende nicht erreichbar.

»Ich ... hatte eine Panikattacke, ziemlich heftig.«

»Okay, und weiter? Muss ich dir etwa alles aus der Nase ziehen, oder was?« Lukas runzelte die Stirn und verbarg seinen Ärger erst gar nicht. So seltsam es klang, war dies genau das Richtige, um Finn zum Reden zu bringen.

»Ich wollte nicht, dass Kathi mich so sieht. Sie kann keinen traumatisierten, nutzlosen Typen in ihrem Leben gebrauchen.«

»Alter, du hast Schluss gemacht?«, rief Lukas so laut, dass er vermutlich gleich ihre Eltern weckte.

»Schsch!«, zischte Finn. »Ja, kann schon sein. Ich weiß es nicht.« Er konnte am Gesicht seines Bruders ablesen, wie sehr es in ihm arbeitete, bevor er schließlich explodierte.

»Ich habe echt keinen Bock mehr auf diese Scheiße«, stieß er hervor und beugte sich über den Tisch. »Sag mir jetzt endlich, was mit dir passiert ist, sonst gibt's 'n Nackenklatscher!«

»Was?« Finn musste kichern.

»Bro, ich schwöre, ich raste aus, wenn du mir nicht endlich alles erzählst!«

Er schluckte und wurde ernst. »Bist du dir sicher? Das ist kein Märchen, und du bist ...«

»... alt genug. *Altaa*!« Lukas verdrehte die Augen und seufzte. »Wirklich, ich bin kein Kind mehr, Finn. Und ich habe keinen Bock mehr darauf, wie eines behandelt zu werden. Meinst du nicht, dass ich mir ungefähr denken kann, dass du da unten was echt Schreckliches erlebt hast?«

Finn musterte seinen Bruder eingehend und konnte für einen Augenblick das Gesicht des Mannes sehen, der er werden würde. »Gut«, meinte er schließlich. »Ich erzähle dir davon. Aber ich brauche etwas zu trinken.« Er legte die Hände auf die Tischplatte und stemmte sich hoch. Aus dem Augenwinkel sah er, dass Lukas den Mund aufriss, um zu protestieren, deshalb ergänzte er: »Willst du auch eine Cola?«

»Klar.«

Er schloss die Küchentür, nahm eine Flasche aus dem Kühlschrank und kehrte mit ihr und zwei Gläsern zum Tisch zurück. Goss ihnen beiden ein und legte die Hände um sein Glas, sah seinen Bruder an und begann zu reden. Er schilderte, welche Situation er in Afghanistan vorgefunden hatte, wie er dort gearbeitet hatte und was an dem Tag passiert war, der sein gesamtes Leben verändert hatte.

Lukas unterbrach ihn nicht, bis er bei seiner Rückkehr nach Hamburg angelangt war und schließlich schwieg. Dann atmete er tief durch und flüsterte: »Krasse Scheiße!«

Finn lachte leise auf. »Das kannst du wohl laut sagen.«

»Und deine Panikattacke vorhin? Ich dachte, es geht dir besser. Seitdem du dich in Kathi verknallt hast, warst du ganz anders drauf.«

»Das war ich auch, ich habe wirklich gedacht, dass ich das so gut wie hinter mir gelassen habe. Mit der Hilfe meines Therapeuten, und Kathi und meinen Gefühlen für sie.« Er fuhr sich durchs Haar. »Dr. Balczewski hat mich zwar gewarnt, dass diese posttraumatischen Belastungsreaktionen jederzeit vorkommen können, aber ich habe es verdrängt. Und daran geglaubt, dass alles gut wird. Mann, ich fange nächsten Montag wieder an zu arbeiten!« Noch einmal lachte er bitter auf. »Jetzt muss ich mich erst einmal darum kümmern, noch einen zweiten Termin bei meinem Therapeuten zu bekommen, bevor es losgeht.«

»Weißt du, was du als erstes machen solltest, Bro?«, meinte Lukas nachdenklich und spielte mit seinem fast leeren Glas.

»Nein?«

»Du solltest zu Kathi gehen und ihr das erklären.«

»Es ist zu spät, ich habe alles kaputt gemacht.«

»Laber nicht so eine Kacke, Alter! Sie ist bestimmt verdammt angepisst, weil du sie so scheiße behandelt hast, aber das kriegt ihr wieder hin.« Er runzelte die Stirn. »Oder willst du das gar nicht?«

»Doch, natürlich will ich das. Ich liebe …« Finn stockte mit offenem Mund, dann schluckte er und starrte seinen Bruder an. Eine Schockwelle lief durch seinen Körper, von der Brust bis in die Zehen und Fingerspitzen, und hinterließ eine Mischung aus Schwäche, Rausch und Verwirrung. Sein Herz hämmerte und auf seinem Gesicht breitete sich ein Grinsen aus. »Himmel, ja, ich liebe Kathi.«

»Krasse Scheiße, Alter!« Lukas erwiderte das Grinsen, beugte sich vor und schlug ihm gegen die Schulter. »Läuft bei dir.«

»Spinner!« Er schüttelte den Kopf. »Aber du hast recht, ich werde morgen hinfahren und mich entschuldigen.«

»Warum warten, Bro? Fahr jetzt hin, dann könnt ihr euch direkt aussprechen. Bevor es schlimmer wird.«

Finn legte den Kopf schief. »Manchmal mal bist du ganz schön weise für dein Alter.«

Lukas zuckte mit den Schultern. »Ich bin halt fame!«

Er stand auf, ging um den Tisch herum und zog seinen jüngsten Bruder vom Stuhl hoch in eine feste Umarmung. »Danke, Mann!«

»Kein Ding.« Er klopfte Finn auf den Rücken. »Und jetzt fahr rüber!«

Wie vom Blitz getroffen stand Kathi da und starrte ihm nach, ihre Brust eine einzige Wunde. Hatte er das gerade wirklich zu ihr gesagt?

Finn stieg in sein Auto, ließ den Motor aufheulen und fuhr davon. Viel zu schnell und mit unruhigen Schlenkern. Am Ende der Straße glühten die Bremslichter auf, dann schleuderte er regelrecht um die Ecke.

Irgendjemand muss mich wecken!

Das hatte sie doch nur geträumt, oder? Sie schlang die Arme um ihren Bauch und holte zitternd Luft. In ihrem Kopf wirbelte alles durcheinander, ihr Herz war zu einem Klumpen Eis gefroren. Schlug es überhaupt noch? Was, zum Teufel, war hier gerade passiert?

Tränen brannten in ihren Augen, doch sie kämpfte dagegen an und drängte sie zurück. Niemand würde sie hier weinen sehen, nicht auf offener Straße! Also raffte sie die letzten Fitzel Kraft zusammen, nahm ihre Turniertasche und schleppte sich zu ihrem Hauseingang.

Oben angekommen, ließ sie alles im dunklen Flur fallen und schlurfte ins Wohnzimmer. »Michelle?«

»Hm?« Ihr schwarz-grüner Schopf tauchte über der Rückenlehne auf. »Hey, da bist du ja.« Unvermittelt runzelte sie die Stirn. »Was ist los? Ist etwas passiert?«

Kathi konnte nur nicken, sie ließ sich neben ihrer Freundin auf die Couch fallen. Auf dem Fernseher lief der Musiksender, den Michelle gerne zum Lesen einschaltete, doch sie hätte nicht sagen können, wer oder was da gerade gespielt wurde.

»Brauchst du etwas zu trinken?«

»Ja, bitte!« Sie fuhr sich übers Gesicht und seufzte.

Michelle kehrte innerhalb kürzester Zeit aus der Küche zurück und drückte ihr eine Flasche Alster in die Hand. »Hier, trink!«

Kathi gehorchte und atmete danach tief durch.

»So, und jetzt raus damit! Was ist passiert? Seid ihr auf dem letzten Platz gelandet? Wurdet ihr disqualifiziert?«

»Ich glaube, Finn hat gerade Schluss gemacht«, flüsterte sie und starrte ins Leere.

»Was?« Ihre beste Freundin schrie fast. »Nicht dein Ernst! Warum? Ist der bescheuert?«

»Ich habe keine Ahnung. Erst war noch alles gut, wir haben gescherzt, und ich glaube, er wollte mich küssen. Dann gab es eine... Fehlzündung. Du weißt schon, dieses Knallen bei einem Motorrad. Eigentlich waren es ein paar.« Mit einem Blinzeln kehrte sie in die Realität zurück und schilderte, wie seltsam Finn sich verhalten und was er gesagt hatte.

»Ich bin zwar kein Fachmann, aber nach dem, was du erzählst, scheint er eine Art Panikattacke erlitten zu haben. Du hast doch gesagt, er war in Afghanistan, oder? Kann es sein, dass er da etwas Traumatisches erlebt hat?«

Kathi atmete tief ein. »Er wollte bis jetzt nicht mit mir darüber reden, aber ich glaube, schon, ja. Weißt du, beim Schwimmen letzten Sonntag, da habe ich bei ihm zwei Narben entdeckt. Sie sehen aus wie Schussverletzungen.«

»Ach, du Scheiße!« Michelle riss die Augen auf und sog erstaunt die Luft ein. »Meinst du, es hat etwas damit zu tun?«

»Vielleicht. Aber warum stößt er mich dann weg und sagt, das mit uns sei keine gute Idee gewesen?« Nun ließen sich die Tränen nicht mehr aufhalten, sie flossen über und tropften auf ihre Hände.

»Ach, Mensch, Süße! Komm mal her!«, flüsterte Michelle, stellte ihre beiden Flaschen weg und zog sie in ihre Arme. Beruhigend streichelte sie ihr übers Haar und den Rücken. »Heul dich mal richtig aus!«

»Ich will aber nicht heulen!«, schluchzte Kathi und stützte das Kinn auf die Schulter ihrer Freundin. »Ich will wissen, warum!« Mit einer wütenden Bewegung löste sie sich von Michelle und wischte sich über die Augen. »Ich will es einfach nur verstehen.«

»Ich wünschte, ich könnte dir helfen«, murmelte Michelle und strich über ihren Arm.

Kathi sackte in sich zusammen. »Ich glaube, ich muss mal für mich sein und nachdenken. Sorry.« Sie nahm ihre Flasche und stand auf.

»Kein Problem. Wenn du mich brauchst, sag Bescheid, okay?«

Sie nickte und schlurfte in ihr Zimmer. Nachdem sie die Tür geschlossen hatte, schaltete sie die Lichterkette in ihrer Kuschelecke ein, doch sie war zu unruhig, um sich in ihren Kissen zu vergraben. Also kickte sie die Schuhe von den Füßen, tigerte umher und ließ sich Finns Verhalten immer und immer wieder durch den Kopf gehen.

Sie analysierte jedes Wort, jede Handlung, jede Gefühlsregung von Finn. Und kam doch zu keinem Ergebnis. Da ließ sie sich auf ihren Bürostuhl fallen, rollte ihn zum Fenster und stützte die Unterarme auf die Fensterbank. Eine Handvoll Sterne funkelte auf sie herab, und sie bat stumm um Rat oder Antworten. Verlor sich in den Weiten zwischen ihnen und versuchte, an etwas anderes zu denken. Aber wie erwartet gelang es ihr nicht, und die Stille wurde immer lauter.

Finns letzter Satz schloss sich um ihr Herz schloss und zerquetschte es, bis ihr Tränen in die Augen schossen.

Nein, verdammt, sie würde nicht heulen. Nicht schon wieder!

Kathi sprang auf, schaltete leise das Radio ein und kehrte mit dem Bier zum Fenster zurück. Starrte hinaus und ins Leere. Scheiße, sie würde schon darüber hinweg kommen. Irgendwann. Oder?

Als es unvermittelt klopfte, zuckte sie zusammen und drehte sich um. »Komm rein, es ist offen.«

Doch es war nicht Michelle, die mit zerknirschtem Gesichtsausdruck eintrat und die Tür hinter sich schloss. Ihr Herz begann zu hämmern, und Hoffnung, Wut und Enttäuschung breiteten sich in ihr aus. Sie wollte Finn anschreien, dafür, dass er einfach nur dastand, die Hände in den Hosentaschen vergraben. Oder schlagen oder rauswerfen. Stattdessen zwang sie sich zur Ruhe und wartete ab. Gespannt, was für eine Geschichte er ihr gleich auftischen würde.

Es dauerte einen Moment, bis er tief durchatmete, die Schultern straffte und ihr in die Augen schaute. »Es tut mir leid, ich habe mich benommen wie ein Vollidiot.«

»Warum?« Ach, verdammt, sie hatte doch nichts sagen wollen!

»Ich ... das nennt sich posttraumatische Belastungsreaktion«, erklärte er. »Und ich wollte nicht, dass ... dass du miterlebst, was es aus mir macht.«

»Bullshit!«, knurrte sie.

»Du hast ja keine Ahnung!«

»Dann klär mich endlich auf!«, rief Kathi und rang die Hände. »Oder vertraust du mir etwa nicht? Ich dachte, ich bin deine Freundin.«

»Ich wollte dich nur beschützen. Dich nicht mit meinen psychischen Problemen belasten.«

»Toll! Meinst du nicht, ich bin alt genug, um da ein Wörtchen mitzureden?«

»Bist du. Es liegt wohl eher daran, dass ich zu unsicher bin, was diesen Scheiß mit Afghanistan angeht. Ich kann dir nicht auch noch meinen inneren Kampf aufbürden!«

Sie ging zu ihm und blieb dicht vor ihm stehen. »Ich bin nicht naiv, Finn. Ich weiß, was da unten los ist. Und ich habe deine Narben bemerkt«, ergänzte sie sanft und schob die Hand unter seinen rechten Arm.

Seine Augen wurden groß, sein Atem beschleunigte sich, doch er schwieg.

Also legte sie die Hände um sein Gesicht und sah ihm tief in die Augen. Entdeckte Angst und Schmerz, aber auch Hoffnung darin. »Bitte, erzähl mir endlich davon!«

Finn presste die Lider zusammen und legte seine Hände auf ihre. »Okay, aber ... das ist eine aufreibende Sache.«

»Keine Angst, ich laufe nicht weg. Und ich schmeiße dich auch nicht raus«, versicherte sie.

»Können wir uns vielleicht setzen?«

»Klar.«

Kathi nahm seine Hand und zog ihn zum Bett, auf das sie sich einander gegenüber hinsetzten. Sie faltete die Beine in den Schneidersitz und verschränkte die Hände. Beobachtete, wie er die Schuhe abstreifte, ein Bein auf die Matratze hochzog und nervös seine Hände knetete.

»Ich weiß gar nicht, wo ich anfangen soll«, gestand er schließlich und kaute auf seiner Unterlippe.

»Erzähl mir, was du da unten gemacht hast, wie dein Alltag aussah.«

»Gut, aber da muss ich wohl ein wenig ausholen. Also ... wie über elfhundert andere Bundeswehrsoldaten war ich im Rahmen des NATO-Einsatzes *Resolute Support* da unten. Ziel ist es, die afghanischen Sicherheitskräfte zu schulen und zu unterstützen, um die Taliban aus den jeweiligen Operationsgebieten zu verdrängen und deren Einfluss insgesamt zu schwächen. Seit 2002 sind dort deutsche Soldaten stationiert, dabei sollte es gar nicht so lange dauern. Aber die Intensität der Auseinandersetzungen im Norden hat tatsächlich noch zugenommen. Deshalb ist der Sanitätsdienst irgendwie immer in Bereitschaft, auch wenn nicht jeden Tag ein Einsatz reinkommt. Wir haben dann unseren Part übernommen und das medizinische Personal der afghanischen Armee geschult. Die Arbeit und der Alltag dort ... waren okay.«

Finn fuhr sich durchs Haar und schluckte. »An jenem Tag ... weil keine Hubschrauber zur Verfügung standen, waren die Amerikaner im Fahrzeugkonvoi unterwegs. Sie wurden angegriffen, setzten einen Notruf ab, und wir waren die einzig verfügbaren Einsatzkräfte in der Nähe. Mit mehreren Hubschraubern sind wir hingeflogen und auf ein wahres Schlachtfeld gestoßen. Brennende Lkws, viele Verletzte, aber der Angriff schien vorbei zu sein. Deshalb landeten wir, und geschützt von unseren Soldaten kümmerten wir uns um die Verletzten. Es war wie der Vorhof zur Hölle. Und eine Falle.«

Kathi bemerkte, dass er zunehmend nervöser wurde, und Flecken auf seinen Wangen erschienen. »Sie nahmen uns ebenfalls unter Beschuss, und es gab kaum jemanden, der da unverletzt rausgekommen ist.« Seine Hände begannen zu zittern, und sie nahm sie in ihre, um ihm zu zeigen, dass sie für ihn da war.

»Mich hat es unter dem Arm erwischt«, er deutete mit dem Kinn darauf, »genau oberhalb der schusssicheren Weste. Eigentlich hatte ich Glück, weil die beiden Geschosse keine Organe beschädigt haben, aber ich ... ich bin kein Held. Ich hatte noch nie solche Schmerzen. Und Angst, dass ich sterben würde.« Er hob den Kopf und sah sie an. »Es kam mir wie eine Ewigkeit vor, die ich da im Wüstensand lag, unter der unerbittlichen Sonne, und um mich herum Schreie und andere Schmerzenslaute hörte. Und ich schwankte zwischen Hass auf die Taliban, Wut auf mich selbst und Selbstmitleid. Ich habe sogar geheult wie ein Baby und Gott gebeten, es schnell vorbeigehen zu lassen, obwohl ich Atheist bin. Aber das war noch nicht einmal das Schlimmste! Ein paar Meter weiter lag nämlich mein Kumpel, Andreas. Ihm hat es den halben Kopf weggerissen, und ich musste die ganze Zeit über auf die Überreste seines Gesichts starren.«

Kathis Herz zog sich vor Anteilnahme zusammen, und sie biss sich auf die Unterlippe, drückte seine Hände und kämpfte gegen die aufsteigende Übelkeit an. »Es tut mir so leid«, flüsterte sie. »Er fehlt dir sehr, oder?«

Er nickte und kaute auf seiner Unterlippe herum, sah auf ihre Hände hinab. »Ich konnte nicht einmal zu seiner Beerdigung, weil er schon zu seiner Familie nach München überführt worden war, als ich im Lazarett lag.«

Scheiße, was musste er durchgemacht haben! »Wer hat euch gerettet?«

»Keine Ahnung, ich habe später nicht danach gefragt. Ich weiß nur, dass die Verletzten auf die einzelnen Camps verteilt wurden, um alle Operationen durchführen zu können.«

»Und dann?«

»Die besonders schwierigen Fälle wurden sofort per MedEvac ausgeflogen, soweit sie transportfähig waren, später folgte eine zweite Welle. Für uns andere blieb nur das Camp-Lazarett. Und die erste Betreuung durch den Seelsorger, dann einen Therapeuten. Ich wollte das aber nicht und habe mich stattdessen in mich selbst verkrochen. Habe den Glauben an meinen Job, meine Berufung verloren.«

»Und dann durftest du nach Hause.«

Finn nickte und verschlang seine Finger mit ihren, streichelte über ihre Handrücken. »Als ich hier ankam, war ich zwar körperlich wiederhergestellt, aber im Herzen total leer. Ich hatte keine Ahnung, wie es weitergehen sollte. Zu allem Überfluss haben meine Eltern mich total in Watte gepackt.« Er rang sich ein kleines Lächeln ab. »Mein Therapeut hier ist ein wirklich guter Mann, er hat etwas bewegt. Und dann hat Lukas mich zu eurem Training mitgenommen.«

Ohne es zu wollen, musste auch sie lächeln. »Zum Glück! Aber ... was ist vorhin da unten mit dir passiert? Du hast mir echt Angst gemacht. Waren das die Motorräder? Dieses Knallen?«

»Ja, ich denke schon. Ich war sofort wieder in der damaligen Situation und ein seelisches und nervliches Häufchen Elend.«

»Ich verstehe nur nicht, warum du mich weggestoßen hast? Ich wollte dir nur helfen! Ich hätte dich hier raufbringen können oder einen Arzt rufen.«

»Wie gesagt, du solltest nicht sehen, was dieses Trauma noch immer mit mir machen kann. Eigentlich habe ich geglaubt, es inzwischen überstanden zu haben. Der Therapeut meinte von Anfang an, dass du mir gut tust, und das Gefühl hatte ich auch. Nur deswegen habe ich die Rückkehr in den aktiven Dienst in Angriff genommen.«

Jetzt verstand Kathi auch, was er gestern zu ihr gesagt hatte. Dass sie der Engel sei, der ihn aus der Dunkelheit ziehen konnte.

»Wenn ich dich nicht kennengelernt hätte, mich nicht in dich verliebt hätte, wer weiß, wo ich jetzt noch herumkriechen würde.«

»Dann hoffe ich für dich, dass du dich nicht noch einmal so benimmst, wenn du eine Attacke hast. Sonst haue ich dir nämlich eine rein!«

Finns Grinsen fiel ziemlich schief aus, und er hob ihre Hände zum Mund und drückte sie an seine Lippen. »Versprochen.«

Kathi fühlte, dass seine Hände leicht zitterten. »So ganz hast du die Panikattacke nicht überwunden, oder?«

Er seufzte. »Nein. Das Problem ist, dass ich viel zu aufgewühlt bin. Ich werde noch lange nicht schlafen können, und dann kehrt vermutlich der Albtraum zurück. Wie immer nach einer Attacke.«

»Dann bleib eine Weile hier, ich geb noch etwas den Engel für dich, damit du zur Ruhe kommst.«

»Und wie?«

»Komm her, leg dich hin.« Sie zog an seinen Händen. »Mit dem Rücken zu mir.«

Er streckte sich seitlich auf ihrem Bett aus, und sie schmiegte sich von hinten an ihn. Legte den Arm um seine Taille und hauchte einen Kuss auf seinen Hals. »Stell dir einfach vor, dass ich über dich wache und der Albtraum keine Chance hat. Überhaupt keine negativen Gefühle und Gedanken.«

»Tschakka!«, meinte Finn leise.

»Oder so!« Sie lachte. »Meine Mutter hat das mit mir gemacht, wenn ich als Kind Angst vor Monstern hatte oder vor lauter Lampenfieber vor dem nächsten Turnier nicht einschlafen konnte.«

»Und es hat tatsächlich geholfen?« Er schob seine Finger zwischen ihre und drückte sie sanft gegen seine Brust.

»Ja, und wie!«

»Und ... du verzeihst mir wirklich?«

Kathi horchte zwei Sekunden in sich hinein und nickte. »Ja, Finn, ich verzeihe dir. Aber nur, wenn du akzeptierst, dass ich immer für dich da bin. Auch in beschissenen Situationen, okay? Das gehört dazu, wenn man zusammen ist. Oder?«

»Danke.« Er atmete tief durch und seufzte, die Spannung in seinem Körper ließ merklich nach.

»Keine Ursache, du hast mich auch schon erlebt wie sonst kein anderer.«

»Das war mein Helfersyndrom«, nuschelte er.

»Vielen Dank auch!« Sie kicherte und lehnte den Kopf an seine Schulter, schloss die Augen. Automatisch konzentrierte sie sich auf seine Atmung und passte ihre an, dämmerte kurz darauf weg und zuckte irgendwann zusammen.

Kathi hob den Kopf von seiner Schulter und flüsterte: »Finn?«

Zur Antwort erhielt sie nur sein gleichmäßiges Atmen, was sie lächeln ließ. Ihr wurde angenehm warm in der Brust, weil er sich in ihrem Arm so weit beruhigt und entspannt hatte, um schlafen zu können.

Da sie ihre Hand nicht aus seiner lösen konnte und wollte, verrenkte sie sich so lange, bis sie mit der anderen Hand das Radio auf ihrem Nachttisch ausschaltete. Die Lichterkette durfte weiterbrennen, das hier war wichtiger.

Sie kuschelte sich wieder an ihn, schloss die Augen und ließ sich von der Geborgenheit einhüllen, die seine Nähe jedes Mal in ihr auslöste.

II.

Glück und Frieden, das waren die Worte, die ihm als erstes zu dem Gefühl einfielen, das ihn nach dem Aufwachen erfüllte. Dann wurde ihm bewusst, dass Kathi in seinem Arm lag, und es fühlte sich unsagbar gut an.

Finn legte auch den anderen Arm um sie und hielt sie ein wenig fester, vergrub die Nase in ihrem Haar und sog ihren Duft ein. Sein Engel hatte ihn sicher durch die Nacht gebracht, ohne Albtraum und in tiefem Schlaf. Ach ja, und in Klamotten, auch wenn sie irgendwann die Decke über ihnen ausgebreitet hatte.

Er genoss die Ruhe in seinem Innern und Kathis Nähe. Wenn es nach ihm ging, könnten sie öfters die Nacht in einem Bett verbringen, ganz ohne Hintergedanken. Er wollte sie nur im Arm halten, auf alles andere konnte er warten.

Seine Gedanken schwebten zurück zum gestrigen Abend. Als ihm klar geworden war, was er für Kathi empfand, war er vollkommen überwältigt gewesen. Ob er sich das auch so schnell eingestanden hätte, wenn er nicht mit seinem Bruder geredet hätte? Oder es diese Panikattacke nicht gegeben hätte? Darüber hatte er auf der Fahrt hierher ausführlich nachgedacht, und sich gewünscht, dass er nicht jegliche Chance bei ihr verspielt hatte. Zum Glück war er nicht enttäuscht worden, aber er hatte tief in sich auch die Gewissheit verspürt, dass sie kein Mensch war, der davonlief, wenn es unangenehm wurde. Ja, sein Engel war etwas ganz Besonderes.

Kathi strich mit der Hand über seine Seite, kuschelte sich noch näher an ihn und atmete tief durch.

»Guten Morgen«, raunte Finn und küsste sie aufs Haar.

»Guten Morgen«, murmelte sie.

»Danke, dass ich hier schlafen durfte.«

»Mh-hm. Und hat es geklappt? Ich habe zumindest nichts von einem Albtraum mitbekommen.«

»Kein Albtraum, und ich habe durchgeschlafen. Dein Schutz hat gewirkt, mein Engel.«

»Dann ist es ja gut. Ich hatte auch keinen, obwohl ich das fast befürchtet habe. Da scheint das mit dem Schutz auch anders herum zu funktionieren.«

Er runzelte die Stirn und strich ihr sanft über den Rücken. »Welcher Albtraum plagt dich?«

»Mein Treppensturz. Das letzte Mal hatte ich ihn nach der Niederlage in Lübeck, deswegen habe ich gedacht, dass er heute wiederkommt.«

»Kann es sein, dass du das mit deinem Sturz und dem Karriereende noch nicht abgehakt hast?«

»Wieso? Wie meinst du das?«

»Na ja, mein Therapeut hat mir erklärt, dass solche Albträume in vielen Fällen wiederkehren, weil unser Gehirn sie noch verarbeitet. Das könnte bei dir auch der Fall sein, schließlich wirst du immer wieder mit Laura konfrontiert.«

Ihre Finger malten Kreise auf seine Seite, während sie anscheinend darüber nachdachte. »Hm, kann schon sein. Vielleicht sollte ich doch mal zur Therapie gehen, schaden wird es bestimmt nicht.«

»Heißt das, du hattest gar keine Therapie, damals?«

»Nein, das war überhaupt kein Thema. Warum auch?«

»Stimmt, das ist nichts, was im ersten Augenblick nach einer Therapie verlangt.«

Kathi schnaubte. »Wenn es danach geht, würde ich eher Laura eine empfehlen. Nach ihrem komischen Auftritt letzte Woche und dem, was sie da gestern von sich gegeben hat, zweifle ich langsam echt an ihrem Verstand.«

»Apropos. Hast du eine Idee, welchen Plan sie meinte?«

»Da fragst du echt die Falsche! Aber lass uns nicht mehr darüber reden, diese Bitch kann einem die gemütlichste Sonntagmorgenlaune verhageln.«

»Tut mir leid, das wollte ich nicht.« Finn drückte sie noch einmal fester an sich und küsste sie aufs Haar.

Sie stützte sich auf den Ellbogen und sah ihn mit einem Schmunzeln an. »Ich weiß, wie du das wieder gutmachen kannst.«

»Und das wäre?«

»Himmel! Bekomme ich jetzt endlich mal einen Kuss, oder was?«

»Ganz ohne Zähneputzen und so?« Er grinste.

Kathi verdrehte die Augen. »Wenn du nicht willst, musst du das sagen.« Sie machte Anstalten, aufzustehen.

»Nicht so schnell! Ich habe nicht gesagt, dass ich nicht will.« Er legte die Hand an ihre Wange, hob ihr den Kopf entgegen und drehte sich gleichzeitig zur Seite, um sie zu küssen. Sie nutzte die Bewegung aus, zog ihn halb über sich und schlang die Arme um seinen Hals.

Himmel, ihr Kuss war so verlockend, dass er sämtliche Vorbehalte oder Zurückhaltung vergaß. Finn ließ sich immer tiefer hineinfallen, genoss ihren Geschmack und das Gefühl, das sie in ihm hervorrief. Eine Mischung aus Wärme, Magenflattern und aufregendem Prickeln. Ob es ihr ähnlich erging?

Er wollte sie auf keinen Fall in irgend einer Form bedrängen, doch der Wunsch, mehr von ihr zu spüren, wurde von Tag zu Tag größer. Deswegen wagte er einen Vorstoß und ließ eine Hand unter ihren Pullover und das Shirt gleiten. Streichelte die weiche und verführerisch warme Haut an ihrem unteren Rücken. Das leise Seufzen, das ihr daraufhin entschlüpfte, ging ihm durch und durch. Und dass sie mit beiden Händen den Reißverschluss seiner Kapuzenjacke öffnete, das T-Shirt aus seiner Jeans zerrte und sie darunter auf seinen Bauch legte, erst recht.

Ein seltsames Geräusch ließ ihn innehalten, es klang wie eine Fanfare. »Was war das?«

Kathis Wangen waren rosa angehaucht, und der Anblick ihrer vom Küssen leicht geschwollenen Lippen lenkte ihn direkt wieder ab.

»Unser Gruppenchat, unwichtig«, murmelte sie und reckte sich ihm entgegen. Ihre Lippen verschmolzen erneut miteinander und der Kuss wurde intensiver, genauso wie ihre Berührungen.

Da erklang die Fanfare erneut. Und noch einmal. Dann mehrere Male direkt nacheinander.

Finn hob den Kopf. »Sorry, aber... willst du vielleicht mal nachgucken?«

Sie seufzte und zog die Hände unter seinem T-Shirt hervor, er löste sich von ihr.

»Ich schalte es auf stumm«, brummte sie und rollte sich aus dem Bett, lief zum Schreibtisch.

Er beobachtete, wie sie das Handy aufnahm, auf dem Display herumtippte und plötzlich versteinerte. Kathi riss die Augen auf und flüsterte. »Ach, du Scheiße!«

»Was ist passiert?«, fragte er alarmiert und setzte sich auf.

Sie ließ das Handy sinken und starrte ihn an. »Sebastian steigt aus und erntet dafür gerade einen Shitstorm. Weil er zu Laura wechselt.«

Der Gedanke an die bevorstehende Krisensitzung beim Montagstraining machte Kathi nervös. Und zwar so sehr, dass sie sich schon in den Nachmittagsvorlesungen nicht mehr richtig konzentrieren konnte. Statt sich Notizen zum Thema »Formen der Bewegungstherapie« zu machen, kritzelte sie auf ihrem Collegeblock herum und versuchte, sich alle möglichen Auswirkungen auszumalen.

Zwischendurch dachte sie lieber an das Wochenende zurück. An die Zweisamkeit mit Finn. Das entlockte ihr ein verliebtes Lächeln, Hitze breitete sich in ihrem Bauch aus. Eine Welle der Euphorie hatte sie durchflutet, als sie seine Finger auf ihrer Haut gespürt hatte. Waren sie wirklich erst drei Wochen zusammen? Es kam ihr wie Monate vor, wahrscheinlich, weil sie sich nicht so oft treffen konnten. Und sobald die letzte gemeinsame Zeit vorbei war, freute sie sich aufs nächste Wochenende, so wie jetzt auch.

Doch bis dahin gab es noch drei Trainingseinheiten mit ihren

Homies, die nun um drei Personen reduziert waren. So langsam wurde es eng.

Nach der Uni hetzte sie nach Hause, zog sich um und fuhr ins Vereinsheim. Noch war sie allein und sie konnte die Zeit nutzen, um sich aufzuwärmen und gegen die Anspannung anzutanzen.

Nele und Marie waren die Ersten, die zum Training erschienen. Sie betraten den Tanzraum mit grimmigen Gesichtern, die Taschen über den Schultern und noch in Straßenkleidung.

»Hey, ihr beiden!« Kathi ging zum Ghettoblaster, schaltete die Musik ab und griff nach ihrer Wasserflasche. »Alles klar bei euch?«

»Nee«, maulte Nele, »wir sind ganz schön angepisst wegen Sebastian.«

»Was für ein Arsch!«, schimpfte Marie. Sie blieben neben Kathi stehen und ließen ihre Taschen zu Boden fallen.

»Wusstet ihr, dass er hier so unzufrieden war?«

Sie schüttelten den Kopf.

Hinter ihnen öffnete sich die Tür und die restlichen Kids strömten herein, inklusive der beiden Ersatztänzer, und auch sie trugen noch ihre Straßenkleidung.

Kathi warf einen Blick in die Runde. »Okay, wir sollten wir uns darüber unterhalten, wie es bei den *Homies* weitergehen soll. Setzt euch.« Sie ließ sich im Schneidersitz nieder und wartete, bis die Teenager sich im Halbkreis auf den Boden gesetzt hatten.

»Also, auch an euch noch einmal die Frage: Wusste jemand, dass Sebastian hier so unzufrieden war?« Ihr Blick glitt von einem zum anderen, doch sie nahm nur Kopfschütteln oder gesenkte Köpfe und das betretene Schweigen wahr.

»Seb hat manchmal rumgeheult«, meinte Lukas von hinten, »so wie Kevin. Und auch wegen dem gleichen Scheiß. Also, gewundert hat es mich nicht, dass er abgehauen ist.«

»Und was ist mit euch? Ist noch jemand von euch unzufrieden?« Zur Antwort erhielt sie kollektives Kopfschütteln.

»Bitte, macht das nicht, weil ihr euch nicht traut oder so. Wenn ich in der Vergangenheit eine schlechte Trainerin für euch war und Scheiße gebaut habe, dann ist das jetzt der Zeitpunkt, um etwas zu ändern. Seid einfach ehrlich zu mir!«

»So mies kann das doch nicht gewesen sein«, warf Nele ein. »Wir stehen fast immer auf dem Treppchen und haben schon so viele Turniere und Preise gewonnen. Jetzt haben wir halt mal 'ne Pechsträhne, na und? Deshalb ist doch nicht alles Scheiße! Oder wie seht ihr das?« Sie schaute in die Runde.

»Keine Ahnung, eigentlich nicht«, äußerte sich die sonst ruhige Laila. »Ich frage mich auch schon die ganze Zeit, warum Jenny und die Jungs sich auf einmal so benehmen.«

»Bin ich zu streng?«, wollte Kathi wissen und griff noch eine von Finns Bemerkungen auf. »Oder vielleicht zu sehr aufs Gewinnen versessen? Wenn ich mich wie ein Psycho benehme, müsst ihr mir das sagen, Leute!« Sie versuchte, ihre Worte mit einem schiefen Grinsen aufzulockern, und hoffte, nicht von ihrem Team abgestraft zu werden. Aus dem folgenden Gemurmel verstand sie nur einzelne Worte, aber anscheinend war das nicht das Problem.

»Ein paar sind halt geil auf Erfolg, die anderen sehen das ganz easy.« Lukas zuckte mit den Schultern.

»Das ist auch in Ordnung, aber ich will es jetzt wissen, falls es noch jemanden gibt, dem wir nicht mehr erfolgreich genug sind«, forderte sie. »Das hier ist immer noch Leistungssport. Wir können reagieren und etwas ändern. Oder noch jemanden gehen lassen, wenn's denn sein muss.«

Alle wandten die Köpfe, tauschten Blicke und schwiegen.

»Nein? Wirklich niemand? Wenn ihr trotzdem unzufrieden mit mir seid, raus damit! Dann spreche ich mit dem Vereinsvorstand und kümmere mich darum, dass ihr eine neue Trainerin bekommt. Oder einen neuen Trainer.«

»Und was ist mit dir?« Nele legte den Kopf schräg.

Kathi zuckte mit den Schultern. »Keine Ahnung, vielleicht hänge ich den Trainerjob an den Nagel.«

»Nein!«, scholl es ihr mehrfach empört entgegen.

Gott sei Dank! Meine Methode war doch nicht so verkehrt!

»Wirklich nicht?«, hakte sie trotzdem noch einmal nach.

»Laber nicht so eine Scheiße!«, rief Lukas, und er wirkte diesmal echt verärgert. »Wenn du gehst, gehe ich auch.«

»Ich auch«, pflichteten Nele und Marie ihm bei, dann nickten auch die Restlichen.

Kathi fiel ein Stein vom Herzen, sie stieß die Luft aus und sackte in sich zusammen. »Ich kann euch gar nicht sagen, wie froh ich darüber bin, ehrlich! Und dass ihr alle bleiben wollt. Aber, bitte, wenn sich etwas daran ändern sollte, sagt es mir. Und zwar früh genug! Ich bin bestimmt nicht perfekt, kann aber mit Kritik umgehen, keine Angst. Okay?«

Noch einmal wechselten sie Blicke, ehe die Teenager nickten.

»Okay. Danke!« Sie lächelte und schlug sich mit den flachen Händen auf die Schenkel. »Und jetzt geht euch umziehen, damit wir trainieren können. In knapp zwei Wochen gibt es einen Pokal zu holen, wenn auch nur einen kleinen. Und was ganz wichtig dabei ist – wir wollen Spaß haben!«

Zurück in ihrer WG erwartete Michelle sie bereits im Wohnzimmer. »Und? Löst ihr euch auf?«

Wider Erwarten musste Kathi lachen, und sie ließ sich neben ihrer besten Freundin auf die Couch fallen. »Nein. Und meinen Job bin ich auch nicht los.«

Michelle zog die Brauen zusammen. »Hast du das etwa erwartet?«

»Bis vorhin habe ich nicht gewusst, ob sie mit mir zufrieden sind. Wir haben noch nie offen darüber gesprochen.«

»Und jetzt?«

»Na ja, wir haben uns ausgesprochen und auch offene, konstruktive Worte vereinbart. Damit habe ich auch gleich nach dem Training angefangen. Sie nach ihrem Feedback für die Einheit und die angepasste Choreo gefragt. Lief soweit ganz gut.«

»Hoffentlich bleibt das so. Mir geht nämlich nicht aus dem Kopf, was du mir über Lauras Bemerkung erzählt hast. Wenn ich das und unsere Begegnung auf der Schanze zusammenzähle, wird meine Theorie nur weiter bestärkt, und ich wünschte, wir hätten das aufgenommen. Sie hat schon drei Leute abgeworben und wird bestimmt nicht damit aufhören. Sie will euch schwächen!«

»Sportlich fair ist das mal nicht«, maulte Kathi und pflanzte die Füße auf den Couchtisch.

»War sie jemals fair? Nein, weder sportlich noch sonst wie, also!«

»Du hast ja recht«, wandte sie ein und legte den Kopf hintenüber auf die Rückenlehne, starrte an die Decke. »Ich würde nur zu gerne wissen, warum sie das tut.«

»Meinst du, sie braucht noch mehr Gründe? Ich befürchte, es ist einzig und allein der Erfolg, der sie dazu treibt.«

»Das ist es ja gerade! Das macht mir Bauchschmerzen.«

»Lass sie dir von Finn wegküssen!« Sie stieß Kathi den Ellbogen in die Seite und wackelte mit den Augenbrauen.

»Du bist blöd!«, schimpfte sie und lachte.

»Warum? Sonntagmorgen habt ihr ausgesehen, als ob ihr heftig rumgemacht hättet.«

»Nur ein bisschen, der Gruppenchat hat uns ziemlich unsanft unterbrochen.«

»Hattet ihr noch alle Klamotten an?«

»Jepp.«

Michelle schnalzte mit der Zunge. »Wie schade!«

»Ich korrigiere mich. Du bist nicht nur blöd, sondern auch schamlos.«

»Wie bitte? Weil ich offen über Sex rede? Süße, ich wusste gar nicht, dass du so prüde bist! Oh, halt, warte! Doch, wusste ich.« Michelle kicherte. »Ich habe nur gedacht, nachdem du keine Lust mehr hattest, die Unerfahrene zu sein, wärst du etwas lockerer geworden.«

»So weit bin ich noch nicht, sorry.«

»Ach, das kommt schon noch.« Sie winkte ab. »So, und nachdem das nun geklärt ist, verabschiede ich mich ins Bett. Mein Uni-Job hat mich ganz schön geschlaucht. Wir sehen uns morgen beim Frühstück.«

Es war zwar bereits ziemlich spät, als er vom Dienst nach Hause kam, aber Finn zog sich trotzdem um und gönnte sich eine Laufrunde. So wie früher, zum Runterkommen.

Danach stieg er unter die Dusche, wärmte sich das Abendessen auf, das seine Mutter ihm in den Kühlschrank gestellt hatte, und unterhielt sich noch mit seinen Eltern über die ersten beiden Tage bei der Luftrettung. Um neun lag er in Schlafhose und Shirt auf dem Gästebett, das Fenster weit geöffnet, und wählte auf dem Handy Kathis Nummer.

»Hallo, Süßer!«, flötete sie ihm nach zweimaligem Freizeichen entgegen.

»Hallo, mein Engel! Wie war dein Tag?«

»Hm, etwas stressig. Ich muss für die Prüfungen einiges lernen. Und bei dir so?«

»Die beiden ersten Tage waren überraschend gut. Das Team ist super und es tut mir gut, wieder gebraucht zu werden.«

»Keine Flashbacks, Panikattacken oder Ähnliches?«

»Nein, gar nicht. Ich konzentriere mich voll auf den Job und verschwende keinen einzigen Gedanken an Afghanistan. Da, ich kann sogar darüber reden, ohne dass mir anders wird.«

»Das freut mich.« Ihre Stimme nahm einen sanften Unterton an, der prompt seine Sehnsucht schürte.

»Du fehlst mir, jeden Tag.«

»Du mir auch.« Kathi lachte leise. »Aber wir sehen uns ja morgen Abend.«

»Erzähl mal von eurem Krisengespräch gestern, deine Nachrichten waren ziemlich sparsam.«

Sie schilderte ihm die Aussprache Wort für Wort und auch, was sie und Michelle durchgekaut hatten.

»Tja, ich muss zugeben, ich traue Laura so ziemlich alles zu. Mein Bauchgefühl sagt mir, dass sie eine ganz falsche Schlange ist«, meinte Finn schließlich. »Ihr solltet auf jeden Fall wachsam bleiben.«

»Das Gefühl habe ich allerdings auch! Sie war schon immer erfolgsgeil, musste immer an erster Stelle stehen. Es ist nur schlimm, dass sie die Kids da mit reinzieht und sie instrumentalisiert. Ich wünschte, man könnte ihr das irgendwie austreiben, aber ich befürchte, dass das alles noch am Rand des Erlaubten balanciert.«

»Ich bin sicher, dass sich mal etwas in dieser Richtung ergibt. Solche Menschen bringen sich oft selbst zu Fall.«

Kathi seufzte. »Lass uns nicht mehr von dieser blöden Kuh reden. Sag mir lieber, wie dein Plan für das nächste Wochenende aussieht!«

Ein Grinsen breitete sich auf seinem Gesicht aus. »Also, ich habe mir Folgendes überlegt. Ich bin um acht bei dir und bringe ein bisschen was fürs Frühstück mit. Dann fahren wir nach Altona runter und kämpfen uns durch die Ausstellung und das Lager. Zum Mittagessen gibt es, ganz standesgemäß, ein paar Hotdogs, damit wir genug Kraft haben, die Möbel aufzubauen. Abends bestellen wir uns einfach eine Pizza, und für Getränke und den Sonntag ist gesorgt, die Küche ist bereits komplett gefüllt.«

»Hört sich gut an. Ich kann es kaum erwarten«, meinte sie, und er konnte ihr Lächeln hören.

»Ich auch nicht.«

»Was mir gerade einfällt ... Wann ist dein Termin beim Therapeuten?«

»Donnerstag, ganz nach Plan.«

»Du hast keinen zweiten Termin gemacht? Wegen der Panikattacke?«

»Nein. Wenn, dann hätte ich seine Hilfe sofort gebraucht. Aber da du für mich da warst, hat sich das erledigt.«

»Wirst du ihm trotzdem davon erzählen?«

»Sicher.«

»Wissen deine Eltern eigentlich davon?«

»Nein, nur Lukas. Und das auch nur, weil er mich in der Küche gefunden hat, wie ich in das Glas Korn gestarrt habe. Warum?«

»Sie machen sich bestimmt Sorgen.«

Er seufzte und fuhr sich durchs Haar. »Ja, und genau deswegen habe ich ihnen nichts davon gesagt. Meine Mutter war schon fertig genug wegen meiner Verletzung. So langsam kriegt sie sich wieder ein, aber sie ist echt zur Glucke mutiert, und das kann ich gar nicht ab!«

»Okay ...«

»Hey, versteh' mich nicht falsch! Ich liebe meine Eltern, aber ich brauche definitiv räumlichen Abstand zu ihnen und sie müssen nicht alles wissen.«

»Wissen sie von mir?«

»Sie wissen, dass es da jemand Besonderen in meinem Leben gibt, aber noch nicht, dass du es bist. Keine Angst, ich werde es ihnen schon sagen, bevor wir alle nach Paris fahren.«

»Oh, das ist aber nett«, erwiderte sie mit ironischem Unterton.

»Hey, deine Eltern kenne ich noch nicht einmal!«

»Tut mir leid, ich wollte nicht ...« Kathi brach ab.

Finn wurde ernst. »Was ist denn los? Gibt es irgendetwas, das du mir sagen willst?«

»Ach, ich weiß nicht, ich hatte nur gerade das Gefühl ...« Sie druckste einen Moment herum, dann platzte es förmlich aus ihr hervor. »Es klingt bestimmt total bescheuert, aber für einen Moment habe ich gedacht, du meinst es nicht ernst mit mir.«

»Ach, Kathi!« Er seufzte. »Wenn du wüsstest, wie ernst es mir mit dir ist!«

»Ja?« Ihre Unsicherheit war beinahe greifbar.

»Mh-hm. Und am Samstagabend können wir gerne persönlich darüber reden. Ist das okay? Ich möchte das ungern am Telefon machen.«

»Klar, kein Problem.«

»Wirklich? Du klingst nicht so.«

»Doch, wirklich ... ich bin gerade etwas ... emotional, tut mir leid.« Sie lachte auf und schniefte.

Einen Moment lang spielte Finn mit dem Gedanken, ihr zu gestehen, was er bereits für sie empfand. Nein, er wollte ihr dabei in die Augen sehen, ihre Reaktion hautnah erleben.

»Dann schicke ich dir mal eine fette Umarmung rüber. Damit du zur Ruhe kommst und gut schlafen kannst.«

Ein leises Lachen erklang. »Ich habe schon verdammt lange nicht mehr so gut geschlafen wie Samstag. Ich hätte nichts dagegen, öfter in den Genuss deiner Gesellschaft zu kommen.«

»Sag das nicht zu laut, du könntest es bekommen.«

»Versprochen?«

Er grinste. »Versprochen!«

12.

»Tschüss, schönen Abend noch, euch beiden!« Björn, Finns neuer Kollege, winkte ihnen noch einmal zu, bevor er mit zwei weiteren Kollegen die Treppen hinunterlief.

»Euch auch. Und danke noch mal fürs Helfen«, rief Finn ihnen nach.

»Kein Ding. Bis Montag!«, hallte es die Treppe hinauf, dann schloss er die Wohnungstür und wandte sich ihr zu.

»Endlich allein!«

Kathi ließ sich in seine Arme ziehen und schlang ihre um seinen Hals. »Du sagst es!« Sie streckte sich ihm für einen Kuss entgegen. »Aber ohne ihre Hilfe hätten wir gar nicht alles heraufschleppen können und wären noch nicht fertig.«

»Stimmt.« Finn ließ sie los und zog sie an der Hand ins Wohnzimmer. »So gesehen bin ich froh, das Björn mir so kurzfristig Hilfe angeboten hat. Er ist ein echtes IKEA-Genie.«

Im Türrahmen blieben sie stehen und betrachteten ihr Werk. Kathi gefiel besonders gut das Dreiersofa mit Récamiere in Verbindung mit dem blattförmigen Couchtisch und den beiden Schalensesseln.

»Wir haben das Beste aus dem Raum rausgeholt. Dank dir!« Er lächelte sie an und drückte ihre Hand.

»Ja, ist echt schön geworden. Ich hoffe, du bist auch mit dem Rest der Möbel und der Deko zufrieden.«

»Auf jeden Fall. Wie sieht's aus, wollen wir noch ein bisschen chillen, bevor wir zum Sternegucken in den Park gehen? Etwas Zeit haben wir ja noch, bis es richtig dunkel ist.«

»Gerne. Ich bin fix und alle.«

Finn ließ sich in eine Ecke der Couch fallen und zog sie zu sich hinab, sie streckten sich darauf aus. Während sie es sich in seinen Armen gemütlich machte, schaltete er die Musikanlage ein und wählte *Radio Hamburg* aus. »Du glaubst gar nicht, wie froh ich bin, endlich wieder eine eigene Wohnung zu haben. Ich glaube, das war der vorletzte Schritt zurück ins Leben.«

Kathi schloss die Augen und lauschte seinem Herzschlag, dem Brummen seiner Stimme. »Und welcher wäre der letzte?«

»Nicht mehr zur Therapie zu gehen.«

»Wie viele Sitzungen hast du denn noch?«

»Keine zwanzig, glaube ich.«

»Das ist doch absehbar.«

»Zum Glück. Und weißt du was? Ich wusste gestern gar nichts mehr zu erzählen, das mich beschäftigte. Meine Gedanken waren ständig bei dir und wie sehr ich mich auf dieses Wochenende freue. Doch daran wollte ich meinen Therapeuten nicht teilhaben lassen.«

»Sag nicht, du hattest unanständige Gedanken!« Sie kicherte.

»Kein Kommentar!«, erwiderte Finn trocken, und ihr wurde warm.

»Heute Morgen, bei IKEA, sah es ein paarmal danach aus, als ob du am liebsten abhauen wolltest.«

»Ja, schon. Ganz weg ist die Angst vor großen Menschenmengen noch nicht, aber es wird besser. Und ich arbeite weiter aktiv daran, die Beklemmung nicht zuzulassen.«

»Das ist gut.«

»Und bei dir? Wie läuft es denn bei eurem Training?«

»Soweit ist alles gut«, meinte sie und seufzte. »Sie geben sich Mühe, aber ich habe das Gefühl, der Wurm ist noch nicht ganz raus.«

»Das wird schon.« Er drückte ihr einen Kuss aufs Haar und strich über ihren Rücken. »Ihr dürft euch nur nicht entmutigen lassen.«

»Na ja, am Montag war die Motivation super, doch inzwischen hat sie bereits ein wenig nachgelassen. Keine Ahnung, woran das liegt, ich kann es nicht festmachen.«

Seine Streicheleinheiten lullten Kathi ein, sie gähnte. »Meinst du, wir könnten ein kleines Nickerchen machen?«

»Schlaf du nur, ich bin nicht müde.«

»Echt nicht?« Sie schmiegte sich noch enger an ihn. »Weck mich früh genug, okay? Das Wetter ist perfekt, um den Sternenhimmel zu beobachten.«

»Ich weiß. Mach die Augen zu!«

»Hab ich längst«, murmelte sie und merkte, dass sie langsam davon driftete. In seinem Arm fühlte sie sich wunderbar entspannt und geborgen, deshalb sank sie kurze Zeit später in den Schlaf.

Als Finn sie schließlich mit Streicheln und Flüstern weckte, murrte sie leise. »Mmh, muss das jetzt sein?«

»Keine Chance!« Er lachte leise. »Ich habe das so schön für uns geplant, es wird dir gefallen.«

»Okay, aber dann will ich zur Belohnung einen Kuss vorweg.«

»Na, du stellst vielleicht Ansprüche!«, murmelte er, hob sich ihr Kinn entgegen und drehte sich ein wenig, um sie küssen zu können.

Kathi seufzte und vergrub die Hände in seinem Haar, erwiderte den Kuss und wollte eigentlich gar nicht mehr aufhören. Viel lieber wollte sie diese gemütliche Stimmung ausnutzen und die Empfindungen auskosten, die er da gerade in ihr hervorrief. Das Glühen in ihrem Bauch, das Prickeln auf ihrer Haut. Doch er hob den Kopf.

»Lass uns gehen, damit können wir später weitermachen.«

Irrte sie sich oder klang seine Stimme tiefer, rauer?

»Na, gut!« Sie ließ ihn los und erhob sich nach ihm von der Couch. »Müssen wir noch etwas tun?«

Finn lief in die Küche und rief: »Oben auf der Garderobe liegt eine zusammengerollte Picknickdecke, und du kannst noch zwei Kissen nehmen. Ich packe nur eben den Korb.« Sie hörte ihn hantieren, Glas klirren, die Kühlschranktür zufallen, und musste grinsen. Klemmte sich zwei der Kissen unter den Arm und schaltete das Radio aus. Kurz darauf trafen sie sich im Flur, zogen ihre

Schuhe an, und er reichte ihr die Decke von der Ablage. Dann nahm er seinen Schlüsselbund, und sie verließen seine Wohnung.

Die Straße wirkte verlassen, kaum ein Geräusch war weit und breit zu hören.

»Irgendwie unheimlich«, flüsterte Kathi und sah sich um.

»Warum?« Er sprach und lachte genauso leise.

»Geht es dir nicht so? Dass du nur flüsterst, weil du niemanden aufwecken willst?«

»Na ja, schreien würde ich nicht unbedingt, aber flüstern...« Er wechselte den Korb auf die andere Seite, nahm ihre Hand und ging los.

»Hoffentlich ist es im Park auch so leise, das macht Sternegucken noch viel interessanter«, meinte sie.

»Oh ja, und duster muss es sein.«

»Duster?« Sie kicherte. »Was ist das denn für ein altmodischer Begriff?«

»Ist dir ›dunkel wie im Bärenarsch‹ lieber?«

Kathi prustete los und hob den Arm, um sich die Kissen vor den Mund zu halten. »Ist das Soldatensprache?«

»Nein, die ist um einiges derber, das tue ich dir lieber nicht an.«

»Auch gegenüber weiblichen Soldaten?«

»Manchmal. Aber die gehen nur sehr selten ins Ausland.«

»Kann ich gut nachvollziehen.« Sie seufzte und ließ den Arm wieder sinken. »Ich würde auch nicht in den Krieg ziehen wollen.«

Er drückte ihre Hand. »Lass uns nicht darüber reden, das verhagelt uns nur die Laune.«

»Da hast du recht.«

Am Ende der Straße bogen sie nach rechts ab, überquerten die Fahrbahn und betraten den kleinen Park. Schon wenige Schritte weiter wurden sie von der Dunkelheit verschluckt, und Kathis Augen brauchten eine gefühlte Ewigkeit, um sich daran zu gewöhnen. Außerdem schienen die Bäume und Büsche um sie herum jeglichen Laut zu verschlucken. Ein seltsam mulmiges Gefühl stieg in ihr empor, und sie musste schlucken. Sie war doch sonst nicht so ein Schisser!

»Ich habe mich vorgestern schon mal umgesehen«, meinte Finn leise, ließ ihre Hand los und zog etwas aus der Hosentasche. Dann flammte ein Lichtpunkt auf dem Weg vor ihnen auf, anscheinend hatte er eine kleine Taschenlampe dabei. »Ziemlich in der Mitte ist die Wiese am größten, da haben wir wahrscheinlich die beste Sicht.«

»Okay.« Ihre Stimme zitterte leicht.

»Hey, was ist denn?«

»Keine Ahnung, mir ist ein bisschen unheimlich zumute.«

»Alles gut, du bist doch nicht allein!«

»Ich weiß.« Ihr entschlüpfte ein nervöses Lachen.

Kurze Zeit später hatten sie die erwähnte Stelle erreicht, denn er betrat die Wiese und stellte ein paar Schritte weiter den Korb ab. Zog die Decke unter ihrem Arm hervor und drückte ihr die Mini-Stablampe in die Hand. Während er sie ausbreitete, blickte Kathi sich um, ob sich auch niemand an sie heranschlich.

»Hey, ich bin bei dir, okay?«

Sie fuhr herum, als er ihr über die Arme strich, und stieß die Luft aus. »Normalerweise meide ich dunkle Parks. Ich glaube, ich habe noch immer Angst vor Monstern unterm Bett.«

»Hier ist kein Bett.« Seine weißen Zähne blitzten auf, als er lächelte, dann nahm er ihr die Kissen ab und warf sie an ein Ende der Decke.

»Schade eigentlich, dann könnte ich mich unter der Bettdecke verstecken«, versuchte sie, sich selbst abzulenken.

»Hm, ja, nette Idee, da wäre ich dabei.« Finn zog sie in seine Arme und küsste sie zärtlich, bis sie sich entspannte und an ihn lehnte.

Schließlich hob er den Kopf und grinste sie an. »Wie wäre es jetzt mit einem Sekt zur Feier des Tages? Ich finde, wir sollten auf meine Bude anstoßen.«

»Sehr gute Idee.«

Sie ließen sich auf der Decke nieder, und er stellte den Korb in die Mitte neben sie, holte eine Flasche und zwei Gläser hervor. Den Korken löste er mit einem sanften Zischen aus dem Flaschenhals, und sie legte die Taschenlampe mit dem Strahl vor den Korb, hielt ihm die Gläser zum Füllen hin. Dann nahm er sein Glas entgegen und stieß mit ihr an.

»Auf meine neue Wohnung.«

»Auf deine Wohnung. Prost!«

Kathi stürzte die Hälfte hinunter und versuchte, in den Korb zu linsen. »Was hast du denn sonst noch Schönes dabei?«

»Ein paar Weintrauben und Schokolade.« Er förderte eine Schale und zwei Tafeln zutage.

»Mh, lecker!« Sie streckte die Hand danach aus, doch er schlug ihr spielerisch auf die Finger. »Hey!«

»Sei doch nicht so ungeduldig!«, neckte er. »Soll ich dir vielleicht erst einmal nachschenken?«

»Auf jeden Fall!« Sie trank den Rest aus und hielt ihm das Glas hin.

»Wenn ich es nicht besser wüsste, würde ich sagen, du willst dir Mut antrinken.« Er füllte ihr Glas vorsichtig bis zum Rand, trank seines aus und goss ebenfalls nach. Dann stellte er die Flasche zurück in den Korb und legte den Korken darauf.

»Vielleicht muss ich doch noch ein paar Monster verjagen.« Sie zuckte mit den Schultern und lachte, trank einen Schluck und sah ihm dabei zu, wie er den Deckel der Dose abnahm und hineingriff. Er hob die Hand und hielt ihr eine Traube an die Lippen. Gegen das Lächeln konnte sie nichts ausrichten, als sie sich füttern ließ, und gleichzeitig fühlte sich das ziemlich erregend und intim an. Er hatte wirklich süße Ideen. Und überhaupt wirkte das zwischen ihnen so verdammt einfach. War das normal?

So leerten sie die Schale, indem Finn abwechselnd ihr und sich eine Traube in den Mund steckte. »Möchtest du auch schon ein Stück Schokolade?«

»Nein.« Sie leerte ihr Glas und stellte es in den Korb. »Lass uns erst ins All schauen.«

Er räumte die restlichen Sachen ein, löschte das Licht und sie streckten sich nebeneinander aus. Kathi rückte sich das Kissen unter dem Kopf zurecht, legte eine Hand auf ihrem Bauch ab und schob die andere in seine. Dann konzentrierte sie sich nur noch auf die Sterne und die schwarzen Weiten dazwischen.

Mann, wie lange war es her, dass sie das zum letzten Mal getan hatte? Einfach nur schauen, genießen und schweigen. Und die Gedanken treiben lassen, von Stern zu Stern.

»Überlegst du auch jedes Mal, was es da draußen wohl noch gibt?«, fragte sie schließlich leise.

»Ja. In der Wüste hast du kein störendes Licht, sobald du ein paar Schritte aus dem Zentrum des Camps gehst, siehst du millionenfach Sterne. Oder auf dem Flugfeld, bei den Hubschraubern. Das ist überwältigend.«

»Ich glaube ja, dass es jede Menge intelligente Lebensformen im Universum gibt. Die Menschheit soll bloß nicht meinen, dass sie die Krone der Schöpfung ist.«

»Könnte sie gar nicht, dafür ist sie viel zu blöd.«

»Genau. Blind, egozentrisch, arrogant.«

»Ich persönlich glaube ja, dass wir uns irgendwann selbst ausrotten.« Finn seufzte. »Wenn ich schon sehe, wie viele Menschen, auch Staatsoberhäupter, den Klimawandel leugnen, läuft es mir kalt den Rücken herunter.«

»Meinst du, da oben gibt es Rassen, die das schon hinter sich haben, was wir hier gerade verbocken?«

»Kann gut sein.«

»Was sie wohl über die Erde denken würden? Besser gesagt, über die Menschen?«

»Gab es nicht mal ein Buch, das etwas in der Art zum Thema hatte? ›Ich und die Menschen‹ oder so ähnlich?«

Kathi zuckte mit den Schultern und lächelte. »Hm, kann schon sein, ich habe noch nie viel gelesen. Aber Michelle könnte dir bestimmt mehr dazu sagen. Hast du es gelesen?«

»Nein.«

»Also, was meinst du? Was würden die Aliens über uns Menschen denken?«

»Die würden sich über uns kaputtlachen. Oder die Arme verschränken, sofern sie denn welche haben, und uns einfach dabei zusehen, wie wir uns zugrunde richten.«

»Aber ... gibt es denn nichts, was uns ausmacht?«
»Tja, mir würde spontan nur eine Sache einfallen.«
»Und die wäre?«
»Das schönste Gefühl von allen?«
»Du meinst, die Liebe?«
»Ja.«
Kathi kaute auf ihrer Unterlippe und dachte darüber nach, während ihr Magen zu flattern begann und die Ameisenarmee im Gleichschritt durch die wild flatternde Schmetterlinge marschierte.

War es das, was sie in seiner Nähe fühlte?

Sie nahm allen Mut zusammen. »Wann weiß man, dass man liebt?«

Es dauerte einen Moment, bevor er antwortete, und sie wurde bereits nervös. »Man weiß es einfach. Glaube ich.«

»Und ... wann weiß man das?«

Finn lachte. »Glaubst du, ich bin Experte in solchen Dingen?«

»Na, ich schon mal gar nicht!«, konterte sie. Nein, sie wusste so gar nichts mit den verschiedenen Gefühlen anzufangen, die mit ihm in ihr Leben getreten waren. Okay, sie wusste, was es hieß, verliebt zu sein. Aber Liebe ...

»Vielleicht ist es soweit, wenn man den Drang verspürt, es zu sagen. Oder die Worte einfach so herauskommen und einen selbst überrumpeln«, erstaunte er sie mit einer Antwort.

Nervosität explodierte in ihrer Brust. »Klingt, als ob du aus Erfahrung sprichst.«

»Vielleicht.«

Kathis Brauen schossen nach oben, sie schluckte. Und irgendwo in ihrem Herzen nistete sich die Hoffnung ein, dass es ihm vielleicht aktuell so ging. Doch sie besaß nicht genug Mut, das Gegenteil zu ertragen, also hielt sie lieber den Mund. Und er schwieg ebenfalls.

»Aber manchmal ... ist man sich sicher ... und traut sich doch nicht«, gab er plötzlich zu.

Mit einem Mal wirbelte alles in ihr durcheinander und ihre Finger gruben sich in den Stoff ihres Shirts. Ihr heftig klopfendes Herz wollte, dass er von sich sprach. Doch ihr Kopf spielte es herunter und kehrte den Pessimisten heraus. *Ganz toll!*

»Und was ist, wenn alles so chaotisch und überwältigend ist, dass man gar nicht weiß, was los ist?«, wagte sie einen Vorstoß.

Finn ließ ihre Hand los, drehte sich auf die Seite und stützte den Kopf in die Hand. »Klingt, als ob du aus Erfahrung sprichst«, wiederholte er ihre Worte.

Sie wandte den Kopf und biss sich auf die Lippe. Was würde sie darum geben, ihm jetzt in die Augen sehen zu können! Die Unsicherheit kämpfte sich vor.

»Vielleicht.«

Er holte tief Luft. »Eigentlich bin ich dir noch eine Antwort schuldig, aber irgendwie finde ich es blöd, im Dunkeln darüber zu reden.«

Himmel, warum konnte er ihr nicht einfach sagen, was er zu sagen hatte? Oder wollte er ebenfalls beobachten, wie sie reagierte?

»Und wenn du es mir später noch einmal sagst?«

Ein Glucksen erklang. »Du willst es unbedingt wissen, oder?«

»Oh, du bist furchtbar!«, jammerte sie und schlug nach ihm.

»Nein, wahrscheinlich nur genauso schüchtern wie du. Obwohl ich inzwischen denke, man sollte die Zeit nutzen, sie könnte jederzeit um sein.«

»Ist dir das klar geworden, als du da verletzt in der Wüste gelegen hast?«

»Ja und nein. Ich habe, zum Beispiel, in letzter Zeit oft darüber nachgedacht, was ich verpasst hätte, wenn ich dich nicht kennengelernt hätte. Und dass ich gar nicht gewusst habe, dass ich das verpasse. Ich meine, wie traurig ist das denn?«

Kathi wartete, dass er fortfuhr, doch sie wurde enttäuscht. Scheiße! Und wenn er sich wirklich nicht traute, auszusprechen, wie ernst es ihm mit ihr war? Vielleicht sollte sie den ersten Schritt wagen? An dem Abend, als sie zusammengekommen waren, hatte dies auch funktioniert. Auf der anderen Seite...

Finn riss sie aus ihren Gedanken, als er ihre Hand an seinen Mund führte und seine Lippen auf ihren Handrücken presste.

Überdeutlich nahm sie seine Wärme wahr, die Stoppeln seines Dreitagebarts. »Ich weiß, das klingt jetzt total kitschig, aber ... ich habe vorher für keine so etwas empfunden wie für dich.«

»Nein?« Ihre Stimme war das reinste Krächzen, und sie musste sich räuspern. *Los jetzt, raus damit!* »Ich glaube, ich bin auch mehr als verknallt in dich.«

»Ich würde sogar noch einen Schritt weitergehen«, raunte er und ließ damit ihr Herz rasen. »Letzte Woche, nach meiner Panikattacke, ist mir bewusst geworden, dass ... ich dich liebe.«

Mit einem Schlag breitete sich Erleichterung in ihr aus und ließ sie innerlich zittern. »Echt? Schon?«, entfuhr es ihr, dann stöhnte sie auf. »Scheiße, ich bin blöd, oder? Dass ich deine Worte infrage stelle? Aber ich habe keine Ahnung, ob das, was ich für dich fühle, auch schon Liebe ist. Ich meine, ich habe so etwas noch nie gespürt, und es ist echt heftig und verwirrt mich und so, aber ...«

Ihr Plappern war immer schneller geworden, genauso wie ihr Puls, und nun unterbrach er es mit einem Lachen.

»Kathi, das ist in Ordnung!« Noch einmal küsste er ihre Hand und stieß die Luft aus. »Ich kann und will deine Gefühle gar nicht beeinflussen, aber es ist schön, zu wissen, dass es bei dir auch mehr als Verliebtsein ist.«

»Und ob!« Sie löste ihre Hand aus seiner, drehte sich ein wenig und legte die Arme um seinen Hals, um ihn für einen Kuss zu sich herabzuziehen. Sein Herzklopfen vermischte sich mit ihrem, so fest hielten sie einander umschlungen. Das hier war echt, dafür musste sie ihm nicht ins Gesicht sehen, und es machte alles andere unwichtig.

Nachdem sie den Sekt ausgetrunken und noch ein wenig in den Sternenhimmel geschaut hatten, machten sie sich auf den Rückweg. Auf dem Kathi ungewöhnlich still war. Finn schob es auf den anstrengenden Tag, sie war bestimmt müde, so wie er auch.

Zurück in seiner Wohnung räumten sie die mitgenommenen Dinge weg, dann bot er ihr an, zuerst ins Bad zu gehen. »Oder willst du noch fernsehen?«

»Nee, ich möchte nur noch ins Bett. Wenn das okay ist.« Sie rieb ihre Handflächen an der Jeans und wich seinem Blick aus.

Er runzelte die Stirn. Was war das denn jetzt? Sein Herz zog sich verunsichert zusammen. »Klar. Wie gesagt, du kannst gerne zuerst.«

Kathi nickte, nahm ihre Tasche von der Garderobe und verschwand im Bad.

Mit einem Seufzen löschte er die letzten Lichter, goss in der Küche noch zwei Gläser Wasser ein und stellte je eines auf die Nachttische neben dem Bett, schaltete die Lampen ein. Dann nahm er zum Schlafen ein frisches Set aus Boxershorts und T-Shirt aus dem Schrank und setzte sich auf die Bettkante, um auf ihre Rückkehr zu warten. Vielleicht eine Minute später war es soweit, und er hob den Kopf, als er sie im Türrahmen wahrnahm. Ihr Anblick ließ seine Kehle trocken werden.

Verdammt, er war schon nervös genug, weil sie das erste Mal bei ihm übernachtete. Und jetzt tauchte sie in diesem seidigen Set aus kürzester Hose und Top auf, das keine Zweifel darüber zuließ, wie sexy sie war. Ihr blondes, glänzendes Haar umfloss ihre Schultern und verstärkte den Eindruck noch.

»Ähm, welche Bettseite ist deine?« Sie strich sich eine Strähne hinters Ohr.

Finn blinzelte. Hatte er ihr etwa auf die Brüste gestarrt? »Oh, äh, die hier.« Er stand auf.

»Alles klar.« Sie ging auf die andere Seite, stellte ihre Tasche ab und beugte sich zum Bett hinunter. *Oh, fuck, dieser süße Hintern!*

Unter Aufbietung einer großen Portion Selbstkontrolle wandte er sich ab und eilte ins Bad. Wusch den Tag von seiner Haut, putzte sich die Zähne und zog Shirt und Shorts an. Dann warf er sich noch einen Blick im Spiegel zu. Wie sollte er neben seiner wunderschönen Freundin liegen und einschlafen? Er war auch nur ein Mann! Und er wusste genau, dass er auf sie reagieren würde, wenn sie sich an ihn kuschelte. Er presste die Lider zusammen und murmelte: »Gib mir Kraft, nur ein kleines bisschen!«

Nach einem letzten Durchatmen tappte er ins Schlafzimmer

zurück und löschte die Deckenlampe. Zum Glück hatte Kathi sich bereits unter der Bettdecke verkrochen und ihre Nachttischlampe ausgeschaltet, doch er konnte sehen, dass sie die Bettdecken zum Teil übereinandergelegt hatte.

Also ging er zu seiner Bettseite und schob sich unter die große Decke. Dann beugte er sich zu Kathi und gab ihr einen zärtlichen Kuss, drehte sich noch einmal nach hinten, um seine Lampe auszuschalten. Das Zimmer wurde in weißblaues Halbdunkel getaucht, das vom Licht der Straßenlaterne vor dem Fenster herrührte. Für eine Sekunde spielte er mit dem Gedanken, sich einfach auf den Rücken zu legen, allein, doch das konnte und wollte er ihr nicht antun. Und sich auch nicht.

»Wie möchtest du schlafen?«

Sie kicherte. »Hm, keine Ahnung. Vielleicht so?« Sie drehte sich auf die Seite und wandte ihm den Rücken zu.

Großer Gott, er war verloren! Finn schmiegte sich von hinten an sie, legte den Arm um ihre Taille und atmete den Duft ihres Haars ein. Versuchte trotzdem, an etwas Neutrales zu denken. Aber Kathi machte das zunichte, indem sie sich noch enger an ihn drückte und ihre Finger zwischen seine schob, seine Hand an ihren Bauch legte.

Das Prickeln loderte an jeder Stelle seiner Haut auf, an der sie ihn berührte, und breitete sich rasendschnell in seinem Körper aus. Als es in seinem Schoß ankam, resignierte er. Die Zeichen seiner Erregung konnte er nicht unterdrücken.

Sollte er sich zurückziehen? Sie um Entschuldigung bitten? Gott, irgendwie war es ihm peinlich. Weil sie sich nicht bedrängt fühlen sollte. Auf der anderen Seite liebte er sie und das gehörte dazu. *Was für eine Scheiße!* Er schloss die Augen und versuchte erneut, an etwas anderes zu denken. Keine Chance!

»Finn?«

»Ja?« Er räusperte sich.

»Was du vorhin im Park gesagt hast, geht mir nicht mehr aus dem Kopf.«

»Was meinst du?«

»Dass man die Zeit nutzen soll.«

»Mh-hm.«

»Und was du verpasst hättest, wenn du gestorben wärst ... Meinst du nicht auch, dass man tun sollte, was man wirklich will? Um es am Ende nicht zu bereuen?«

»Ja, schon, warum?«

Unvermittelt drängte sie ihren Hintern sanft gegen seinen Schoß, sodass er zischend die Luft einsog und ächzte. »Kathi!«

Sie drehte sich zu ihm um, schlang ein Bein um seines und schob eine Hand unter sein T-Shirt. »Ich will nicht länger warten.«

»Aber ...«

»Nein, kein Aber.« Sie hob das Kinn und küsste ihn, presste sich der Länge nach an ihn. Bog noch einmal den Kopf zurück und sah ihn an. »Ich bin schon nervös genug, nimm mir nicht auch noch das letzte Bisschen Mut.«

Finn stieß die Luft aus und strich ihr ein paar Haare aus dem Gesicht. »Dann wäre ich doch schön blöd, oder?«

»Ja.«

Er fühlte sich an sein allererstes Mal erinnert. Sie hatten beide keinerlei Erfahrung gehabt und waren total verkrampft und nervös gewesen. Seine damalige Freundin hatte sich nicht beschwert, aber er bezweifelte, dass es einfach nur wunderschön für sie gewesen war.

Heute wusste er, worauf es ankam. Und er wollte alles tun, damit ihr gemeinsames erstes Mal perfekt für Kathi war.

Er strich mit den Fingern über ihren Arm und bemerkte die Gänsehaut, die sich deswegen auf ihrer weichen Haut ausbreitete. Seine Hand glitt weiter, über ihre Schulter zu ihrem Hals, und unter ihrem Ohr konnte er fühlen, wie sehr ihr Puls raste. Als er mit dem Daumen sanft über ihre Unterlippe fuhr, seufzte sie auf. Ihre Finger wanderten seine Wirbelsäule hinauf und hinunter zu seinem Hintern. Intensives Verlangen explodierte in seinem Bauch und schoss bis in die letzten Enden seines Körpers. Ob sie zumindest ahnte, was sie in ihm auslöste? Wie besonders das hier für ihn war?

Finn wälzte sich halb auf sie, sah ihr tief in die Augen und flüsterte: »Ich werde dir zeigen, wie sehr ich dich liebe.«

»Okay.« Ihre Stimme klang zittrig.

»Aber wenn du etwas nicht willst, sagst du es mir.«

»Okay.«

»Und auch, wenn ich etwas Bestimmtes tun soll, was dir gefällt.«

»Okay. Darf ich dich auch anfassen?«

Er stöhnte auf und musste leise lachen. »Ich bitte darum!«

»Michelle?« Kathi drückte die Tür ins Schloss und hängte ihren Schlüssel an seinen Platz. Sie musste unbedingt mit Michelle reden, bevor sie vor Glück platzte.

»Ja?« Die Stimme, die aus dem Zimmer ihrer besten Freundin kam, klang mürrisch.

Sie runzelte die Stirn, stellte die Tasche in ihr eigenes und ging hinüber, klopfte an. »Darf ich reinkommen?«

»Ja.«

Kathi öffnete die Tür und schob sich hinein. Ihre Freundin saß auf dem Bett, den Rücken an die Wand gelehnt, den Laptop auf dem Schoß, und sah ziemlich sauer aus. Mit gefurchter Stirn und verkniffenem Mund schaute sie ihr entgegen.

»Was ist los?« Kathi ging zu ihr und setzte sich im Schneidersitz ihr gegenüber auf das Fußende des Bettes.

»Ach, alles Scheiße!« Michelle winkte ab.

»Was denn? Ist der Abend gestern nicht so gelaufen, wie du es dir vorgestellt hast?«

»Überhaupt nicht«, murrte sie und stellte den Laptop neben sich ab. »Dieser italienische Scheißkerl ist der reinste Casanova.«

»Ach, du Scheiße! Wollte er dir direkt an die Wäsche? Ich hoffe, du hast ihm eine verpasst.«

»So ähnlich«, gab Michelle zu. »Wir waren hinter der Reeperbahn in einer Kneipe, coole Location, da müssen wir mal zusammen hin.«

»Ja, okay, und dann?«

»Na, wir saßen an der Bar und haben Bier getrunken und gequatscht. Als es dann voller wurde, rückte er näher und hat mich immer wieder angefasst, aber noch harmlos. Schließlich hat er mich geküsst und es war ... furchtbar!«

»Scheiße, du Arme!« Kathi konnte sich nicht zurückhalten und prustete los.

»Ich sag's dir!« Michelle verdrehte die Augen. »Einen solchen Reinfall habe ich noch nicht erlebt! Er hat mir seine Zunge viel zu weit in den Hals geschoben, vollkommen plump. Und ich hatte Angst zu ertrinken, so viel Spucke, wie da rüberkam.«

»Oh, Gott!« Kathi schlug die Hände vor den Mund und lachte. »So viel Pech hattest du ja noch nie!«

»Nee! Das war echt ... bäh! Wie kann ein solcher Typ nur so beschissen küssen?«

»Keine Ahnung. Vielleicht, weil er sich nie anstrengen musste?«

»Ja, wahrscheinlich. Als ihm ihm verklickert habe, dass mein Interesse schlagartig erloschen ist, hat er nur die Schultern gezuckt und ist mit seinem Bier zu einem Tisch geschlendert. Das Mädel muss er sich vorher schon ausgeguckt haben.« Ihre Freundin seufzte und musterte sie mit schräg gelegtem Kopf. »Und jetzt kommst du wahrscheinlich daher und schwärmst mir von Finn vor, so, wie du grinst. Wie war's?«

»Unvergesslich?« Sie schlang die Arme um ihre angezogenen Knie und stützte das Kinn darauf. Hitze schoss in ihre Wangen und ihre Mundwinkel zogen sich wie von selbst in ein breites Grinsen.

Michelle runzelte die Stirn, dann riss sie Augen und Mund auf und legte den Laptop zur Seite. »Nein! Ihr habt wirklich?«

Sie nickte.

»Woohoo!« Ihre Freundin kniete sich neben sie und zog sie in eine feste Umarmung, dann hockte sie sich auf die Fersen. »Der Wahnsinn! Ich will alles wissen, jedes Detail!«

»Das habe ich befürchtet!« Kathi seufzte.

»Nein, natürlich nur, was du erzählen willst. War es schön? Ist er gut im Bett?«

»Mann, wie sich das anhört!«

»Was denn? Ich will wissen, ob du Spaß hattest!«

»Michelle!« Sie schlug ihr auf den Arm.

»Ach, Süße, ich will doch nur nicht, dass du enttäuscht wirst. Es gibt nichts Schlimmeres als ein beschissenes erstes Mal.«

»War es nicht.«

»Sondern?«

»Echt schön.« Verdammt, jetzt errötete sie auch noch! »Ich hätte nie gedacht, dass es so sein kann.«

»Wie denn?« Michelle verschränkte die Arme vor der Brust und lächelte.

»Na ja, so … zärtlich, aber auch intensiv. Und bevor wir richtig miteinander geschlafen haben, hat er mich total verwöhnt, bis zum Ende.«

»Hey, du wirst ja knallrot!«

Kathi zuckte mit den Schultern. »Ich glaube, ich habe bisher hinterm Mond gelebt! Ich wusste nicht, dass ein Mann so selbstlos sein kann.«

»Dann sei froh, dass du einen von den Guten erwischt hast. Ach, Mensch, ich freue mich so für dich!« Michelle seufzte und umarmte sie noch einmal. Mit einem breiten Grinsen setzte sie sich zurück auf die Fersen. »Und? Bist du auf den Geschmack gekommen?«

Es fühlte sich an, als ob ihr Kopf vor Hitze und Röte explodierte, aber sie nickte trotzdem. Es entsprach der Wahrheit, und sie fürchtete, vor Glück überzulaufen, wenn sie nicht mit Michelle darüber sprach.

Die schnalzte mir der Zunge. »Dann würde ich vorschlagen, wir gönnen uns einen Cappuccino und du erzählst mir die Details. Damit ich mich an deinem Glück erfreuen kann und mein Wochenende wenigstens noch ein halbwegs nettes Ende findet.«

»Super, dann kann ich dir ja auch die Selfies zeigen, die wir heute Morgen im Bett gemacht haben.«

»Oh, du bist so gemein!« Michelle packte ein Kissen und warf es ihr ins Gesicht.

13.

»Los, komm schon!«, murmelte Finn vor sich hin und trommelte mit den Fingern auf Lenkgrad und Schaltknüppel. Die Rotphase an dieser Ampel schien Ewigkeiten zu dauern, dabei wollte er Kathi nicht noch länger warten lassen. Aber der letzte Einsatz hatte bis über die Dienstzeit hinaus gedauert, und so waren sie erst zur Basis zurückgekehrt, als es fast dunkel war.

Die Ampel schaltete auf Grün, und er legte den ersten Gang ein. Er konnte es kaum erwarten, seine Freundin wiederzusehen, diese fünf Tage ohne sie waren einfach zu lang gewesen. Nach den vier Tagen Spätdienst hatte er ebenfalls am Wochenende Dienst und konnte nicht mal zum Turnier mitfahren. Das war noch viel schlimmer.

Als er zehn Minuten später einen Parkplatz fast vor seinem Wohnhaus fand, konnte er sein Glück kaum fassen. Er sprang aus dem Wagen und eilte zu Kathi, die auf der Stufe zur Haustür saß, die Tasche zwischen den Füßen, und von ihrem Smartphone aufsah. Ihr Lächeln entschädigte ihn für alles, was er am heutigen Tag erlebt hatte.

»Sorry, wir waren erst später drin als geplant. Wartest du schon lange?« Finn nahm ihre Hände, zog sie hoch und küsste sie.

»Geht schon, du hast ja Bescheid gesagt.«

»Trotzdem. Ich halte meine Verabredungen gerne ein und die mit dir erst recht.« Er schnappte sich ihre Tasche, schloss die Haustür auf und lief mit ihr nach oben. »Hast du Hunger? Durst?«

»Hey, du wirkst ganz schön angespannt.« Kathi schloss die Wohnungstür und trat auf ihn zu, sobald er den Schlüssel weggelegt hatte. Legte ihm die Arme um den Hals und küsste ihn zärtlich.

»Hm, ja, ich glaube, ich muss erst mal runterkommen. Wahrscheinlich habe ich mir selbst zu viel Stress gemacht, um möglichst schnell herzukommen.« Er küsste sie erneut, und seine Hände machten sich selbstständig, strichen über ihren Rücken.

»Ich wüsste da etwas«, meinte sie schließlich und bewegte sich langsam rückwärts, zog ihn mit sich.

»Ach, ja?«

Sie stolperten ins Schlafzimmer, und er ließ sich von ihr aufs Bett ziehen.

Hinterher lagen sie eng aneinander gekuschelt auf der leer gefegten Matratze, bis ihnen beiden zu kühl wurde. Sie schlüpften nur schnell in Hose und Shirt und gingen in die Küche.

Finn öffnete die Kühlschranktür, während sie sich auf die Arbeitsfläche hochzog, und warf einen Blick hinein. »Hast du Lust auf ein Sandwich?«

»So lange es nichts mit BBQ-Soße oder Erdnussbutter zu tun hat, gerne.«

»Ich glaube, das kriegen wir hin«, versetzte er und räumte Tomaten, Gurke, Salat, Schinken, Käse, Ketchup und Hamburgersoße auf die freie Fläche zwischen Kühlschrank und ihrem Oberschenkel. Dann stellte er noch eine Packung Toast dazu, schob sich aber erst einmal zwischen ihre Beine.

»Weißt du eigentlich, wie verführerisch du bist, mein Engel?«, raunte er, legte ihr die Arme um die Taille und küsste sie. Kathi wühlte die Finger in sein Haar und erwiderte den Kuss mit der für sie typischen intensiven Leidenschaft. Gott, wie er das liebte! Wie er *sie* liebte! Er würde sie am liebsten in jeder freien Minute um sich haben.

Schließlich zog sie den Kopf zurück. »Meinst du, wir könnten erst etwas essen?«

»Tut mir leid, ich kann einfach nicht anders«, entschuldigte er sich mit einem Lächeln und ließ von ihr ab, sodass sie herabspringen konnte.

»Och, ich habe ja nichts dagegen. Aber wie gesagt, ich habe Hunger.«

»Na, dann los!« Finn nahm Teller und Besteck heraus, sie bereiteten die Sandwiches zu und setzten sich damit an den Küchentisch, doch er sprang noch einmal auf. »Möchtest du Cola, Wasser oder lieber ein Bier?«

»Wasser, danke.«

Er kehrte mit einer Flasche und zwei Gläsern zurück und goss ihnen beiden ein.

»Erzähl mal, wie war die Woche Spätdienst? Ich habe unser Tanztraining vermisst.« Kathi warf ihm ein Lächeln zu und biss in ihr Sandwich.

»Ich habe alles vermisst«, gab er zu. »Es war schon ziemlich gewöhnungsbedürftig, nachdem ich monatelang frei hatte, besonders abends.« Er biss in sein belegtes Toast. »Aber dass ich jetzt schon Wochenenddienst habe, wurmt mich besonders«, ergänzte er schließlich. »Ich möchte so viel Zeit wie möglich mit dir verbringen.«

Daraufhin lächelte Kathi. »Tun wir doch. Morgen nach dem Turnier komme ich wieder her und nach dem Frühstück kannst du mich auf dem Weg zur Arbeit zu Hause absetzen.«

»Ich weiß, aber das ist nicht dasselbe. Und ich will, dass alles perfekt ist.«

Kathi kicherte, hielt sich die Hand vor den Mund. »Und ich dachte immer, nur Frauen würden so denken.«

Er schüttelte den Kopf. »Ist es am Anfang nicht immer so? Auch wenn ich zugeben muss, dass es seit dem letzten Wochenende ganz extrem ist. Ich kann nur noch an dich denken.«

Sie ließ das Essen sinken und biss sich auf die Lippe. »Wenn du wüsstest, wie schwer es mir in den Vorlesungen fällt, mich zu konzentrieren. Manchmal befürchte ich sogar, die Dozenten oder anderen Studenten könnten mir ansehen, an was ich gerade denke.«

»Ach ja? Und das wäre so schlimm?«, hakte er nach und grinste.

»Nicht immer. Aber manchmal ... denke ich nicht gerade jugendfrei.«

Finn presste die Lider zusammen und stöhnte auf, das Prickeln nahm schon wieder seinen Lauf. »Scheiße, du bist so gemein!« Sogar ihr Kichern erinnerte ihn an das letzte Wochenende.

»Okay, dann erzähle ich dir von meinen *Homies*. Ich habe die Zügel mal ein wenig angezogen, und sie scheinen so langsam die Kurve zu kriegen. Ich bin für morgen ziemlich optimistisch.«

»Echt? Genial!« Ja, der Gedanke an die Kids, und vor allem seinen kleinen Bruder, wirkte. »Ihr konntet die Verluste also ausgleichen, ja?«

Sie nickte. »Und ich habe das Gefühl, dass die Laune auch steigt. Das war mir fast noch wichtiger.«

»Du wirkst auch wieder etwas entspannter.«

»Na, ob das nicht mit etwas anderem zu tun hat?« Sie schnalzte mit der Zunge und zwinkerte ihm zu.

»Nein, ich meine allgemein. Ich habe doch bemerkt, wie sehr es dir zugesetzt hat. Jetzt redest du viel gelöster darüber.«

»Ja, kann gut sein. Echt schade, dass du nicht mitkommen kannst, ich habe mich schon daran gewöhnt, dich an meiner Seite zu haben.«

Er neigte den Kopf zur Seite und grinste. »Jetzt sieh mal an, was sich in den letzten Wochen alles verändert hat! Hättest du am Anfang auch so reagiert? Da wolltest du alles mit dir allein ausmachen.«

»Nein, hätte ich bestimmt nicht. Diesmal wirst du mir fehlen.« Sie schob sich den letzten Bissen in den Mund, und ihm wurde ganz warm im Bauch. Unter anderem vor Freude, dass er einen Anteil an dieser für sie positiven Entwicklung hatte.

»Ich werde euch morgen die Daumen drücken. Schickst du mir eine Nachricht mit dem Endergebnis? Dann muss ich nicht bis nach Dienstschluss warten.«

»Mach' ich.«

Auch er aß auf, wischte sich die Hände ab und griff nach seinem Wasser. »Mh, bevor ich es vergesse – geht das mit dem Ausflug nach Paris klar? Bis dahin sind es nur noch vier Wochen.«

Kathi lächelte. »Ja, das klappt soweit. Hast du deinen Eltern schon gesagt, dass du noch jemanden mitnimmst?«

»Nein, das hatte ich für's nächste Wochenende geplant. Ich wollte uns einfach bei ihnen zum Kaffee einladen.«

»Oh, da bin ich ja mal gespannt, was sie sagen.«

»Ich auch. Vielleicht merken sie genauso schnell wie mein Therapeut, wie gut es mir geht.«

»Ach, ja? Hat er das?« Sie faltete die Hände, stützte das Kinn darauf und schaute ihn an.

»Natürlich! Ich glaube, er hat schon vor mir bemerkt, dass ich mich verliebt habe. Weil ich zu sehr mit allem anderen beschäftigt war.«

»Das ist ja zum Glück vorbei.«

»Genau. Und das habe ich nur meinem Engel zu verdanken.« Er streckte die Hand aus, und sie ergriff und drückte sie. Ihr Lächeln ließ ihm ganz warm werden, und sein Herz schien fast zu platzen vor Glück. Gott sei Dank hatte er überlebt und zurück ins Leben gefunden. Es lohnte sich, für die Liebe zu kämpfen.

Heute hatten sie einen Lauf, sie konnte es spüren. Kathi klatschte in die Hände.

»Also los, noch ein letzter Durchgang!«, scheuchte sie die *Hip Hop Homies* auf und baute sich mit dem Handy vor ihnen auf. »Alles bereit? Go!«

Mit einem Tippen startete sie das Medley, und die Kids legten los. Sie folgte jeder Bewegung, begutachtete jeden Schritt und brach am Ende in Jubel aus.

»Genial, ihr seid der Hammer!« Sie schaltete das Handy aus und klatschte, sah dann auf die Uhr. »Okay, in einer knappen halben Stunde sind wir dran. *The same procedure as every time* – alle noch mal aufs Klo, was trinken, in zwanzig Minuten treffen wir uns am Eingang zur Tanzfläche. Bis später!«

Die Gruppe löste sich auf, und sie packte ihre Tasche zusammen. Warf sie sich über die Schulter und zog sich in eine dunkle Ecke des Backstage-Bereichs zurück, um Finn eine Nachricht zu schreiben.

Kann noch immer deine Lippen spüren. Ich glaube, dieser Start in den Tag war perfekt für das Turnier.

Dann rief sie sein Kontaktfoto auf, das sie im Schwimmbad aufgenommen hatte, und strich mit den Fingerspitzen über sein lächelndes Gesicht. Hätte ihr irgendjemand vor acht Wochen prophezeit, dass sie heute bis über beide Ohren verknallt und total glücklich sein würde, sie hätte für denjenigen die Männer mit der weißen Jacke bestellt.

Kathi schloss die App und betrachtete ihr Hintergrundbild. Das Selfie, das sie letzte Woche von ihnen beiden gemacht hatte, am Sonntagmorgen nach ihrem ersten Mal und noch im Bett. Himmel, selbst ihr fiel auf, wie glücklich sie beide aussahen. Mit einem Seufzen steckte sie das Handy in ihre Hosentasche, griff nach ihrer Wasserflasche und lehnte sich entspannt zurück.

Während sie trank, ließ sie den Blick über das Gewusel schweifen, das hinter den Kulissen eines jeden Turniers herrschte. Sie freute sich schon auf den Auftritt ihrer *Homies* und die spätere Siegerehrung. Hauptsächlich, weil das bedeutete, dass es dann nicht mehr lange dauern würde, bis sie Finn wiedersah.

Scheiße, was kitschig! Sie grinste und schüttelte den Kopf. Es wurde Zeit, dass sie sich auf den anstehenden Auftritt fokussierte, danach konnte sie immer noch vor sich hinträumen.

Kathi blinzelte, trank noch einen Schluck und steckte die Flasche weg. Gerade eilte eine Gruppe von der Tanzfläche, die gar nicht glücklich aussah, hängende Schultern und traurige Gesichter überall. In einer Ecke wurde debattiert, in der anderen geschwiegen. Und dazwischen zupfte etwas an ihrem Unterbewusstsein. Sie schaute zurück, kniff die Augen zusammen.

Ah, da war Laura. Ohne ihren Freund. Und sie hatte einen Arm um ein Mädchen gelegt. War das etwa Marie?

Ihre Erzfeindin redete auf das Mädchen ein, gestikulierte theatralisch, doch Marie schüttelte nur den Kopf und machte sich von ihrem Arm frei. Trat einen Schritt zur Seite und starrte sie mit verschränkten Armen an. Ein paar dramatisch wirkende Worte und Gesten folgten, dann zeigte die Teenagerin Laura einen Vogel und ging davon.

Kathi grinste. *Richtig so!* Egal, was Laura von ihrem *Homie*-Girl gewollt hatte, sie hatte eine verdiente Abfuhr bekommen. Und trotzdem wollte sie am liebsten hingehen und Laura sagen, sie solle gefälligst die Finger von ihrem Team lassen. Doch so wütend, wie sie Marie nachsah, würde das nur in Streit ausarten, auf den sie keinen Bock hatte. Sie wollte sich auf keinen Fall die positive Laune verhageln lassen.

Ach, scheiß drauf!

Stattdessen schaute sie auf die Uhr, erhob sich und schlenderte zu ihrem Treffpunkt. Die meisten anderen waren schon da und hibbelten vor Aufregung umher. Als auch die letzten eintrudelten, zog sie die Kids in einen Kreis und schwor sie auf den Auftritt ein.

»Ihr seid in Topform und könnt die Choreo im Schlaf. Heute kann euch nichts aufhalten, also geht da raus und zeigt den anderen und dem Publikum, wer hier *number one in the house* ist. Und dann stürmen wir das Treppchen. Also, wie sieht's aus? Wer sind wir?« Sie trat in die Mitte und streckte ihre Hand nach vorne. Nach und nach scharten die Kids sich um sie und legten ihre Hände auf einander.

»Hip!«, schrie Kathi.

»Hop!«, antworteten die *Homies*.

»Hip!«

»Hop!«

»Hip!«

»Hop!«

»Homiiiees!«, brüllten alle und rissen die Hände hoch, dann klatschten sie.

»Sehr gut! Gleich geht's los!«

Kathi lauschte der Ansage, warf einen Blick auf ihren Plan. Nur noch zwei Gruppen, dann waren sie dran. Sie ging zum Organisationstisch, gab die CD für ihre Choreografie ab und zeigte ihrer Crew das letzte Mal beide gedrückten Daumen. Dann machte sie sich auf den Weg zu ihrer Position, die letzte Mannschaft vor ihnen nahm Aufstellung auf der Tanzfläche. Bereits nach zwanzig Sekunden sah sie, woran es bei ihnen haperte, und beachtete sie nicht weiter. Das war keine Konkurrenz.

Unvermittelt stutzte sie. Konnte es sein, dass sie sich gar nicht darum gekümmert hatte, wann Lauras *Black Ones* dran waren?

Verdammt, ja! Und es war ihr auch noch egal! Krass!

Ein Grinsen breitete sich auf ihrem Gesicht aus, und sie schob die Hände in die Taschen ihrer Kapuzenjacke. Zu allem Überfluss fühlte es sich auch noch gut an, so entspannt zu sein.

In Kathis Brust breitete sich ein warmes, wohliges Gefühl bis in ihren Bauch aus. Mann, sie musste Finn später unbedingt davon erzählen!

Die Mannschaft kam eine Sekunde nach dem letzten Ton zum Schluss und wurde mit verhaltenem Applaus und der neutralen Stimme der Moderatorin von der Tanzfläche geleitet. Kathi tauschte den Platz mit deren Trainer, legte ihre Tasche zur Seite und wartete.

»Und als nächstes, liebe Gäste, sehen Sie eine der Top-Mannschaften Hamburgs. Ein herzliches Willkommen an die *Hip Hop Homies*!«

Ihre Kids stürmten auf die Tanzfläche, strahlten und winkten, sie nickten sich zu. Dann nahmen sie ihre Positionen ein und kamen zur Ruhe. Zwei Sekunden später setzte ihr Medley ein.

Die *Homies* starteten perfekt in ihre Choreo und zeigten alles, was sie drauf hatten. Ihr ging das Trainerherz auf, während sie den Moves mit den Augen folgte, und registrierte, dass alles auf den Punkt ausgeführt wurde. Der bisherige Ersatztänzer Lennart beherrschte den *Dolphin Dive* inzwischen im Schlaf und harmonierte fast noch besser mit Marie als Kevin. Sabine und Vera, zwei der Ersatztänzer, hatten sich super in die Gruppe eingefunden und Laila kam noch einmal mehr aus sich heraus als sonst. Absolut genial!

Und genauso perfekt setzten sie den Schlusspunkt. Das Publikum flippte beinahe aus, nichts hielt die jubelnde Menge noch auf den Sitzen. Als sie die Tanzfläche verließen, war das Strahlen noch viel heller und das Winken noch viel heftiger. Kathi schloss sich ihnen an, drehte sich im Kreis und verabschiedete sich mit beiden Armen vom Publikum.

Sie liefen bis hinten durch, um niemandem im Weg zu stehen, und hüpften und kreischten zusammen, fielen sich in die Arme. Und Kathi warf sich mitten hinein.

»Perfekt! Ihr seid einfach nur perfekt!«, rief sie, doch irgendwie ging das in der allgemeinen Aufregung unter. Dafür konnte sie die Kids in aller Ruhe betrachten, das Glück in ihren Gesichtern und den Spaß, den sie beim Tanzen hatten.

Verdammt, genau das waren die Momente! Deswegen war sie Trainerin.

Ihre Trainerin. Sie wollte gar keine andere Crew, sondern nur diese eine.

»Alter! Sind wir krass, oder was?«, rief Lukas über sie hinweg.

»Aber so was von!«, antwortete Nele und fiel ihm um den Hals.

»Und fame!« Marie lachte und schloss sie beide in die Arme.

Alle kamen zum Rudelkuscheln zusammen und zogen Kathi mitten hinein. Dann hüpften sie noch eine Runde und lachten.

Als sie sich schließlich halbwegs beruhigt hatten, ging Kathi zur Organisation hinüber, um die Choreo-CD zu holen. Nur noch fünf Auftritte standen an, informierte sie die Kids nach ihrer Rückkehr. Die Siegerehrung würde deshalb in einer guten halben Stunde stattfinden. »Okay, was machen wir so lange?«, fragte sie. »Ich könnte eine Runde Kekse schmeißen.«

»Genial, Alter!« Ein paar Leute stürmten direkt auf sie zu, und sie brachte lachend ihre Tasche in Sicherheit.

»Wenn ich gewusst hätte, wie gefräßig ihr heute seid, hätte ich die doppelte Menge mitgebracht. Lasst mir mal ein wenig Platz!«

Die Kids kamen ihrem Wunsch nach, und sie nahm die beiden Packungen Doppelkekse aus ihrer Tasche und reichte sie weiter. Erst, als die Teenies versorgt waren und vor sich hin mümmelten, nahm auch sie sich einen. Die Kids kicherten und quatschten wild durcheinander, womit die Zeit bis zur Siegerehrung wie im Flug verging. Nach einem Gong erklang die Durchsage.

»Verehrte Gäste, es ist soweit. Die Bewertungen sind ausgezählt, die Punkte vergeben. In fünf Minuten schreiten wir zur Siegerehrung.«

Kathi räumte den Verpackungsmüll weg und einen Rest in ihre Tasche, dann scheuchte sie die Kids Richtung Tanzfläche, auf der nun ein Siegertreppchen stand. Da alle gleichzeitig den gleichen Weg einschlugen, wurde es ziemlich eng, doch die *Homies* drängelten sich einfach zu einer Stelle vor, an der sie alle Platz hatten.

Kaum waren die Massen zur Ruhe gekommen, ging es auch schon los. Mit der Moderatorin marschierten ein paar Erwachsene bis zum Podest und stellten sich daneben in einer Reihe auf. Drei von ihnen hielten Pokale in der Hand, weitere drei hielten Tabletts hoch, auf denen vermutlich die Teilnehmermedaillen bereitlagen.

Publikum und Teams verstummten, jetzt wurde es ernst. Erstaunlicherweise machte Kathi die angespannte Erwartung um sie herum nichts aus. Ihre Crew hatte eine top Performance abgeliefert, aber wenn jemand noch besser gewesen war, dann war das eben so. Deshalb verfolgte sie mehr als gelassen die Vorgänge auf der Bühne.

Die Moderatorin bedankte sich zunächst beim Publikum für das zahlreiche Erscheinen und die aktive Unterstützung der Teams, dann bei den Veranstaltern, Organisatoren und Helfern. Ihnen allen spendeten sie Applaus.

»Kommen wir jetzt zum wichtigsten Teil des Tages, der Siegerehrung«, fuhr die Moderatorin fort. »Auch bei den Teams und ihren Trainern möchten wir uns bedanken, ihr alle wart top!« Sie applaudierte und animierte das Publikum, das gleiche zu tun.

»Trotzdem schaffen es nur drei aufs Treppchen. Und welche Teams das sind, verraten wir jetzt.« Sie warf einen Blick auf ihre Moderationskärtchen. »Auf Platz Drei, mit nur knappem Abstand zu Platz Vier haben es geschafft... die *Black Ones*!«

Was? Kathi riss die Augen auf und suchte die Menge nach ihren Konkurrenten ab. Sie liefen bereits auf das Podium zu, lächelten und winkten, doch einige von ihnen wirkten gezwungen fröhlich und nicht wirklich begeistert. Jenny, Kevin und Sebastian genauso wie Laura. Die postierte sich auf dem Boden vor ihnen, zusammen nahmen sie den kleinen Pokal für den dritten Platz und die bronzenen Teilnehmermedaillen entgegen.

»Noch einen ganz herzlichen Applaus für unsere dritten Sieger von über sechzig Teilnehmern!«, rief die Moderatorin.

Als der Beifall abgeebbt war, schaute sie erneut auf ihre Kärtchen. »Platz Zwei geht an ein sehr talentiertes Nachwuchsteam, die *Step Ups* aus Berlin!«

Fünf Meter weiter brach Jubel aus, und als faire Sportsleute klatschten Kathi und ihre Kids ebenfalls, als die Teenager mit ihrem Trainer auf Platz Zwei stürmten. Auch hier wurden Pokal und Medaillen übergeben, Glückwünsche ausgesprochen.

»Scheiße, bin ich nervös«, jammerte Nele neben ihr, und sie schlang ihr den Arm um die Taille und zog sie an sich. Die Teenagerin erwiderte die Geste, von der anderen Seite kam Marie dazu und dann umarmten sie sich alle.

Kathi lächelte und sah reihum in ihre erwartungsvollen Gesichter. Sie würden das hier gewinnen, es ging gar nicht anders! Als die Moderatorin sich räusperte, blickten alle nach vorn, der Adrenalinspiegel stieg.

»Zum Abschluss dieses Turniers küren wir das Siegerteam. Auf Platz Eins ... und in der Wertung mit großem Abstand vor Platz Zwei ...« Die Moderatorin machte eine dramatische Pause, ließ den Blick über das Publikums und die Teams schweifen.

»Bitte!«, flehte Marie leise, und Kathi drückte sie noch einmal.

Dann zeigte die Hand mit den Moderationskarten auf sie. »... die Hamburger *Hip Hop Homies*!«, rief sie.

Sie explodierten förmlich vor Freude, schrien, hüpften, fielen sich gegenseitig um den Hals. Und Kathi, die praktisch überschäumte vor Euphorie, war mitten unter ihnen.

»Los, kommt nach vorn! Ab auf das Siegertreppchen!«, forderte die Moderatorin sie durch den donnernden Applaus auf, und sie kamen dem gerne nach. Sprangen regelrecht hinauf und winkten dem Publikum zu.

Kathi stand unten, applaudierte ihren Kids und strahlte. Himmel, sie war so verdammt stolz auf sie alle! Endlich hatten sie die Tiefen überwunden und wurden mit diesem Sieg für alle ihre Mühen belohnt. Ach, verdammt, jetzt stieg ihr auch noch Pipi in die Augen!

Sie wandte sich ein wenig ab und versuchte möglichst unauffällig, sich die Tränen aus den Augenwinkeln zu tupfen. Da kamen auch schon der Pokal und die Medaillen, und als sie sämtliche Hände geschüttelt hatten, reckten sie die goldene Siegertrophäe in die Höhe. Kathi bedeutete ihnen, kurz stehen zu bleiben, und nutzte den anhaltenden Beifall, um ein paar Fotos zu machen. Eines davon würde sie gleich Finn schicken, sie freute sich jetzt schon darauf, mit ihm nachträglich zu feiern. Außer er schaffte es, zu ihrem Pizzaessen zu kommen.

Die Moderatorin bedankte sich noch einmal bei allen und wünschte allen einen guten Heimweg. Die Teams stiegen vom Siegertreppchen und tauschten Glückwünsche aus, und ihr fiel auf, dass Lukas, Nele und Marie ihre drei ehemaligen Teammitglieder mit abschätzigen Blicken bedachten. Die wirkten ziemlich zerknirscht, und es war mehr als offensichtlich, dass sie die *Homies* mieden.

Der Berliner Trainer trat vor sie, um ihr ebenfalls die Hand zu reichen. Aber erst, als sie alle im hinteren Bereich angekommen waren, fiel ihr auf, dass Laura ihr diesmal nicht gratuliert hatte. Unwillkürlich sah sie sich nach ihr um.

Sie stand nicht weit von ihnen entfernt bei ihrem Team, die Arme unter der Brust verschränkt, die Lippen zusammengepresst. Doch ihr Blick war es, der Kathi schaudern ließ. Er brannte vor Wut und Hass.

Diesmal war Finn richtig gut in der Zeit, und es waren sogar noch ein paar Stücke Pizza übrig, als er in der Stammpizzeria der *Homies* ankam. Im Vorbeigehen grüßte er Toni mit erhobener Hand, der hinter der Theke agierte, bestellte sich eine Cola und schlängelte sich zwischen den voll besetzten Tischen hindurch zum hinteren Raum. Sie waren nicht zu überhören, und er musste grinsen.

Im Türrahmen blieb er stehen und beobachtete einen Moment lang die überglücklichen Gesichter, dann seine strahlende Freundin.

»Ich habe gehört, hier findet eine Siegesfeier statt«, rief er und alle drehten sich zu ihm um.

»Jawoll, Alter!«, erwiderte sein Bruder.

Kathi sprang auf, kam zu ihm und fiel ihm um den Hals. Er drückte sie an sich und raunte ihr ein »Glückwunsch!« ins Ohr.

»Danke!« Sie bog sich ein Stück zurück, sodass sie ihn ansehen konnte. Dann nahm sie sein Gesicht in beide Hände, streckte sich ihm entgegen und küsste ihn.

Ihre Leidenschaft war doppelt ansteckend, und er zog sie fester an sich und erwiderte den Kuss. Nur das Johlen und Klatschen der *Homies* hielt ihn davon ab, sich in ihr zu verlieren, und er löste sich mit einem verlegenen Grinsen.

»Wir haben Zuschauer«, sagte er leise und warf den Kids einen Blick zu.

»Ja, so ein Mist«, brummte sie, nahm seine Hand und zog ihn zu ihrem Platz. »Setz dich und rück ein Stück!«, meinte sie und drückte ihn auf ihren Stuhl hinab, während die sich einen freien von der Wand heranzog.

»Patricia, reich mal den Teller mit der Schinken-Champignons rüber!« Kathi streckte die Hand danach aus, nahm ihn entgegen und legte ihm ein Stück davon auf ihren Teller. »Eine BBQ können wir leider nicht bieten.« Sie zwinkerte ihm zu, gab den Teller zurück und lutschte ihren Daumen ab.

»Schon okay, danke!« Dass sie seine Vorlieben kannte, fand er total süß. Auf der anderen Seite ging es ihm aber nicht anders. Er wusste, dass sie die Milch für ihre Vollkornflakes vorher warm machte, die Pizza vom Rand her aß und ihren Cappuccino ohne Zucker trank. Und sie liebte es, wenn sie kuschelten und er ihren Hinterkopf kraulte.

Tonis Neffe brachte ihm die bestellte Cola, und er machte sich über die Pizza her. »Erzählt doch mal, wie war es?«

»Krass, Alter!«, rief sein Bruder und trat damit eine wahre

Gesprächslawine los. Die Kids redeten alle durcheinander, schilderten ihren Auftritt in sämtlichen Details und steigerten sich bis zur Siegerehrung in Lautstärke und Begeisterung.

Finn sah seine Freundin an und senkte die Stimme. »Und Lauras Team?«

»Platz Drei.«

»Oh!« Er riss die Augen auf. »Und wie hat sie reagiert?«

»Sie hat weder mir noch uns gratuliert, dafür hat sie uns angestarrt, als ob sie uns am liebsten die Augen ausgekratzt hätte.« Kathi zuckte mit den Schultern.

Ein ungutes Gefühl braute sich in seinem Magen zusammen. »Hoffentlich ist das kein schlechtes Zeichen.«

»Wie meinst du das?«

»Ich weiß nicht, aber irgendwie traue ich Laura alles zu. Und ihr Freund macht auch nicht gerade einen vertrauenserweckenden Eindruck. Sei einfach vorsichtig, okay?« Er griff nach ihrer Hand und drückte sie.

Ein Grinsen breitete sich auf ihrem Gesicht aus. »Hast du etwa Angst um mich?«

Zur Antwort rollte er mit den Augen. »Wenn deine Vermutungen von damals stimmen und sie dich die Treppe runtergeschubst hast, warum sollte sie jetzt vor solchen oder ähnlichen Methoden zurückschrecken?«

»Ach, was, da wird nichts kommen. Höchstens viel Lärm um nichts, das bin ich schon von ihr gewöhnt.«

Finn stieß die Luft aus. »Okay, wenn du meinst ... aber sei trotzdem wachsam!«

»Mache ich.« Mit der freien Hand tätschelte sie sein Bein. Beruhigen konnte ihn das allerdings nicht.

14.

Irgendetwas war heute anders, aber sie konnte keinen Finger darauf legen.

Kathi umrundete die Kids, während sie ihre Choreo durchtanzten, und betrachtete sie mit gerunzelter Stirn. Beim letzten Training am Montag waren sie noch voller Elan gewesen, getragen von den Nachwehen des Sieges, aber heute wirkten sie kraftlos. Dabei hatten sie diesen Samstag direkt das nächste Turnier zu bestreiten.

»Okay, macht mal eine Trinkpause«, rief sie am Ende und schaltete die Musik aus. Sie selbst griff ebenfalls zur Wasserflasche, dahinter konnte sie ihre Kids unauffällig beobachten. Ein paar von ihnen waren ziemlich angespannt, allen voran Marie. Die hielt sich aus allem raus und den Kopf gesenkt. Dafür bildeten Nele und Lukas vor ihr eine Art Schutzmauer. Da war doch was faul! Ob sie etwa auch von den Homies wegwollte?

Kathis Herz begann zu hämmern, und sie erinnerte sich an Lauras Aktion kurz vor ihrem Auftritt. Hatte sie etwa Erfolg bei Marie gehabt?

Verdammt, sie musste nach dem Training unbedingt mit dem Mädchen reden!

»Können wir weitermachen?«, rief sie in möglichst motivierendem Ton und stellte ihre Flasche ab. »Wir könnten eine lockere Session einschieben und unseren Lieblingsclip tanzen.« Sie versuchte, die halbherzige Zustimmung nicht persönlich zu nehmen, und wählte das entsprechende Lied aus. »Fertig? Auf geht's!«

Nachdem sie auf Play getippt hatte, sprintete sie auf ihre Position zwischen dem Team und dem Spiegel. Dann legte sie sich so richtig ins Zeug, schaffte es aber nicht, alle in den Spaß hinein zu ziehen, den sie sonst bei diesem Titel hatten. Für den hatten sie sich extra eine lustige Choreo ausgedacht, um auch mal rumblödeln zu können. Als Kontrastprogramm sozusagen.

Sie seufzte innerlich und zog das Training einfach durch, ohne sich etwas anmerken zu lassen. Am Ende rief sie Marie zurück, bevor sie den Tanzsaal verlassen konnte.

»Was ist denn?«, murrte die und verschränkte die Arme vor der Brust.

»Stimmt etwas nicht? Bist du krank?«

»Nein, warum?«

»Du hast deine Power heute gar nicht abgerufen. Um ehrlich zu sein, hattest du heute eher die Form eines nassen Handtuchs.«

»Na, und? Das kann doch schon mal sein, oder?« Sie starrte sie aus zusammengekniffenen Augen böse an.

»Natürlich. Deswegen rede ich ja mit dir. Gibt es etwas, was ich wissen sollte? Bedrückt dich etwas?« Kathi musterte die Teenagerin ganz genau, deshalb entging ihr auch nicht, dass ihre linke Augenbraue zuckte.

»Nein, es ist nichts.«

»Wirklich nicht? Du weißt, du kannst immer mit mir reden. Wenn es ein Problem gibt, finden wir bestimmt eine Lösung.«

»Ich habe nein gesagt, oder?«, brauste Marie auf. »Kann man nicht mal einen schlechten Tag haben?«

»Natürlich, von daher...«

»Na, also, dann ist doch alles gut«, fuhr sie dazwischen, wandte sich ab und marschierte zur Tür. Als sie diese öffnete, entdeckte sie Lukas und Nele dahinter, sie hatten auf Marie gewartet.

Erst, als kurze Zeit später die Tür wieder geöffnet wurde, merkte Kathi, dass sie die ganze Zeit hingestarrt hatte. Sie blinzelte und lächelte Finn entgegen.

»Hey, mein Engel!« Direkt vor ihr blieb er stehen, beugte sich zu ihr herab und gab ihr einen zärtlichen Kuss.

»Hey.« Mit einem Seufzen schmiegte sie sich an ihn und legte ihm die Arme um die Taille.

»Klingt, als wäre es heute ziemlich anstrengend gewesen.« Er zog sie enger an sich und drückte die Lippen auf ihr Haar.

»Ich weiß nicht, irgendetwas ist hier faul.« Kathi löste sich von ihm, ging zu ihrer Tasche und setzte sich hin, um die Turnschuhe gegen Tanzschuhe zu tauschen.

»Wie kommst du darauf?«

Sie schilderte ihm ihre Eindrücke, fasste das Gespräch mit Marie kurz zusammen und wie Nele und Lukas sie abschirmten. »Sie war irgendwie auf Krawall gebürstet, so kenne ich sie gar nicht.«

Sie streckte ihm die Hand entgegen, um ließ sich von ihm hochziehen zu lassen.

»Meinst du, sie will auch wechseln?«

»Scheiße, ich hoffe, nicht!«

»Soll ich Lukas mal fragen?«

»Nee, das ist keine gute Idee. Nachher heißt es noch, ich spioniere ihnen nach und mische mich überall ein oder so.« Kathi wechselte die Playlist in ihrer Smartphone-App.

»Okay, aber falls doch, sag Bescheid.«

Sie nickte und tippte auf einen Song, zu dem sie Cha Cha tanzen konnten. »So, und jetzt konzentrieren wir uns auf unser eigenes Training.« Mit erhobenen Armen trat sie auf ihn zu. »Zeig mir doch mal, was du schon gelernt hast!«

»Wir sehen uns später«, meinte Finn und wandte sich ab. Die *Homies* waren bereits vollkommen in ihre letzten Vorbereitungen zum Turnierauftritt vertieft, da störte er nur. Die Laune war allerdings so seltsam, dass er sich nicht traute, Kathi einen Kuss zu geben, deshalb beließ er es bei einem aufmunternden Lächeln. Auf dem Weg zum nächsten Getränkeverkauf ließ er sich noch einmal durch den Kopf gehen, was sie ihm seit Mittwoch von ihren Trainingseinheiten erzählt hatte. Ja, er musste ihr zustimmen, irgendetwas brodelte da unter der Oberfläche. Und so langsam färbte das auch auf Kathi ab. Es machte sie unruhig und nervös, da nützten seine Ablenkungsversuche kaum etwas.

Deshalb hatte er sich vorgenommen, sich heute hinter den Kulissen etwas umzusehen. Besonders bei Laura und ihrem Freund.

Er besorgte sich eine Flasche Wasser und startete seinen Rundgang kreuz und quer durch die vorderen und hinteren Bereiche der Sporthalle. Seltsamerweise konnte er Laura und die *Black Ones* nirgends entdecken. Waren sie heute etwa nicht dabei? Nein, das konnte er sich beim besten Willen nicht vorstellen.

Also suchte er sich einen strategisch günstigen Platz, von dem er einen großen Teil überblicken konnte, und kontrollierte systematisch die Anwesenden. Nur wenige Minuten später wurde er fündig. Der polierte Kopf von Lauras Freund blitzte in der Menge auf, er heftete seinen Blick daran und rückte näher.

Und nur, weil Finn dem Typen folgte, wurde er Zeuge einer interessanten Begebenheit.

Lauras Freund ging zu ihrem Hip-Hop-Team, blieb aber auf Distanz stehen. Laura heizte ihren Tänzern gestenreich ein, und das gefiel einigen von ihnen überhaupt nicht. Nach ihrer Ansprache entließ sie die Teenager, wartete drei Sekunden und drehte sich zu ihrem Freund um. Mit wutverzerrtem Gesicht deutete sie auf einen ihrer Tänzer, ihr Freund nickte und folgte dem Jungen. Das war doch Kevin!

Was, zum Teufel, hatte er vor?

Finn kniff die Augen zusammen, um die beiden nicht zu verlieren, und beeilte sich, den Anschluss zu halten. Unvermittelt zog der Typ Kevin in eine Nische, verschwand für einen Moment aus Finns Blick. Als er die beiden wieder sehen konnte, standen die beiden sich ganz nah gegenüber, einen Arm hatte der Muskelprotz um die breiten Schultern des Teenagers gelegt und seine Hand hielt dessen Nacken gepackt. Lauras Freund redete auf den Jungen ein, und selbst auf die Entfernung konnte Finn seine weit aufgerissenen Augen und die Abwehrhaltung erkennen. Verdammt, drohte der Schlägertyp ihm etwa?

Finn überlegte noch, ob er eingreifen sollte, da nickte Kevin mehrmals, und Lauras Freund ließ ihn los. Der Teenager rannte regelrecht davon. Der Muskelprotz sah ihm einen Moment nach, ein fieses Grinsen im Gesicht, dann verschwand er in eine andere Richtung.

Aus einem Impuls heraus folgte Finn ihm, und zwar bis zum Treffpunkt mit Laura. Die schien ihren Freund nach dem Erfolg der Aktion zu fragen, denn er nickte, woraufhin sie ein ebenso böses Lächeln zeigte. Sie schlang ihm die Arme um den Hals und zog ihn in einen Kuss, rieb sich an ihm. Die Hände ihres Freundes packten ihren Hintern, doch da ließ sie ihn wieder los, sprach ein paar Worte und zog ihn mit sich.

Finn trat an die nächste Wand und lehnte sich dagegen. Ließ sich die Bilder noch einmal durch den Kopf gehen und versuchte, seine Eindrücke zu sortieren. Regierte Laura ihr Team mit Drohungen? Hielt sie die Teenager so gefügig? Oder holte sie nur die Peitsche raus und schickte ihren Freund vor, wenn es nicht gut lief? Und warum ließen die Kids sich das überhaupt gefallen?

Ach, verdammt, er konnte nur Vermutungen anstellen, was da wirklich abging! Was ziemlich unbefriedigend war, das ging gewaltig gegen sein Gerechtigkeitsempfinden.

Sein Handy riss ihn aus seinen Gedanken, und er fischte es aus der Hosentasche. Kathi war fertig mit der letzten Probe und wollte sich mit ihm am Getränkestand am Haupteingang treffen. Er schickte ein »Daumen hoch« und machte sich auf den Weg. Als er dort ankam, konnte er schon von Weitem sehen, dass seine Freundin unruhig wirkte. Sie hatte die Arme unter der Brust verschränkt und blickte sich ständig um.

»Hey! Ist irgendwas?« Finn trat zu ihr und strich ihr über den Rücken.

Kathi verzog das Gesicht. »Ach, ich weiß auch nicht!«, stieß sie hervor und sackte in sich zusammen. »Die Stimmung ist total komisch. Lukas, Nele und Marie schotten sich ab. Die Choreo funktioniert zwar, aber die Kids wirken im Moment nicht wie ein Team.«

Er zog sie in seine Arme und drückte ihr einen Kuss auf die Stirn. »Vielleicht typische Teenager-Allüren?«

»Nein, das glaube ich nicht nicht. Das hat am Mittwoch angefangen, ich habe dir doch davon erzählt. Ach, ich wünschte wirklich, Marie würde mit mir reden. Wenn sie ein Problem hat, dann kann ich ihr vielleicht helfen. Aber nein, sie und die anderen beiden schalten auf stur! Ich komme einfach nicht mehr zu ihnen durch, weder freundlich noch streng«, grummelte sie.

»Vielleicht sollte ich doch mit Lukas reden.«

»Aber bitte nur, wenn es unauffällig ist. Wenn er merkt, dass ich dich geschickt habe, wird es bestimmt noch schlimmer.«

»Ich werde mich bemühen. So, und jetzt trinken wir erst mal eine Cola. Hast du Hunger?«

»Nee, mir ist ganz flau im Magen, da kriege ich nichts runter.«

Finn löste sich von ihr, nahm ihre Hand und ging mit ihr zum Getränkeverkauf. Mit jeweils einer Flasche Cola vertraten sie sich noch ein wenig die Beine.

»Wie ist dein Bauchgefühl? Gewinnt ihr heute?«

Kathi schnaubte. »Wir können froh sein, wenn wir es aufs Treppchen schaffen! Vermutlich werden die *Black Ones* es heute reißen.«

»Da du gerade davon sprichst ... ich habe etwas Interessantes beobachtet.« Er schilderte ihr, was hinter den Kulissen vorgegangen war. »Meinst du, Laura regiert ihr Team mit Psychospielchen?«

Ihr Blick ging ins Leere. »Ich habe keinen blassen Schimmer! Früher hatte sie zumindest keinen Schlägertyp, den sie die Drecksarbeit machen lassen konnte. Das musste sie schon allein erledigen.« Ihre Stimme triefte vor Hohn. Dann blinzelte sie und sah zu ihm auf. »Ist mir aber ziemlich egal, um ehrlich zu sein. Mir geht es einzig und allein um *meine* Kids. Und wenn Leute wie Kevin oder Jenny auf die harte Tour stehen, dann sollen sie bei Laura bleiben. Von mir aus!«

Finn strich ihr über den Arm. »Reg dich nicht auf, du kannst nichts daran ändern. Sie haben ihre Entscheidung getroffen.«

»Du hast ja recht.« Kathi seufzte, trotz ihrer harten Worte, sorgte sie sich mit Sicherheit um Kevin und Jenny. So weit kannte er sie bereits.

»Wann seid ihr dran?«

Sie warf einen Blick auf die Uhr. »In einer guten halben Stunde.« Sie nahm seine Hand und schob die Finger zwischen seine, sah ihm in die Augen. »Ist im Moment bestimmt nicht leicht mit mir, oder?«

»Geht so.« Finn wiegte den Kopf und schmunzelte.

»In drei Wochen ist noch ein wichtiges Turnier, der Hamburger Stadtpokal, dann ist Winterpause. Und die brauche ich diesmal wirklich. Diese Entwicklungen schlauchen mich, das merke ich auch in der Uni.«

»Na, dann passen Ferien in Paris doch ganz gut. Wir haben Zeit für uns und können komplett abschalten.«

»Ja, finde ich auch.« Sie legte ihm eine Hand in den Nacken und zog ihn für einen zärtlichen Kuss zu sich herab. »So, und jetzt lass uns rübergehen!«

Sie schoben sich durch die Mengen bis zu den *Homies*, doch Finn ging weiter in den Zuschauerbereich. Kaum hatte er Platz genommen, wurden die *Black Ones* angekündigt. Wie passend, so würde er heute den direkten Vergleich haben.

Die Mannschaft lief in schwarzen Klamotten und weißen Turnschuhen auf das Tanzpodest und nahm die Startformation ein, Laura stöckelte auf ihre Position, die Musik startete. Er war parteiisch und wollte, dass die Teenager eine schlechte Leistung zeigten, aber das taten sie nicht. Im Gegenteil, er musste ihnen zugestehen, dass sie wirklich gut waren. Verdammt, umso schwieriger würde es für die *Homies* werden. Tänzer für Tänzer ging er die Gruppe durch, bis er Kevin fand. Da, er hatte ihn und ließ ihn nicht mehr aus den Augen. War es unangebracht, wenn er sich wünschte, dass ihm ein schwerwiegender Fehler unterlief?

Und tatsächlich, der Teenager stolperte, kam aus dem Takt und beeinflusste damit das halbe Team. Finn riss die Augen auf und schob den Anflug eines schlechten Gewissens zur Seite. So viel Einfluss hatten seine Gedanken nun auch wieder nicht!

Nach zwei Sekunden hatten die Kids sich gefangen und tanzten die Choreo einwandfrei zu Ende, was mit tosendem Applaus belohnt wurde. Er selbst klatschte mit und behielt Kevin im Blick, bis sie das Podest verlassen und im Durchgang verschwunden waren. Sein Blick glitt noch zu Laura, aber als Vollprofi gab sie sich keine Blöße. Na ja, hoffentlich nahm sich ihr Schlägertyp den armen Jungen nicht zur Brust, vielleicht sogar eingehender.

Finn seufzte und trank von seinem Wasser, lehnte sich zurück und schaute sich zwei weitere Mannschaften an. Die Auftritte waren nett, jedoch ohne Bedeutung. Dann wurden endlich die *Hip Hop Homies* angekündigt. Er setzte sich auf, sah Kathi zum Trainerbereich gehen und die Kids zum Podest einlaufen. Sie wirkten locker, lächelten und winkten. Auch sie vollführten das allgemeine Prozedere, Startpositionen einnehmen, zur Ruhe kommen. Kathi zeigte ihnen die gedrückten Daumen und schon startete ihre Musik.

Während der Choreo versuchte Finn, seinen Bruder, Nele und Marie im Auge zu behalten. Die drei bewegten sich verkrampft, deshalb wirkte die Show nicht flüssig. Trotzdem war sie ein Hit, und die Kids tanzten sie ohne Fehler. Weshalb er applaudierte und pfiff, was das Zeug hielt, bis sie mit ihrer Trainerin hinter den Kulissen verschwunden waren.

Finn verließ sogleich seinen Sitzplatz und lief zu ihnen.

Die Kids lachten und quatschten wild durcheinander, und Kathi war mittendrin. Einen Moment lang beobachtete er sie und freute sich mit ihr. Diese Situationen waren in letzter Zeit viel zu selten vorgekommen, und er gönnte sie ihr von Herzen. Er wollte, dass sie glücklich war und nicht den Spaß an ihrer Arbeit als Trainerin verlor.

Sein Blick glitt weiter zu seinem Bruder. Tatsächlich, er und die beiden Mädchen freuten sich zwar, hielten sich aber abseits.

»Glückwunsch, das war super!«, rief er und trat neben seine Freundin. Die warf ihm nur ein Lächeln zu und klatschte in die Hände, um die Aufmerksamkeit der Teenager auf sich zu ziehen.

»Also, wir haben jetzt gute zwei Stunden Zeit. Viel Spaß und bis später!«

»Weißt du, was mir nicht aus den Kopf geht?«

Kathi blinzelte und wandte sich ihm zu. »Was denn?«

Finn bremste und nahm den Gang raus, blieb vor einer Ampel stehen. »Das Gesicht, das Laura bei der Siegerehrung gezogen hat. Dieser Blick war so ... hasserfüllt.«

»Letzte Woche hat sie uns genauso angesehen. Obwohl wir dieses Mal nur auf dem dritten Platz gelandet sind.«

»Was um einiges besser war als deren siebter.«

»Tja, Lauras Methode fruchtet auch nicht immer.«

»Ich glaube, dass das mit ihrem Freund diesmal nach hinten losgegangen ist. Und dabei wird es nicht bleiben. Trotzdem verstehe ich ihre Reaktion nicht.«

»Wahrscheinlich sucht sie sich schon den nächsten aus, den sie zum Wechsel überreden will«, meinte Kathi bitter.

»Wie schätzt du deine Kids denn ein? Ist noch jemand darunter, der wechseln wollen würde?«

Sie lachte auf, obwohl sich ihr Magen zusammenzog. »Woher soll ich das wissen? Von den anderen hätte ich das auch niemals erwartet.«

»Hm.« Seine Kiefermuskeln spielten, während er sich auf die Straße konzentrierte.

»Tust du mir einen Gefallen?«

Ein Lächeln breitete sich auf seinem Gesicht aus. »Klar, jeden.«

»Ich möchte heute nicht mehr darüber reden. Außerdem trete ich deinen Eltern gleich das erste Mal als deine Freundin gegenüber, das beschäftigt mich gerade viel mehr.«

Finn grinste und drückte ihre Hand. »Warum machst du dir so einen Kopf? Du kennst sie, sie kennen dich.«

»Ja, aber eben nicht als deine Freundin. Das ist der kleine, feine Unterschied.«

»Was meinst du denn, wie sie reagieren werden? Glaubst du, sie lehnen dich ab?«

»Ich weiß es nicht! Ich bin halt Lukas' Trainerin.«

»Gleich nicht mehr.« Er setzte den Blinker, bremste und bog

in eine kleine Seitenstraße ab. »Aber ich bin auch gespannt, was passiert.«

Kurze Zeit später fuhr er in die Einfahrt seines Elternhauses und parkte den Wagen hinter einem Kombi. Stellte den Motor ab und lächelte sie an. »Brauchst du noch eine Motivationsansprache?«

Sie verzog das Gesicht. »Nein, aber ein Kuss könnte helfen.«

»Nichts leichter als das.« Er beugte sich zu ihr, legte die Hand unter ihr Ohr und küsste sie. Wärme durchflutete und entspannte sie, sodass sie an seinem Mund aufseufzte. Und als er sich von ihr löste, fühlte sie sich tatsächlich ruhiger. »Okay, jetzt bin ich für diese schwierige Aufgabe gerüstet.«

»Na, dann mal los!«

Sie stiegen aus und gingen zur Haustür. Finn nahm ihre Hand, lächelte sie an und drückte auf den Klingelknopf. Kathi wischte sich unauffällig die freie Hand am Jeansrock ab. Jetzt wurde es ernst.

Hinter dem Glaseinsatz der Haustür wurde ein Schatten sichtbar, dann öffnete Finns Mutter die Tür. »Finn, mein Lieber, da bist du ja!«

Ihr Blick irrte zu Kathi, Verwirrung wurde sichtbar. »Nanu, Kathi, was machen Sie denn hier? Ich habe Sie gar nicht erwartet, stimmt etwas nicht mit Lukas und dem Training?«

»Nein, nein, da ist alles in Ordnung. Hallo, Frau Uppendieck.«

»Hallo, Mama«, schaltete Finn sich nun ein. »Kathi ist nicht als Lukas' Trainerin hier.«

»Sondern? Und… wolltest du nicht jemanden mitbringen?« Ein wenig gedankenverloren reckte sie den Hals und versuchte, einen Blick hinter sie zu werfen.

Er seufzte laut. »Ach, Mama!«

»Was denn?« Sie schaute ihn an.

»Seit wann bist du denn so unaufmerksam?« Er hielt ihre in einander verschlungenen Hände hoch, sodass Kathis Herz wie wild zu klopfen begann. Sie konnte beinahe sehen, wie bei Finns Mutter die Erkenntnis aufkeimte. Ihr Gesichtsausdruck wechselte von Unverständnis über Erstaunen zu Freude, und Kathi lächelte sie an, leicht verlegen.

»Nein!« Frau Uppendieck sah zu ihrem Sohn. »Kathi ist diejenige, deren Existenz du angerissen hast?«

»Genau.«

»Ach, herrje!« Sie lachte und winkte ab. »Und ich Dussel stehe total auf dem Schlauch. Tut mir leid, Kathi. Aber ich finde es toll, dass ihr zusammen seid. Ich darf doch du sagen? Willkommen in der Familie!« Finns Mutter trat auf sie zu und zog sie in die Arme. Kathi erwiderte und genoss diese herzliche Geste. »So, jetzt aber rein mit euch!« Sie trat zurück und ließ sie eintreten. »Geht schon mal vor, ich habe den Kaffeetisch auf der Terrasse gedeckt.«

Finn führte sie, und hinter ihnen rief seine Mutter: »Lukas, komm runter! Dein Bruder und seine Freundin sind hier. Du wirst es nicht glauben!«

Kathi und er grinsten sich an, durchquerten das Wohnzimmer und traten hinaus auf die Terrasse. Finns Vater rollte gerade den Gartenschlauch auf.

»Hallo, Papa!«

»Moin, Finn! Und Kathi? Meine Frau hat mir gar nicht erzählt, dass Sie auch eingeladen sind.«

Bevor sie darauf reagieren konnte, antwortete Finn: »Aber ich habe gesagt, dass ich meine Freundin mitbringe.«

»Ach!« Er schaute zwischen ihnen hin und her, entdeckte ihre verschlungenen Hände und lächelte. »Das ist ja mal eine schöne Überraschung! Na, dann setzt euch mal!«

Kaum hatten sie sich auf den Terrassenstühlen niedergelassen, erschien Finns Mutter mit der Kaffeekanne und goss ihnen ein. Als Lukas auch heraustrat, wandte sie sich zu ihm um. »Guck mal, Lukas, wer Finns Begleitung ist!«

»Hi, Kathi!« Er ließ sich ihr gegenüber auf den Stuhl fallen und erntete einen verblüfften Blick von seiner Mutter, die beim Einschenken innehielt.

»Sag mir nicht, du wusstest davon!«

Lukas rollte mit den Augen. »Als ob ich das hätte ignorieren können, Alter!«

»Und warum hast du uns nichts davon erzählt?«

»Ist das meine Aufgabe, oder was? Ihr hättet auf dem Sommerfest aufmerksamer sein müssen.«

Kathi sah Lukas mit gerunzelter Stirn an. Hatte Maries schlechte Laune bereits auf ihn abgefärbt?

»Auf dem Sommerfest?« Seine Mutter sah ihren ältesten Sohn an. »Stimmt das?«

Finn nickte. »Aber mach dir mal keinen Kopf darüber, okay? Wie ich danach schon zu dir gesagt habe, lasse ich es euch wissen, wenn es was Ernstes ist.«

»Oh, was Ernstes.« Sie lächelte, schenkte sich als letztes Kaffee ein und setzte sich. »Ihr kennt euch also schon länger, ja?«

Lukas gluckste. »Von wegen! Ich habe ihm Kathi vorgestellt, als er mich das erste Mal zum Training gefahren hat!«

Seine Mutter wandte sich Finn zu. »Und schon was Ernstes, ja?«

Der zuckte mit den Schultern. »Wenn es so ist, dann ist das so, oder?«

»Gut gesprochen, mein Junge!« Sein Vater streckte ihr die Hand über den Tisch hinweg hin. »Dann können wir ja du sagen. Ich bin Paul.«

»Danke.« Kathi lächelte und schüttelte seine Hand. Ein riesiger Felsbrocken fiel ihr vom Herzen, ihr Magen beruhigte sich langsam.

»Tja, wenn das so ist ... Esther.« Finns Mutter lachte und schüttelte ihr ebenfalls die Hand.

»Vielen Dank.« Kathi schob die Hände zwischen ihre Knie und zog die Schultern hoch, lächelte verlegen.

»Können wir jetzt anfangen? Ich habe Hunger, Alter!«, brummte Lukas.

»Als ob du zu wenig zu Mittag gegessen hättest!« Esther schüttelte den Kopf und wandte sich dem Kuchen zu.

»Ich schwöre, ja!« Lukas hielt ihr seinen Teller hin, doch seine Mutter strafte ihn mit einem mahnenden Blick ab.

»Wegen dir werde ich bestimmt nicht sämtliche Benimmregeln über Bord werfen. Die Gäste zuerst.« Sie sah Kathi an. »Magst du Himbeer-Käse-Sahne-Torte?«

»Ich mag fast alle Arten von Kuchen und Torten.«

»Verdammt, sie hat ein neues Opfer gefunden.« Finn gluckste.

»Mach dich nicht über deine Mutter lustig!«, schalt Paul ihn.

»Ach, Papa, du weißt doch, wie das gemeint ist.« Er tätschelte den Arm seines Vaters.

»Ja, ja.« Esther seufzte, nahm Kathis Teller und legte ihr ein Stück Torte darauf. Danach hatte sie Erbarmen und gab Lukas das nächste Stück.

Als alle versorgt waren, rührte Kathi sich Milch in den Kaffee und trank einen Schluck. Dann probierte sie ein Stück Torte und seufzte auf. »Ein Traum!«

Die fluffige Käse-Sahne-Masse zerging wie eine Wolke auf der Zunge und hinterließ einen süßfruchtigen Geschmack in ihrem Mund.

»Vielen Dank!« Esther strahlte sie an. »Da wir ja jetzt die Gelegenheit haben, mehr über dich zu erfahren, eröffne ich mal die Fragerunde. Du studierst, oder? Was genau?«

Kathi nickte und schluckte den Bissen hinunter. »Bewegungs- und Sportwissenschaft. Nächstes Jahr mache ich meinen Master und möchte anschließend mit Kindern und Jugendlichen arbeiten.«

»Und was genau wäre das?«

»Entweder Bewegungstherapie oder was im sozialen Bereich. Also um Kids von der Straße zu holen und so.«

»Das hört sich interessant an«, meinte Paul und trank von seinem Kaffee. »Ich wusste gar nicht, dass man in diese Richtung studieren kann.«

»Ich auch nicht, aber nach meinem Treppensturz damals hatte ich ausreichend Zeit, um mich damit zu befassen.« Kathi fasste ihnen zusammen, was ihr mit Siebzehn passiert war.

»Uh, das hört sich schmerzhaft an.« Esther verzog das Gesicht.

»War es auch.«

»Aber es klingt sehr gut, was du aus deinem Leben machen willst. Wenn du da genauso viel Herzblut hineinsteckst, wie als Trainerin der *Homies*, wirst du deinen Weg machen.« Paul unterstrich seine Worte mit einem Nicken.

Sie lächelte und hieß das warme Gefühl in ihrer Brust willkommen, das diese lieben, ehrlichen Worte in ihr auslösten. Ihre eigenen Eltern empfanden ihre Trainertätigkeit eher als Zeitverschwendung, was einer der Gründe war, warum sie sich so selten sahen.

»Und bei dir, Finn? Wie läuft es mit deinem neuen Team?«

»Super, das passt echt gut.« Er schob sich das letzte Stück Torte in den Mund.

»Keine Probleme? Erinnerungen oder so?«

Kathi bemerkte, dass sich Esthers Ton veränderte. Finns Mutter wirkte mit einem Mal befangen, als ob sie ein Geheimnis verraten hätte. Und ihr Blick glitt von Kathi zu ihrem Sohn.

Kathi schluckte. Würde Esther verärgert sein, dass sie Finns gesamte Geschichte kannte?

»Nein, Mama, alles gut. Und Kathi weiß Bescheid.« Sein Ton war sanft.

»Oh! Auch schon!«

»Ja, Mama.«

War es Absicht, dass er ihr keinerlei Erklärung dafür gab? Na ja, alt genug war er, und seinen Eltern keine Rechenschaft schuldig. Trotzdem war es ihr selbst gerade ziemlich peinlich.

Esther schaute von ihrem Sohn zu ihr, und ihr Gesicht nahm einen weichen Ausdruck an. »Anscheinend hast du einen ganz besonderen Draht zu Finn.«

»Ja, kann schon sein.« Sie zuckte verlegen mit den Schultern, dann wanderten ihre Augen automatisch zu ihm. Sein liebevolles Lächeln ließ ihr ganz warm werden, ihr Herz schien seinen Rhythmus zu ändern und mit einem Mal wollte sie Finn und seinen Eltern sagen, dass sie ihn liebte.

Kathi blinzelte erstaunt und hörte Lukas murmeln: »*Altaa!*«

Das brachte sie in die Wirklichkeit zurück. »Ist irgendwas?«

»Das ist mir gerade echt zu kitschig, sorry, Alter!«

Hitze schoss ihr ins Gesicht. Hatte er ihr die Gedanken und Gefühle etwa ansehen können? Und warum reagierte er überhaupt dermaßen gereizt darauf? Eigentlich hätte er sie doch damit aufgezogen.

»Sag mal, wo liegt eigentlich dein Problem?« Finn beugte sich vor. »Ist dir irgendjemand auf die Füße gelatscht, oder was?«

Der Teenager funkelte ihn an. »Nein! Ich habe nur keinen Bock auf euer Rumgemache und ...«

Sein Handy begann zu klingeln, und Lukas riss es beinahe aus der Hosentasche. Tippte und wischte, dann erstarrte sein Gesicht regelrecht.

»Lukas, du bist unhöflich. Steck das Handy weg! Und dann entschuldigst du dich bei Finn und Kathi!«, herrschte Paul ihn an, doch sein jüngster Sohn reagierte nicht.

Er schob den Stuhl zurück, sprang auf und wollte gehen. Finns Arm schoss vor und hielt ihn fest. »Wohin willst du? Ist etwas passiert?«

»Sorry, ich muss zu Nele!«, stieß er hervor, machte sich los und lief ins Haus. Kurze Zeit später knallte die Haustür hinter ihm zu.

15.

Als Kathi ihm zum dritten Mal auf den Fuß trat, stöhnte er auf und blieb ruckartig stehen. »Aua!«

»Was?« Sie blinzelte, tauchte schlagartig aus ihren Gedanken auf. »Oh, Mist, tut mir leid!« Mit einem Seufzer löste sie sich von ihm und trat zwei Schritte zurück.

»Du bist null bei der Sache, so kenne ich dich gar nicht.« Finn suchte ihren Blick, konnte ihre Aufmerksamkeit jedoch nicht auf sich ziehen. Sie verschränkte die Arme, kaute auf ihrer Unterlippe und starrte ins Leere. So langsam machte sie ihm Angst.

»Hey!« Er legte ihr die Hände auf die Oberarme und versuchte es noch einmal, diesmal erwiderte sie seinen Blick. »Sagst du mir jetzt endlich, was dich so beschäftigt, dass es dich total aus dem Konzept bringt? Ich habe das Gefühl, ich komme seit Tagen nicht mehr richtig an dich heran.«

»Tut mir leid, das wollte ich nicht!« Kathi seufzte und rieb sich mit beiden Händen übers Gesicht.

»Komm, wir setzen uns!« Er führte sie zur Bank, drückte sie darauf hinab und reichte ihr die Wasserflasche. Dann schaltete er die Musik ab und setzte sich neben sie, atmete tief durch. Ihr Verhalten verursachte ihm Magenschmerzen, weil er Angst hatte, dass es etwas mit ihnen beiden zu tun hatte. Also starrte er auf seine Hände hinab, die er zwischen seinen Knien gefaltet hatte, und schluckte. Er musste es einfach wissen.

»Ich weiß, du hast nicht so viele Erfahrungen in Sachen Beziehung, aber ich hätte nicht erwartet, dass du mich einfach ausschließt. Wir konnten bis jetzt über alles reden, warum machst du auf einmal dicht?«

Es dauerte eine Weile, bis sie endlich antwortete. »Vielleicht weil ich mit der Situation total überfordert bin.«

»Was genau? Deine Kids? Oder hast du Probleme, von denen du mir bisher nichts erzählt hast?« Finn runzelte die Stirn. »Hat es mit uns zu tun? Mir?«

Ihr Kopf fuhr zu ihm herum und sie starrte ihn aus diesen wunderschönen blauen Augen an, die jedes Mal ein Kribbeln in seinem Bauch hervorriefen. »Was? Nein! Wie kommst du denn darauf?«

»Was soll ich sonst denken, wenn du nicht mit mir redest?«

Kathi nahm seine Hand in ihre beiden und zog sie auf ihren Schoß. »Ach, Mist, es tut mir leid, dass das so rüberkommt. Das hat mit uns überhaupt nichts zu tun, ehrlich.« Sie holte tief Luft, bevor sie mit der Wahrheit herausrückte. »Nele verhält sich wie Marie letzte Woche. Und ich habe sie genauso darauf angesprochen, sogar mit Marie und Lukas zusammen. Aber sie mauern, alle drei. Und das wurmt mich. Ich denke über fast nichts anderes mehr nach als diese blöde Stimmung beim Training und ich ... ich kann mich doch nicht jeden Tag über dasselbe Thema bei dir ausheulen!«

Er schnaubte. »Natürlich kannst du das! Das gehört doch dazu! Ich möchte Teil deines Lebens sein, so wie du ein Teil meines Lebens bist. Der wichtigste sogar. Ich liebe dich, Kathi, hast du das schon vergessen?«

»Nein, natürlich nicht!«, murmelte sie. Mit einem Mal schien ihr Blick intensiver zu werden, und weicher. »Ich liebe dich doch auch.«

»Was?« Das Adrenalin explodierte in seinem Körper, sein Herz begann zu rasen. »Sag das noch einmal!«

»Ich liebe dich auch.« Sie zuckte mit den Schultern und lächelte verlegen.

Er konnte nichts gegen das Grinsen tun, das seine Mundwinkel ganz weit auseinanderzog. Seine freie Hand fuhr zu ihrem Nacken, um sie an sich zu ziehen und zu küssen. Dann lehnte er für einen Augenblick die Stirn gegen ihre, schaute ihr aus nächster Nähe tief in die Augen und flüsterte: »Ich liebe dich.«

Was für ein Moment! Wenn er den verpasst hätte, nur weil er unter der sengenden Sonne Afghanistans krepiert wäre! Nein, es war gut, dass er es geschafft hatte, sich ins Leben zurückzukämpfen. Das hier, Kathi und ihre Liebe, war es wert, für das Leben zu kämpfen.

Verdammt, seine Kehle schnürte sich vor Rührung zusammen, und er atmete tief durch. Jetzt bloß nicht sentimental werden!

Nach einem weiteren Kuss richtete Finn sich wieder auf und atmete tief durch. »Okay, da wir das jetzt geklärt hätten, können wir zum ursprünglichen Thema zurückkehren. Was willst du mit deinen Kids anstellen? Ich befürchte, dass Lukas bei mir genauso dicht machen wird, wenn ich mit ihm unter vier Augen rede. Ich habe in den letzten Jahren nicht viel von seinem Leben mitbekommen, aber so wie Sonntag habe ich ihn noch nie erlebt. Nimm nur mein Gespräch mit ihm, nach meiner Panikattacke. *Das* war mein kleiner Bruder.«

»Sag ich doch! Irgendetwas stimmt mit ihm und den Mädels nicht.«

»Und was willst du tun?«

»Ich habe keine Ahnung, deswegen fühle ich mich ja so hilflos.«

»Hast du schon mal mit dem übrigen Team gesprochen? Allein?«

»Nein. Was soll das bringen?«

»Vielleicht wissen sie etwas.«

Kathi nickte zaghaft.

»Tu' das, es könnte helfen. Oder mit ein paar Eltern?«

»Die sehe ich so gut wie nie.«

»Jemandem vom Vereinsvorstand?«

»Nee, die Blöße gebe ich mir nicht, solange ich das verhindern kann.« Dieses Mal schüttelte sie vehement den Kopf. Finn erinnerte sich noch gut, wie das letzte Gespräch mit Jennys Eltern verlaufen war.

»Okay. Im Moment fällt mir sonst nichts ein, aber das können wir ja aufs Wochenende verschieben. Wie wäre es, wenn wir am Samstag mal ganz entspannt auf die Domkirmes gehen?«

Sie lächelte. »Hört sich gut an, da war ich schon ewig nicht mehr.«

»Na, dann passt das doch. Und danach fläzen wir uns in eine Beach Bar und fangen mit der Planung für den Paris-Trip an.«

»Abgemacht.«

Nach einer mehr als ausgedehnten Runde über den Dom marschierten sie zur Elbe. Es war um einiges kühler geworden, aber die Sonne am leicht bewölkten Himmel lockte die Massen an diesem wunderschönen Samstagnachmittag an die frische Luft. Demnach hatten sie Glück, im *StrandPauli* draußen noch einen Platz zu bekommen, der Außenbereich der Beach Bar war gerammelt voll.

Kathi ließ sich auf die rustikale Holzcouch mit dicken Sitzkissen plumpsen und streckte die Füße von sich. »Ich bin total erledigt.«

»Vom Laufen?«

Sie drehte den Kopf und grinste Finn an, der es sich neben ihr gemütlich gemacht hatte. »Und vom Lachen. Ich hatte echt vergessen, wie viel Spaß so eine Kirmes machen kann.«

Er hob den Arm, erwischte die Aufmerksamkeit eines Kellners. »Moin! Können wir ein Alster und eine Kiezmische haben?«

»Geht klar!« Der Kellner nickte und zog mit seinem Tablett voller leerer Gläser weiter.

Und Finn nahm ihre Hand und verschlang seine Finger mit ihren. Eine Weile lang genossen sie schweigend den Sonnenuntergang, die Farben und das sich verändernde Licht. Doch ihre Gedanken schweiften automatisch zum gestrigen Abend zurück und ließen ihre Laune in den Keller sacken, weil ihr Magen sich schmerzhaft zusammenzog.

»Was ist los?« Seine sanfte Stimme ließ sie aufschrecken. Finns Augen waren voller Mitgefühl, und vermutlich ahnte er, was sie bedrückte. »Hast du gestern mit den Kids gesprochen?«

Sie nickte und ließ den Blick schweifen. »Ich habe die Zeit genutzt, bis Lukas, Nele und Marie kamen, neuerdings immer als Letzte. Einigen von ihnen ist auch aufgefallen, wie seltsam sie sich benehmen, und dass die Stimmung darunter leidet. Zwei oder drei haben bei meiner Frage sofort dicht gemacht, ich glaube, sie wissen mehr. Auf jeden Fall habe ich versucht, tiefer zu bohren, und dabei haben die drei mich dann erwischt. Du glaubst gar nicht, wie sie mich angebrüllt haben! Am Ende kam ich mir vor wie ein Verbrecher.«

»Mein Bruder hat dich angebrüllt?«

»Ja, auch. Sie meinten, ich solle mich um mein eigenes Leben kümmern und mich nicht in ihres einmischen. Ich hätte keine Ahnung. Aber von was, das wollten sie mir nicht sagen. Und das Training war die reinste Qual.« Kathi konnte nicht verhindern, dass ihr Tränen in die Augen traten und sich ein dicker Kloß in ihrer Kehle festsetzte. »Ich habe noch nie so sehr daran gezweifelt, Trainer zu sein.«

»Hey, komm mal her!«, murmelte er, legte ihr einen Arm um die Schultern und zog sie an sich. »Nicht weinen!«

»Du hast leicht reden!«, schluchzte sie und schniefte. »Sie haben mich ziemlich angefeindet, sind teilweise sogar persönlich geworden. Das tut ganz schön weh!«

All die Gefühle, die sich am gestrigen Abend in ihr zusammengebraut hatten, drängten an die Oberfläche. Sie war so froh gewesen, das alles unter Kontrolle halten zu können, und jetzt das. Es überrollte sie, ohne dass sie sich dagegen wehren konnte.

»Kathi, das darfst du dir nicht bieten lassen!«, meinte Finn und drückte ihre Schulter. »So können sie nicht mit dir umgehen!«

»Und was soll ich deiner Meinung nach tun?« Sie setzte sich auf und starrte ihn an. »Sie rausschmeißen?«

»Rede mit den Eltern, eurem Vorstand.«, rief er besorgt. »Das ist Mobbing!«

»Spinnst du jetzt total?« Mit abgehackten Bewegungen rieb sie sich die Augen trocken. »Das ist kein Mobbing!«

»Was denn sonst? Und warum nimmst du sie auch noch in Schutz?«

»Hör auf, mich so anzumachen!«, fuhr sie ihn an. »Ich kriege das schon wieder hin.«

»Im Ernst?« Er lachte bitter. »Du redest schon wieder wie früher. Gibst du dir auch wieder die Schuld dafür? Wie nach dem Turnier in Lübeck? Ich dachte, das hättest du hinter dir gelassen.«

Bei seinen Worten wurde ihr heiß und kalt, ihr Magen verkrampfte sich. »Was willst du eigentlich von mir?«

»Dass du dich wehrst! Lass nicht zu, dass sie dich so behandeln und dir womöglich noch die Schuld zuschieben!«, bat er eindringlich.

Der Drang, sich zu verteidigen, wurde übermächtig. »Du hast doch gar keine Ahnung!«

»Ach, ja? Habe ich nicht? Nein, wahrscheinlich nicht. Aber ich habe Augen im Kopf. Und kann spüren, wie sehr du dir das zu Herzen nimmst. Hör auf damit, es macht dich kaputt!«

Sie riss die Augen auf und japste nach Luft. Der Schock schlug die Krallen in ihren Magen und ihr Herz. Hatte er das gerade wirklich gesagt? »Du willst, dass ich aufhöre, die *Homies* zu trainieren? Dein Ernst?«

Finn rollte die Augen und stieß die Luft aus. »Nein, verdammt, das habe ich nicht gesagt! Du ...«

»Komm, lass gut sein. Das bringt nichts.« Sie winkte ab und stand auf. In ihr wurde es kalt.

»Was soll das denn schon wieder heißen?« Er sprang auf und griff nach ihrer Hand, doch sie machte sich los.

»Dass du null Ahnung von mir hast. Du hast vielleicht gedacht, dass du mich verstehst, aber das stimmt nicht.«

»Dann erklär's mir!«

»Wozu? Das hat doch alles keinen Sinn mehr.«

»Was? Wie meinst du das?« Finn wurde blass, erstarrte.

»Genau so, wie ich es sage«, ätzte sie. »Du willst mich nicht mal verstehen.«

»Aber ...«

»Nein, kein Aber. Ich habe die Schnauze voll. Steck dir deine Meinung sonst wo hin!«

Damit drehte sie sich um und rannte davon.

War es nun Zufall oder Vorsehung gewesen, dass Finn diesen Termin vereinbart hatte? Auf jeden Fall war der Montagabend keiner der regulären Sitzungstermine, aber er kam ihm gerade recht. Und so saß er wie vor zwei Monaten in diesem bescheuerten Klubsessel und starrte auf den »Schrei«, ließ sich in den verstörenden Farbstrudel und sein inneres Chaos hineinziehen.

»Herr Uppendieck?«

»Was?« Er fuhr zusammen, blinzelte und sah auf.

»Na, Sie waren ja ganz schön in Gedanken versunken. Wollen wir?« Dr. Balczewski wies mit einem Lächeln auf die offene Tür zu seinem Behandlungszimmer.

»Ja, klar«, murmelte Finn, stemmte sich hoch und folgte dem Therapeuten.

»Ich sehe schon, heute geht es Ihnen nicht so gut.« Der Arzt schloss die Tür und nahm ihm gegenüber Platz. »Was belastet Sie?«

Finn schürzte die Lippen, knetete seine Hände und senkte den Blick. »Kathi und ich haben uns gestritten. Ich verstehe aber nicht, warum, und wie es dazu gekommen ist.«

»Können Sie mir das Gespräch schildern?«

»Ich kann es gerne versuchen, aber ich weiß nicht, ob ich noch alles auf die Reihe bekomme.«

»Versuchen Sie es einfach!«

Also fasste er Dr. Balczewski zusammen, woran er sich noch erinnerte. Obwohl er seit zwei Tagen an nichts anderes mehr dachte, war das erstaunlich wenig.

»Nun, ich kann natürlich nicht beurteilen, ob meine Vermutung stimmt, aber Ihre Freundin scheint sich missverstanden zu fühlen.« Der Psychologe schlug die Beine übereinander und lehnte sich in seinem Chefsessel zurück, das aufgeschlagene Notizbuch lag wie üblich auf seinem Schoß.

»Aber muss sie deswegen gleich Schluss machen?«

»Hat sie das?«

Finn sah seinen Therapeuten an. »Wie meinen Sie das?«

»Hat sie wirklich Schluss gemacht?«

»Für mich fühlt es sich verdammt danach an!«, stieß er hervor und umschloss die Armlehnen seines Stuhls so fest, dass die Knöchel weiß hervortraten. »Und ich weiß nicht, wie ich damit umgehen soll.«

Dr. Balczewski schürzte die Lippen. »Was genau macht Ihnen zu schaffen?«

»Na, was wohl? Wie würde es Ihnen denn gehen, wenn Sie abserviert worden wären?«

»Haben Sie versucht, mit ihr zu reden?«

»Ich habe sie gestern angerufen, aber sie ist nicht rangegangen. Und auf meine Nachricht hat sie auch nicht reagiert. Es herrscht Funkstille und das macht mich echt fertig.«

»Was empfinden Sie für Kathi?«

Sein Herz begann heftig zu klopfen, und er lächelte schmerzvoll. »Ich liebe sie, und das habe ich ihr auch gesagt. Nicht nur einmal. Vielleicht tut es ja deswegen so verdammt weh, was sie mir alles an den Kopf geworfen hat.«

»Ich weiß, das ist kein Trost für Sie, aber ich denke, dass sie von der Situation in ihrem Team komplett verunsichert ist und sich von Ihrer Bitte, sich zu wehren, zusätzlich unter Druck gesetzt fühlt. Lassen Sie ihr Zeit, sich mit alldem auseinanderzusetzen.«

»Ach, scheiße, ich will doch nur wissen, ob es ein Streit war oder der Schlussstrich! Wir konnten bisher über alles reden, warum jetzt nicht?«

»Das kann ich Ihnen nicht beantworten, das müssen Sie beide klären.« Der Arzt zuckte entschuldigend mit den Schultern.

»Sie kann so stur sein!«, schimpfte Finn und verschränkte die Arme vor der Brust. »Dabei will ich ihr nur helfen.«

»Auch das muss sie erst verstehen.«

»Toll!«

Dr. Balczewski seufzte und lächelte. »Ach, Herr Uppendieck, seien Sie optimistisch! Sehen Sie es als eine Art Bewährungsprobe. Wenn Sie beide diese Krise meistern, werden Ihre Liebe und Ihre Beziehung gestärkt daraus hervorgehen.«

»Tja, aber bis dahin müssen wir erst einmal kommen!« Finn schloss die Augen, rieb sich die Nasenwurzel. Er wünschte sich nichts sehnlicher als das.

16.

Zum ersten Mal in ihrem Leben hasste Kathi es, zum Training zu gehen. Nein, es war sogar mehr als das. Sie wollte gar nicht mehr hingehen. Aber ihr blieb nichts anderes übrig.

Als sie mit ihrer Trainertasche aus dem Haus ging, wurde ihr flau im Magen. Was vermutlich daran lag, dass sie seit Samstag kaum etwas gegessen hatte. Genauer gesagt bekam sie seit dem Streit mit Finn nicht viel herunter, seine Worte beschäftigten sie einfach zu sehr. Verstand er sie denn wirklich nicht? Als Trainerin musste sie für die Kids da sein, das Team zusammenhalten und auch die Teenagerlaunen über sich ergehen lassen, das war halt so.

Aber Spaß macht es dir im Moment nicht!

Kathi verfluchte diese kleine, ehrliche Stimme, die mit Maries seltsamem Verhalten Stück für Stück lauter geworden war.

In der Bahn setzte sie sich auf einen Fensterplatz, lehnte den Kopf an die Scheibe und schloss die Augen. Sie versuchte, sich auf das anstehende Training zu konzentrieren, ging in Gedanken die Choreo für das nächste Turnier wieder und wieder durch.

Lass nicht zu, dass sie dich so behandeln!

Die Erinnerung war so lebhaft, dass sie die Augen aufriss und sich umsah. Das Herz pochte ihr bis zum Hals hinauf und ließ sich nur schwer wieder beruhigen. Nein, das waren bestimmt nur vorübergehende Launen der Kids, das würde sich wieder legen. Außerdem lag es in ihren Händen, die *Homies* zu motivieren und wieder zu Höchstleistungen zu bringen.

Du redest schon wieder wie früher.

Sie zuckte zusammen und schob die Worte beiseite, das war totaler Quatsch.

Auf dem Weg zum Vereinsheim nahm sie sich vor, noch einmal eindringlich mit ihrem Team zu sprechen. An ihren Spaß zu appellieren, das Wirgefühl, und ihnen vor Augen zu halten, wohin es ansonsten führen würde. Ja, damit konnte sie bestimmt etwas erreichen, das hatte bisher immer geklappt.

Nur ... warum verkrampfte sich ihr Magen dann?

Kathi stieg die Treppen zum Vereinsheim hinauf, ging hinein und lauschte. Nichts zu hören. Sie atmete tief durch, betrat den Tanzsaal und legte ihre Tasche ab. Dann holte sie den Ghettoblaster aus dem verschlossenen Schrank und stöpselte ihr Handy an. Da sie früh dran war, konnte sie die Zeit nutzen und sich noch ein wenig aufwärmen. Also zog sie Kapuzenjacke, Jogginghose und Straßenschuhe aus und schlüpfte in ihre Trainingsschuhe. Startete einen Lieblingsmix und trat in die Mitte der Tanzfläche.

Eigentlich war es gut, dass ihr Körper die Bewegungen auswendig kannte. Doch heute führte es dazu, dass ihr Kopf sich automatisch mit dem anderen Mist beschäftigte, weshalb die Magenschmerzen nur schlimmer wurden. Bis Kathi schließlich stehenblieb und vornübergebeugt nach Luft rang.

Meinst du, es ist schön, dir beim Leiden zuzusehen?

Sie ließ sich auf den Hintern fallen, schlang die Arme um ihre Beine und legte die Stirn auf die Knie. Verflucht, wann würde er endlich die Klappe halten? Wollte er sie fertig machen?

Das leise Quietschen der Tür riss sie aus ihrer Verzweiflung. Lächelnd hob sie den Kopf. »Hey!«

Sabine und Laila grüßten zurück und legten ihre Taschen auf die Bank.

Kathi erhob sich, ging zu ihren Sachen und drehte die Musik leiser. Trank Wasser und beobachtete, wie nach und nach die Kids eintrudelten, bis außer Lukas, Nele und Marie alle da waren. Ihr Herz zog das Tempo an und sie fasste einen Entschluss.

Sie stellte ihre Flasche weg und ging zu den Teenagern hinüber, einen Versuch wollte sie noch wagen. »Kann ich noch einmal mit euch reden?«

Die Mädchen und Jungs drehten sich zu ihr um, wechselten Blicke. Dann war es Laila, die nickte. »Klar, was ist denn?«

»Euch ist doch bestimmt auch aufgefallen, dass die Stimmung in letzter Zeit langsam den Bach runtergeht.« Verhaltenes Nicken. »Okay. Und ich gehe mal davon aus, dass euch bewusst ist, dass ein großer Teil davon von Lukas, Nele und Marie ausgeht. Habt ihr eine Ahnung, woran es liegt? Gab es Streit? Irgendwelche Rivalitäten?«

Erst Zögern, dann Kopfschütteln. Sie runzelte die Stirn.

»Aber irgendetwas ist doch! Hat keiner von euch mitbekommen, was da los ist? Wenn es an mir liegt, wenn ich Mist gebaut habe oder so was, dann sagt es mir bitte!«

Verdammt, sie konnte selbst hören, wie flehend ihre Stimme klang! Aber Eindruck machte das nicht, im Gegenteil. Die Kids blickten zu Boden.

»Oder haben die drei euch zum Schweigen verpflichtet? Bedrohen sie euch etwa?«

»Hey, was soll das?«

Kathi wirbelte herum und sah Lukas auf sich zukommen, dahinter Nele und Marie. Die drei wirkten ziemlich verärgert.

»Hör auf, sie auszufragen!« Finns Bruder blieb vor ihr stehen und funkelte sie böse an. »Ob wir drei schlechte Laune haben oder nicht, geht dich nichts an!«

»Ich will aber wissen, warum!«, antwortete sie. »Ihr habt euch total verändert.«

»Ja, und? Was geht das dich an, Alter?« Er verschränkte die Arme vor der Brust.

Da war es wieder, das Gefühl von Samstag. Es kochte in ihr hoch. »Ihr vergiftet hier die Stimmung, und darauf habe ich keinen Bock mehr.«

»Ist das unser Problem, oder was?«

Wehr dich!

Sie atmete tief durch, dann platzte es aus ihr heraus. »Nein, ihr *seid* das Problem!«

»Was bist du denn für ein Opfer?«, meinte Marie in abschätzigem Ton und trat neben Lukas.

Kathi fühlte sich angegriffen und trat drei Schritte zurück, sah in die Runde.

»Ich habe echt die Schnauze voll davon! Ich mache und tue, widme euch fast meine gesamte Freizeit, und wofür?«

»Zwingt dich doch keiner dazu!«

Ihr Kopf fuhr zu Nele herum, Hitze stieg ihr ins Gesicht. »Ach, nein? Tja, vielleicht hast du recht!«

Aus den Augenwinkeln sah sie, dass die anderen die Köpfe zusammensteckten, hörte ihr Tuscheln. Dann kochte ihre Wut über.

»Es reicht!«, schrie sie. »Vielleicht sollte ich wirklich hinschmeißen! Und wisst ihr, warum? Weil wegen euch meine Beziehung kaputtgeht. Weil ich euch undankbares Pack auch noch verteidige. Aber damit ist jetzt Schluss. Ja, Lukas, guck ruhig schockiert!« Sie deutete mit dem Finger auf ihn. »Du hast einen großen Anteil daran, wenn es aus ist zwischen Finn und mir.«

Damit drehte sie sich um, packte ihr privates Zeug zusammen und marschierte zur Tür. »Das Training fällt heute aus, und Montag auch. Seht zu, wie ihr klarkommt!«

Ach, Scheiße, was nützte es schon, am Wochenende frei zu haben, wenn man doch nur allein in der Bude hockte? Und seine Zeit auf der Couch verplemperte.

Mit einem Seufzen bewegte Finn sich mal wieder aus der Horizontalen in eine aufrechte Sitzposition und nahm sein Bier vom Couchtisch. Selbst das schmeckte so langweilig, wie das Fernsehprogramm an diesem Samstagabend war.

Himmel, was für eine Grütze!

Er zappte zum x-ten Mal durch die Kanäle und blieb diesmal an einer Dokumentation über die »Alleskönner Hubschrauber« hängen. Der Teil über die Bell-Hubschrauber, die für SAR, also die Luftrettung, eingesetzt wurden, war ja noch interessant. Doch als es am Ende unter anderem um die verschiedenen Kampfhubschrauber ging, die in den globalen Krisengebieten die Bodentruppen unterstützten, breitete sich ein dumpfes Gefühl in seinem

Bauch aus. Das waren Erinnerungen, die er nicht brauchte und die ihn trotzdem in eine Art Bann zogen. Sein Blick richtete sich nach innen, auf den immer präsenten Wüstensand, das gleißende Licht, die Hitze.

Nein, das war vorbei!

Es kostete ihn verdammt viel Kraft, doch schließlich schaffte er es, an sein neues Team zu denken. An die Leben, die sie gerettet hatten. Den Zusammenhalt, der sich bereits zwischen ihnen entwickelt hatte. Und ohne es zu wollen, schlugen seine Gedanken darüber den Bogen zum Tag seines Umzugs und Kathi.

Scheiße! Gott, er vermisste sie so! Und wollte um sie kämpfen, wusste aber nicht, wie.

Finn klemmte das Bier zwischen seine Schenkel und fuhr sich mit beiden Händen übers Gesicht. Jeden Abend hielt er das Handy in der Hand, starrte auf ihr Kontaktfoto und wollte sie anrufen. Sich für seine unbedachten Worte entschuldigen. Doch dann war da dieser Widerstand in ihm, der ihm bewusst machte, dass er nur die Wahrheit ausgesprochen hatte. Dass sie die falschen Schlüsse daraus gezogen hatte, war dumm gelaufen, aber ...

Das Klingeln an seiner Tür ließ sein Herz losgaloppieren. *Kathi!*

Endlich, sie war zur Vernunft gekommen! Er stellte sein Bier weg, sprang auf und lief zur Wohnungstür, riss sie auf. Das Lächeln verblasste.

»Was willst du denn hier?«, blaffte er seinen jüngsten Bruder an.

Der schob die Hände in die Jeanstaschen, schluckte. »Kann ich mit dir reden?«

»Möchtest du mich vielleicht auch anbrüllen? Das scheint ja neuerdings mit deiner schlechten Laune einherzugehen.«

»Nein, ich ...« Er stieß die Luft aus. »Kann ich bitte reinkommen?«

Finn schnaubte. »Wenn's sein muss!« Damit drehte er sich um und ging zurück ins Wohnzimmer. Er hörte, dass Lukas die Tür schloss und ihm folgte. Na, was der wohl wollte? Oder brauchte er mal wieder einen Chauffeur?

»Also, was willst du?« Er ließ sich auf die Couch fallen und lehnte sich zurück.

Lukas war an der Wohnzimmertür stehengeblieben, die Hände weiterhin in den Hosentaschen vergraben. Sein Blick irrte vom Fernseher zum Fenster zu ihm. Dann schluckte er und atmete tief durch. »Ich brauche deine Hilfe.«

»Wobei? Nach dem, was du dir in letzter Zeit so geleistet hast, weiß ich nicht, ob ich Lust darauf habe.«

»Ich weiß nicht mehr weiter, okay?« Lukas' Stimme zitterte. »Wir haben gedacht, wir kommen alleine damit klar. Wir haben gedacht, wir können es aussitzen und irgendwann wird alles wieder gut.«

Finn runzelte die Stirn. »Wovon redest du?«

Sein jüngerer Bruder starrte ihn an. »Dass so etwas passiert ... das wollte ich nicht, das musst du mir glauben.«

»Was *meinst* du?«

»Na, du und Kathi. Ich wollte niemals, dass ihr euch deswegen streitet und euch trennt.«

Sein Herz begann zu rasen. »Hat sie das gesagt? Dass sie sich getrennt hat?«

Lukas schüttelte den Kopf. »Nein, nicht direkt. Nur, dass ich einen großen Anteil daran habe, wenn es aus ist.«

»Wann hat sie das gesagt?« Finn richtete sich auf, sein Herz hämmerte.

»Gestern Abend, beim Training. Sie ist eskaliert und dann abgehauen.«

Wurde auch Zeit!

»Was genau läuft da bei euch?«

Lukas presste die Lippen zusammen, zögerte.

»Los, raus damit!«, herrschte Finn ihn an.

»Wir werden bedroht«, platzte es endlich aus ihm hervor.

»Was? Wie meinst du das? Wer bedroht euch?«

Wieder zögerte Lukas.

»Komm her, setz dich! Erzähl mir bitte in aller Ruhe, was da abgeht.« Er deutete auf den Platz neben sich.

Sein Bruder setzte sich und schaute auf die Bierflasche, dann ihn an. »Kann ich auch ein Bier haben?«

»Wenn du fertig bist mit erzählen.«

Als kein blöder Kommentar folgte, wurde Finn bewusst, dass es wirklich ernst sein musste. »Also, wer bedroht euch?«, fragte er in ruhigerem Ton.

»Lauras Freund.«

»Wie bitte? Und womit?«

»Wir haben zwei Möglichkeiten. Entweder wir wechseln in Lauras Team oder wir sorgen dafür, dass die *Homies* nicht mehr gewinnen.«

»Sonst passiert was?«

»Wir werden lange nicht mehr tanzen können.«

Finn dachte an die Szene beim letzten Turnier zurück, die er hatte beobachten können, dann Kathis Erzählungen von ihrem Sturz.

»Weißt du, dass Laura in ihrem eigenen Team mit ähnlichen Methoden arbeitet?«

Lukas riss entsetzt die Augen auf. »Nein. Wie kommst du darauf?«

»Ich habe es beim letzten Turnier selbst gesehen, ihr Freund hat Kevin ein paar aufmunternde Worte zugeflüstert«, erwiderte er in ironischem Ton. »Leider ist das nach hinten losgegangen, deswegen sind sie nur auf den siebten Platz gekommen. Und jetzt versuchen sie es bei euch, ja?«

»Bei Marie haben sie angefangen, dann bei Nele und letztens bei mir. Wir haben noch Zeit bis Freitag, uns zu entscheiden.«

»Weißt du, ob sie auch denen gedroht haben, die in den letzten Wochen zu Laura gewechselt sind?«

»Nein, ich glaube nicht. Da hat es wohl gereicht, an ihre Karrieregeilheit zu appellieren«, meinte Lukas in abfälligem Ton.

»Und was hat dich jetzt dazu gebracht, das Maul aufzumachen?«

»Na ja, ich ... ich musste daran denken, was du erlebt und durchgemacht hast. Und dass du es nicht verdienst, dass es aus ist. Dass *ihr* es nicht verdient.«

»Wissen Nele und Marie, dass du hier bist?«

»Nein. Sie hätten es mir sonst vielleicht ausgeredet. Aber ich habe eine Scheißangst, Alter, und ich will das nicht mehr.« Er schlug die Arme um sich und zog die Schultern hoch.

Finn atmete tief durch und lehnte sich zurück. Lukas saß zusammengesunken da und zitterte leicht, so hatte er ihn noch nie erlebt. »Das ist echt ne harte Nummer!«

»Kannst du mir helfen? Uns?«

»Und wie?« Er sah seinen kleinen Bruder an, der sonst auf Erwachsen machte, und Mitleid breitete sich in ihm aus. »Wir können nur die Polizei einschalten.«

»Nein, bitte!« Lukas packte seinen Arm. »Dieser Schlägertyp hat gesagt, das sollen wir gleich vergessen, sonst könnte es sein, dass auch jemand anderes aus der Familie mal die Treppe runterfällt oder so. Sie haben auch gedroht, Kathi was anzutun, falls wir das Maul ihr gegenüber nicht halten.«

»Scheiße, das klingt nach einem schlechten Gangsterfilm! Meinst du, der Typ würde ernst machen?«

»Alter, ich habe keinen Bock, das rauszufinden!« Lukas' Stimme überschlug sich fast.

»Und was soll *ich* deiner Meinung nach jetzt tun?«

»Keine Ahnung, Mann, irgendwas!«

Finn lachte bitter auf.

»Können wir dieser Hexe nicht eine Falle stellen? Damit andere Leute mitkriegen, was sie da treibt? Vielleicht reicht das schon.«

Andere Leute? Er kaute auf seiner Unterlippe und starrte vor sich hin. Ob es etwas bringen würde, Lauras Vereinsvorstand einzuschalten? Ihnen ein Geständnis-Video zu präsentieren? Es klang immer noch nach einem schlechten Gangsterfilm, aber dann hätten sie zumindest einen Beweis. Im Moment stand das Wort der Kids gegen Lauras. Und die würde natürlich alles abstreiten.

»Sag mal«, begann er und sah seinen Bruder schließlich wieder an, »du kennst dich bestimmt ein wenig mit Technik aus und so.«

»Ja, was heute so geht. Warum?«

»Und wann, sagst du, müsst ihr euch entscheiden?«

»Freitag. Was hast du vor, Alter?«

»Ich werde mit euch da hingehen. Und Laura dazu bringen, alles zuzugeben. Damit gehen wir dann zu ihrem Verein und zur Polizei.«

»Aber wie willst du das hinbekommen?«

»Zum einen werden wir uns alle vier mit Kameras ausstatten. Und zum anderen glaube ich, dass ich weiß, wie ich sie packen kann, damit sie die Wahrheit ausspuckt. Vier Videos und Zeugenaussagen müssen sie einfach glauben.«

»Alter, ich hoffe echt, du weißt, was du tust. Mit Lauras Freund ist nicht zu spaßen.«

Finn grinste. »Das ist nur ein Schlägertyp, mit dem werde ich locker fertig.«

Als Lukas die Brauen hob und ihn skeptisch musterte, musste er lachen. »Keine Angst, Brüderchen. Wir wurden bestens auf den Einsatz in Afghanistan vorbereitet. Ich würde mich regelrecht freuen, es auch mal anzuwenden!«

»Und deine Entscheidung steht endgültig fest, ja?« Michelle lehnte sich mit verschränkten Armen auf dem Küchenstuhl zurück und musterte sie eingehend.

Kathi nickte und trank ihren Cappuccino aus. »Es ist die einzige Konsequenz, die ich ziehen kann.«

»Hast du Finn davon erzählt?«

»Nein. Wir haben seit dem Streit nicht mit einander geredet.«

»Und warum nicht? Hat keiner von euch den ersten Schritt gemacht?«

Sie zuckte mit den Schultern. »Er hat am nächsten Tag angerufen und eine Nachricht geschrieben, aber seitdem habe ich nichts mehr von ihm gehört.«

»Und du bist natürlich nicht auf die Idee gekommen, ihn anzurufen oder so.«

»Bis jetzt nicht.«

Michelle öffnete den Mund, doch Kathi hob die Hand und kam ihr zuvor. »Ich habe gerade erst begriffen, dass er recht hatte, okay? Und ich will das mit den *Homies* erst zu Ende bringen, bevor ich ihm das sage. Ich will ihm und mir zeigen, dass ich eben nicht mehr die bin, die nichts anderes kennt, als Turniere gewinnen zu wollen. Die ihr Leben für die *Homies* vernachlässigt hat. Ich gebe zu, das ist jetzt echt schwer für mich, weil ich Finn dabei lieber an meiner Seite hätte, aber ich werde es auch allein schaffen. Für mich und für uns.«

Michelle grinste. »Respekt, da kommt die Kämpferin in dir endlich mal wieder durch. Die habe ich schon eine Ewigkeit nicht mehr gesehen.«

»Es gab auch lange genug keinen Grund dafür.«

»Ja, und darüber ist sie in Vergessenheit geraten, was?« Ihre Freundin lachte, und Kathi stimmte mit ein.

»Meinst du, er wird mir mein bescheuertes Verhalten verzeihen?«

»Klar, warum denn nicht? Es war nur ein blöder Streit. Und was ist das Schönste am Streiten?«

Kathi schüttelte den Kopf und zuckte mit den Schultern.

»Na, das Versöhnen!« Michelle wackelte mit den Augenbrauen.

Sie prustete los. »Scheiße, woran du schon wieder denkst!«

»Ja, lach du nur! Du wirst schon sehen, wie heiß Versöhnungssex sein kann.«

»Das ist jetzt echt das Letzte, woran ich denke. Ich habe noch vier harte Tage vor mir.«

»Du packst das schon, das hast du immer.« Michelle beugte sich vor und tätschelte ihren Arm. »So, und jetzt ab! Geh los und erteile deinen Kids eine ordentliche Lektion!«

»Aye, Captain!« Kathi salutierte und räumte ihre leeren Tassen in die Spülmaschine. Dann gingen sie zur Wohnungstür, sie schulterte ihre Trainertasche, und ihre beste Freundin umarmte sie noch einmal.

»Ich drücke dir alle Daumen.«

»Danke.«

Nach einem letzten Lächeln verließ sie die Wohnung und machte sich auf den Weg zum Vereinsheim. Um nicht doch noch ins Wanken zu geraten, fokussierte sie sich einzig und allein darauf, wie sie die kommenden zwei Stunden durchgeplant hatte.

Diesmal war sie nicht früh dran, sie traf beinahe zeitgleich mit den meisten Teenagern ein. Also war es direkt Zeit für Schritt eins: Kopf hoch, Distanz wahren und ihnen die Hölle heiß machen. Wütend genug war sie dafür.

»Hallo, zusammen!« Kathi ließ die Tür hinter sich zuknallen und marschierte zu ihrem üblichen Platz. Warf ihre Tasche hin, holte den Ghettoblaster und schloss ihr Handy an. Dann drehte sie sich um und ließ den Blick über die anwesenden Kids wandern. Wie nett, es waren tatsächlich alle da.

»Okay, los geht's mit Joggen!« Sie startete die Musik.

Die Teenager setzten sich nur murrend in Bewegung. »Was ist, passt euch etwas nicht?«, rief sie und klatschte in die Hände. »Pech gehabt, ist mir egal. Los jetzt, Tempo!« Sie gehorchten und liefen schneller.

Nach zehn Runden rief sie die Kids vor den Spiegel und exerzierte eintönige Schrittfolgen mit ihnen durch, immer und immer wieder. Gönnte ihnen zwischendurch nur eine Trinkpause und setzte den Drill danach umso härter fort.

Entgegen ihrer sonstigen Gewohnheit stand Kathi selbst mit verschränkten Armen daneben und korrigierte sie, trieb sie zu Höchstleistungen an. Die Kids sollten merken, wie gut es ihnen bisher gegangen war, denn sie waren immer ein Team gewesen. Doch anscheinend war es nicht das, was sie wollten. Gut, sie konnte auch anders. Lange musste sie es ja nicht mehr durchziehen. So hatte sie am Ende ein Dutzend schwitzender und keuchender Teenager, die sich bei ihren Taschen auf den Boden oder die Bank fallen ließen und erst mal nach ihren Trinkflaschen griffen.

Zeit für Schritt zwei.

Kathi packte ihr Zeug zusammen und schloss den Ghettoblaster weg, dann baute sie sich vor ihnen auf und klatschte in die Hände. »Hört ihr mir bitte noch einmal zu?«

Sie wartete, bis alle Augen auf sie gerichtet waren, und musterte jedes einzelne der Gesichter. Verdammt, sie würde sie echt vermissen! Doch sie schluckte und schob diese Gefühlsduselei zur Seite, sie folgte nur dem Verhalten ihres Teams.

»Ich wollte euch nur sagen, dass ich den Job als eure Trainerin hinschmeiße. Ihr bekommt, was ihr wollt.«

Gemurmel kam auf, Blicke flogen hin und her. Die von Lukas, Nele und Marie fielen ihr besonders auf. Und auch, dass die anderen die drei so seltsam ansahen. Ob sie ihnen die Schuld dafür gaben? Nun, das konnte schon sein, aber es war ihr egal. Das konnten sie schön unter sich ausmachen.

»Und warum?«, rief Sabine schließlich und strich sich das verschwitzte rote Haar aus der Stirn.

Kathi lachte auf. »Ich glaube, die Frage könnt ihr euch sehr gut selbst beantworten.«

Sabine sah zu dem Dreiergespann hinüber, das etwas abseits saß. »Vielen Dank auch, ihr Opfer!«

»Ey, was soll das?«, brauste Marie auf, und Nele ergänzte: »Bist du behindert, oder was?«

Unvermittelt schrien alle durcheinander, aber es war klar, dass sich zwei Fronten gebildet hatten. Jetzt langte es ihr aber wirklich! Sie steckte sich zwei Finger in den Mund und stieß einen gellenden Pfiff aus. Sofort verstummten die Teenager und starrten sie an.

»Leute, das könnt ihr euch sparen! Es ändert sowieso nichts mehr.«

»Aber es kann doch nicht sein, dass du wegen denen abhaust!« Sabine deutete zu den Dreien hinüber.

»Seid ihr denn besser?«, gab Kathi zu bedenken. »Es ist mir inzwischen echt egal, was bei euch los ist. Ihr wollt es mir nicht sagen? Gut, dann müsst ihr mit den Konsequenzen leben. Nach dem Turnier am Samstag werde ich dem Vorstand meine Kündigung geben und mir einen anderen Verein suchen.«

Erschrockenes Gemurmel unterbrach sie, doch auch das wollte sie sich nicht gefallen lassen. »Haltet jetzt endlich mal die Klappe!«

»Aber warum willst du so schnell abhauen?«, jammerte Vera.

Ihr Bauch zitterte vor unterdrückter Wut. »Weil ich nicht

das Beste aufs Spiel setzen werde, was mir seit Jahren passiert ist. Meine Beziehung. Das seid ihr mir absolut nicht wert. Nicht mehr!«

Die *Homies* verstummten abrupt und es herrschte Totenstille. Kathi starrte sie an, sie starrten zurück, dann senkten sie einer nach dem anderen den Blick. In ihrer Brust breitete sich Genugtuung aus, und sie wandte sich ab, um ihre Tasche zu holen.

Als sie an ihnen vorbei zur Tür ging, bemerkte sie noch den Blick, den Lukas mit Nele und Marie tauschte. Es lag ein gute Portion schlechtes Gewissen darin, aber auch das war ihr egal. Sie hatte das Ende eingeläutet und würde es auch durchziehen. Nichts und niemand würde sie davon abbringen.

17.

»Boah, Alter, mir ist schlecht!« Lukas stöhnte und lehnte den Kopf an die Scheibe der Beifahrertür.

»Wenn es nicht so wäre, würde ich mir Gedanken machen«, erwiderte Finn, setzte den Blinker und wechselte die Fahrspur. In ein paar Minuten würden sie den Treffpunkt erreichen. »Und wie geht es euch da hinten?«

»Frag lieber nicht!«, murmelte Marie.

»Danke, dass du mit uns da hingehst«, meinte Nele. »Du bist echt voll korrekt.«

Er grollte. »Ihr hättet euch gleich an einen Erwachsenen wenden sollen. Euer Verhalten in den letzten Wochen war nämlich gar nicht korrekt.«

»Das haben wir auch gemerkt.« Marie schnaubte. »Kathis Ansage vorgestern war echt krass, und das Training vorhin der reinste Drill. Ich weiß gar nicht, wie das nach den Ferien weitergehen soll.«

»Wie meinst du das?« Finn warf ihr im Rückspiegel einen Blick zu.

»Kathi schmeißt den Job als Trainerin«, informierte ihn Lukas.

»Wie bitte?« Vor Schreck wäre er beinahe auf die Bremse getreten.

»Hat Lukas dir noch nichts davon erzählt?« Nele beugte sich vor. »Sie will eure Beziehung nicht aufs Spiel setzen, das sind wir ihr nicht wert.«

Sein Herz begann zu rasen und Erleichterung schoss durch seinen Körper, also hatte sie nicht Schluss gemacht. *Gott sei Dank!*

»Das ist ja mal 'ne Nachricht!«, murmelte er und warf einen

Blick auf das Navigationsgerät. »Aber wir sollten wir uns darauf konzentrieren, Laura das Handwerk zu legen. In zwei Minuten sind wir da.«

Sofort wurde es still im Wagen, und die Nervosität der Teenager war beinahe greifbar. Finn hingegen hieß die Ruhe willkommen, die ihn vor jedem Einsatz überkam. Laura und ihr Schlägertyp konnten vielleicht die Teenager einschüchtern, bei ihm würden sie damit keinen Erfolg haben.

Er folgte der letzten Anweisung des Navigationsgeräts und bog in eine Sackgasse ein, die in ein verlassen wirkendes Gewerbegebiet führte. Zur Vorsicht schaltete er die Scheinwerfer aus, wendete den Wagen und stellte ihn am Straßenrand ab.

»Okay, von hier aus gehen wir zu Fuß. Ich hoffe, sie fühlen sich so sicher, dass sie nicht nach euch Ausschau halten. Macht die Türen bitte so leise wie möglich zu, damit sie denken, ihr seid allein gekommen.«

Sie stiegen aus, drückten die Türen fast geräuschlos ins Schloss und sammelten sich auf dem unebenen Gehsteig, wo bereits Unkraut zwischen den Platten wucherte.

»Also«, flüsterte Finn. »Handys und Kameras einschalten, Aufnahme starten.« Er wartete, bis alle ihre Smartphones wieder eingesteckt und die Jacken geschlossen hatten. »Seid ihr bereit?«

»Nicht wirklich!« Lukas verzog das Gesicht.

»Keine Angst, ich bin bei euch. Wenn es dunkel genug am Eingang ist, schleiche ich mich direkt ungesehen mit rein.«

»Und wenn nicht?« Nele starrte ihn mit weinerlichem Gesichtsausdruck aus.

»Bitte ein bisschen mehr Optimismus!« Er klopfte ihr auf die Schulter und lächelte sie aufmunternd an.

»Sehr witzig!«, murmelte Marie.

»Hey, wollt ihr sie etwa gewinnen lassen? Und weiter Angst haben? Oder euer Hobby aufgeben, nur damit sie ihren Willen bekommt?«

»Hoffnung ballert, Alter!«, stieß Lukas hervor und schüttelte den Kopf.

»Na, also! Dann mal los, ich bin direkt hinter euch. Und guckt beim Reingehen, dass ihr mich decken könnt.«

Die drei nickten, drehten sich um und marschierten los. Am Ende der Straße erreichten sie eine kleine Halle, eine private Autowerkstatt für Hobbyschrauber, wie die verblasste Schrift am Giebel verriet. Das war die angegebene Adresse. Sie überquerten die Einfahrt und fanden neben dem Rolltor eine Stahltür, die einen Spalt offenstand.

Lukas drückte vorsichtig dagegen und steckte den Kopf hindurch. »Hier vorne ist es dunkel«, flüsterte er. »Hinten ist Licht an, sieht aus wie ein Büro. Ich glaube, das könnte klappen.«

»Dann los! Und haltet euch daran, was wir abgesprochen haben!«, antwortete Finn leise.

Sein Bruder trat über die Schwelle und hielt den Mädchen die Tür auf. Während sie geradeaus auf das Licht zuliefen, schlüpfte Finn durch die zufallende Tür und drückte sich in den nächsten Schatten. Er nutzte die Hebebühnen und sonstige Gerätschaften, um sich in deren Schutz und an der Wand entlang nach vorne zu schleichen. Dort ging er erst einmal in Deckung und beobachtete die Teenager, die ein paar Schritte vor dem separaten Raum stehengeblieben waren.

»Hallo?«, rief Lukas.

Sogleich wurde eine Tür geöffnet und Lauras Freund trat heraus. »Ah, da seid ihr Kröten ja.« Er blieb dicht vor den Dreien stehen und verschränkte die Arme vor der Brust. »Habt ihr eure Wahl getroffen?«

»Wir wollen direkt mit Laura sprechen«, forderte Nele und hob das Kinn.

Der Schlägertyp drehte das Kinn in Richtung des vermeintlichen Büros, behielt sie aber im Auge.

»Baby? Dein Typ wird verlangt.«

»Warum? Wirst du nicht mit ihnen fertig?«, erklang es dumpf aus dem Raum, dann öffnete die Tür sich ein weiteres Mal.

Laura stöckelte heraus, alles an ihr strahlte Arroganz und die Gewissheit aus, bereits gewonnen zu haben. Neben ihrem Freund blieb sie stehen, legte einen Unterarm auf seine Schulter und lehnte sich gegen ihn. Die drei Tänzer bedachte sie mit einem künstlichen Lächeln.

»Da sind sie ja, Kathis ganzer Stolz. Wie schön, dass ihr gekommen seid. Demnach habt ihr euch also für mich und die *Black Ones* entschieden.«

»Noch nicht ganz«, meinte Lukas und verschränkte ebenfalls die Arme.

Finn verdrehte die Augen, hoffentlich dachte er daran, die Kamera in seiner Brusttasche nicht zu verdecken.

»Ach, nein? Braucht ihr noch schlagkräftige Argumente?« Lauras Freund ließ eine Faust in die andere Handfläche klatschen.

»Nee, aber ich würde gerne wissen, warum es bei euch besser laufen sollte«, rief Marie mit fester Stimme. »Soweit ich mich erinnere, seid ihr beim letzten Turnier nur auf Platz sieben gelandet. Und davor lagt ihr auch hinter uns.«

Gutes Mädchen! Finn grinste.

»Diese Schwachstelle ist ausgemerzt.« Lauras Stimme klang ernst und kalt. »Auf lange Sicht seid ihr bei uns besser dran, auch mit mir als Trainerin. Schließlich habe ich persönlich auch Titel geholt, im Gegensatz zu Kathi.«

»Ich habe aber keinen Bock darauf, von deinem Boy jedes Mal schief angeguckt zu werden, wenn es mal nicht läuft.« Nele deutete mit dem Kinn auf ihn.

»Keine Angst, Christian ist nur für die Härtefälle zuständig.«

»Ich weiß trotzdem nicht, warum ausgerechnet du uns die bessere Perspektive bieten sollst.« Lukas schlug einen extra überheblichen Ton an und zuckte mit den Schultern.

Laura lachte auf. »Weil ich hier der Profi bin! Ich bin hauptberufliche Trainerin und konzentriere mich darauf, das Beste aus euch herauszuholen. Wisst ihr denn nicht, was ich alles mit meinen beiden Profi-Teams erreicht habe?«

Finn hob die Augenbrauen. Ob sie mit denen auch so umging? Eines war mal sicher, wenn sie Laura heute zur Strecke brachten, würden sie auch ihre Existenz gefährden. Was ihm so ziemlich scheißegal war, das hatte sie nur sich selbst zuzuschreiben.

»Nein, interessiert mich eigentlich nicht«, konterte sein Bruder. »Und wie sieht es mit Spaß aus? Wie ist die Stimmung bei euch?«

»Spaß?« Laura warf den Kopf in den Nacken und lachte. »Du Träumer! Hier geht es um eure Tanzkarriere, es wird hart gearbeitet, denn wir wollen gewinnen. Spaß ist dabei vollkommen nebensächlich.«

»Hm.« Lukas tauschte einen Blick mit den Mädchen. »Klingt für mich nicht wirklich interessant. Wie sieht es bei euch aus?«

Nele und Marie schüttelten den Kopf. »Nee, da bleibe ich lieber bei den *Homies*.«

»Wie bitte?«, zischte Laura, und Finn machte sich bereit, seine Deckung zu verlassen. »Ihr Kröten gebt mir ernsthaft einen Korb?« Sie trat einen Schritt zur Seite. »Na, dann wisst ihr ja, was euch erwartet. Chris, mach sie fertig! Sie dürfen nie wieder tanzen.«

Der Schlägertyp trat vor, doch die Drei wichen gemeinsam ein paar Schritte zurück.

Finn trat aus seinem Versteck. »Ah, ah, ah, nicht so voreilig!«

Laura und Chris wirbelten zu ihm herum. »Was? Wer bist du denn? Habt ihr den mitgebracht?« Sie funkelte die Teenager an.

»Sieht ganz so aus, oder?« Lukas erlaubte sich ein Grinsen, und der Schlägertyp wollte direkt auf ihn losgehen.

»Wag es ja nicht, ihn anzufassen!«, rief Finn ihm zu und baute sich neben den Kids auf.

Laura musterte ihn mit zusammengekniffenen Augen. »Warte mal, dich habe ich doch schon mal gesehen. Bist du nicht …« Ein Grinsen breitete sich auf ihrem Gesicht aus. »Ja, genau! Du bist Kathis Stecher! Sieh einer an, hat sie endlich mal einen rangelassen, diese verklemmte kleine Bitch.«

Die heiße Wut ließ seinen Magen verkrampfen, doch er drängte das zurück, er musste jetzt einen kühlen Kopf bewahren.

»Los, Chris, schnapp ihn dir!«, schrie sie plötzlich und wich ein paar Schritte zurück, sodass ihr Freund freie Bahn hatte.

Finn trat ihm entgegen, war im ersten Moment aber nicht schnell genug, sodass die Faust von Lauras Freund seinen Wangenknochen knapp unterhalb des Auges traf. Schmerz explodierte in seinem Kopf, und er taumelte zurück. Der Schlägertyp setzte nach, doch jetzt waren Finns geschulte Sinne hellwach und reagierten sofort auf den Angriff. Wenige Handgriffe und Bewegungen später lag Chris bewusstlos neben ihm auf dem Boden.

Laura schrie auf. »Du verfickter Hurensohn! Was hast du getan?«

»Mich gewehrt und die Kids verteidigt, mehr nicht«, erwiderte er gelassen und befühlte seinen schmerzenden Wangenknochen. Zum Glück war nichts gebrochen, aber morgen würde er garantiert ein prächtiges Veilchen zur Schau stellen.

»Ich kratze dir die Augen aus!« Mit einem Kreischen und ausgefahrenen Krallen sprang sie auf ihn zu, doch er trat lediglich einen Schritt zur Seite und stellte ihr ein Bein. Sie stolperte, knickte auf einem der hohen Absätze um und stürzte. Ihr spitzer Schrei schmerzte in den Ohren, sodass Finn das Gesicht verzog, als er auf sie hinab starrte. Das darauffolgende Jammern war allerdings auch nicht besser.

Wie eine Furie wirbelte sie herum, bis sie auf ihrem Hintern saß, und hielt ihren Knöchel. »Das wirst du büßen!«, stieß sie hervor und starrte ihn hasserfüllt an. »Genauso wie Kathi damals. Ich mache dich fertig!«

»Ach, ja? Willst du mich vielleicht auch die Treppe runterschubsen?«

Erstaunen huschte über ihr Gesicht, dann lachte sie. »Sie hat dir davon erzählt? Wie gut, dass sie nicht vergessen hat, was ich mit Leuten mache, die sich mir in den Weg stellen.«

»Soviel ich weiß, war Kathi die bessere Tänzerin.«

»Ha, von wegen! Sie hat sich einfach nur beim Trainer eingeschleimt, mehr nicht.«

»Aber gewonnen habt ihr nach ihrem Sturz nicht, so toll kannst du also nicht gewesen sein.«

»Das war nicht meine Schuld.«

»Ja, nee, is klar!«, murmelte Lukas, und sie schoss ihm einen vernichtenden Blick zu.

»Tja, wie auch immer ...« Finn schob die Hände in die Jackentaschen. »Ich würde sagen, du musst dich demnächst nach einem neuen Job umsehen. Die Zeit, wo du alle mit deiner Schauspielerei blenden konntest, ist vorbei.«

»Meinst du, die Leute werden auf euch hören?« Laura warf den Kopf zurück und lachte hämisch. »Träum weiter! Ich habe einen astreinen Ruf, dagegen kommt ihr vier Pisser nicht an. Euch wird niemand glauben, so wie Kathi damals auch nicht.«

Seine Wut verwandelte sich in erleichterte Genugtuung und ließ ihn grinsen. Sie hatten nicht nur die aktuelle Situation geklärt, sondern auch noch ein Geständnis zu Kathis Unfall bekommen. Perfekt!

»Ich denke, darauf lassen wir es ankommen.« Er winkte die Teenager zu sich heran. »Lasst uns gehen, hier gibt es nichts mehr für uns zu tun!«

»Ihr werdet dafür büßen, das verspreche ich euch!«, keifte Laura.

Doch Finn schüttelte nur entschuldigend den Kopf. »Sorry, aber diesmal irrst du dich. Deine Karriere ist vorbei, dafür werde ich sorgen. Und lass dir eins gesagt sein: Wagt es ja nicht, uns oder Kathi noch einmal zu nahe zu kommen! Sonst lernst du mich erst richtig kennen, und das willst du nicht, glaub mir!«

Finn wandte sich ab und ging zu den Kids. »So, und jetzt Abmarsch. Wir haben noch ein paar Kleinigkeiten zu erledigen.«

Sie verließen die Halle, ohne sich noch einmal umzusehen oder auf Lauras Geschrei zu achten. Tatsächlich wartete heute Abend noch Arbeit auf sie.

Das war es also, ihr letztes Turnier mit den *Homies*. Ach, scheiße, nie im Leben hätte Kathi sich ausgemalt, dass es mal so enden würde!

Sie blieb auf dem Vorplatz stehen und ließ den Blick über die Mehrzweckhalle gleiten, in der die Stadtmeisterschaft im Hip-

Hop- und Video-Clip-Dancing stattfand. Das Gefühl, das sich in ihr ausbreitete, war seltsam. Es war Wehmut dabei, Verzweiflung, aber sie empfand keine Reue bei ihrer Entscheidung. Dafür eine Art... Abneigung. Die letzten drei Tage waren hart genug gewesen und eigentlich wollte sie nicht wirklich hier sein. Sollte sie die *Homies* allein auftreten lassen? Nein, diese Blöße würde sie sich auf keinen Fall geben. Sie würde mit erhobenem Kopf aufhören. Auch wenn sie heute emotional durch die Hölle gehen musste.

Ich wünschte, Finn wäre hier!

Na, dann, Augen zu und durch! Sie ging zum Haupteingang, schob sich mit einer Gruppe Teenager in Trainingsanzügen durch die Tür. Das Foyer hatte sie in den letzten Jahren so oft gesehen, dass sie sich hier schon heimisch fühlte und automatisch den Weg zu der seitlichen Fensterfront einschlug. Dort konnte sie auf den niedrigen Heizkörpern sitzen und hatte ihre Ruhe. Bisher hatte sie diese Möglichkeit gerne genutzt, um sich zwischen letzter Probe und Auftritt noch einmal zu sammeln. Heute scheute sie die Begegnung mit den Kids und versteckte sich lieber.

Kathi fand einen freien Meter Heizung, setzte sich hin und checkte den Zeitplan. Dann zog sie ihr Handy hervor und rief den Gruppenchat der *Homies* auf. Auch so ein letztes Ding. Sie schluckte die stärker werdende Wehmut herunter und tippte ihre Nachricht.

Hallo zusammen! Unser Auftritt ist in einer guten Stunde, 12:30 Uhr. Macht euch bitte warm und geht die Choreo noch einmal durch, falls ihr das braucht. Wir treffen uns wie immer dreißig Minuten vorher.

Sie schloss das Chat-Fenster und rief stattdessen die Fotogalerie auf. An die Scheibe hinter sich gelehnt, scrollte sie zum Wochenende des Sommerfestes zurück. Finn und sie hatten ein Selfie mit dem Sonnenuntergang gemacht, und sie konnte sich noch genau daran erinnern, dass die Ameisen praktisch den ganzen Abend über durch ihren Körper marschiert waren. Nur, weil er so oft ihre Hand genommen hatte.

Dann ihr Besuch im Freibad, wo sie sich auf seine Nähe eingelassen hatte. Dort hatte sie zum ersten Mal das Verlangen gespürt und sich gewünscht, intimer mit ihm zu werden. Mehr von seiner Haut auf ihrer zu spüren.

Mit einem Seufzen rief Kathi ihr Lieblingsfoto von ihnen auf, das sie auch als Hintergrundbild für ihr Smartphone benutzte, das Bett-Selfie. Himmel, sie war so glücklich gewesen! Finn hatte mit ihr in die Sterne geschaut und ihr seine Liebe gestanden. Und sie anschließend geliebt, oh ja.

Der Kloß in ihrem Hals schwoll immer mehr an und trieb ihr die Tränen in die Augen. Sie wischte sie fort, strich mit dem Daumen über sein Gesicht. Und in diesem Moment wurde sie beinahe von der Verzweiflung überrollt. Sie wollte nicht hier sein, wo man sie nicht wertschätzte. Sie wollte sich lieber bei Finn entschuldigen, für den Mist, den sie vor zwei Wochen gebaut hatte.

Kurzentschlossen öffnete sie ihr Chat-Fenster.

Verzeih mir, ich war blind und bescheuert und überhaupt! Können wir später reden? Nach dem Turnier? Ich möchte und muss mich bei dir entschuldigen. Ich liebe dich!

Kathi ließ das Handy in ihren Schoß fallen und schlug die Hände vors Gesicht. Kämpfte vergeblich gegen die Tränen. Hoffentlich verzieh Finn ihr! Vielleicht hatte sie ihn mit ihrem Schweigen aber so sehr verletzt, dass er ihr keine Chance mehr geben wollte. Wenn das der Fall war, dann ... Scheiße, was sollte sie dann tun?

Das Handy in ihrem Schoß vibrierte, und sie rieb sich die Augen trocken, schniefte und schaute auf das Display.

Finn: *Wir könnten jetzt reden.*
Kathi: *Nein, nicht per Handy. Persönlich!*
Finn: *Ja, genau.*

Kathi runzelte die Stirn, dann fielen ihr die Beine auf, die vor ihr stehenblieben. Sie schaute auf und in Finns warme Augen, sah sein zärtliches Lächeln, doch ihr Hirn wollte es zuerst nicht glauben. Ächzend sprang sie auf und warf die Arme um seinen Hals.

»Oh, Gott, verzeih mir!« Sie presste das Gesicht an seinen Hals und war unendlich erleichtert darüber, dass er sie in die Arme schloss und an sich drückte. »Es tut mir so leid, Finn, verzeih mir!«, schluchzte sie, die Tränen schossen nur so hervor. »Ich war so bescheuert, dass ich nicht auf dich hören wollte. Aber du hattest mit allem recht.«

»Das Gegenteil wäre mir lieber gewesen«, raunte er ihr zu und küsste sie aufs Haar.

»Nein, das ist schon in Ordnung. Und ich habe deine Bitte befolgt, ich habe mich gewehrt. Ich habe ihnen gesagt, dass ich dich und unsere Beziehung nicht für sie aufs Spiel setze. Das hier ist mein letzter Einsatz als ihre Trainerin, ich schmeiße hin.«

»Ich weiß.«

»Was?« Sie hob den Kopf und sah ihn an.

»Ich weiß.« Finn strich ihr das Haar aus dem Gesicht und rieb mit den Daumen ihre Wangen trocken, senkte den Kopf und küsste sie zärtlich.

»Aber … woher? Was machst du überhaupt hier? Und warum hast du ein blaues Auge?« Nun löste sie sich doch von ihm, strich aber noch sanft über sein verfärbtes Gesicht.

»Das … ist eine längere Geschichte. Komm, wir setzen uns!« Finn nahm ihre Hand und ließ sich auf die Heizung sinken.

»Aber zwischen uns ist alles okay?« Kathi drängte sich an ihn, lehnte die Wange an seine Schulter.

»Das hoffe ich doch! Ich habe mich in den letzten zwei Wochen ständig gefragt, ob wir uns nur gestritten haben oder ob du Schluss gemacht hast!«

Sie presste die Augenlider zusammen, kämpfte erneut gegen die Tränen an und flüsterte: »Es tut mir so leid! Das … ich wollte das nicht.« Dann riss sie die Augen auf, wischte die Tränen weg und schluckte. »Ich habe noch immer keinen blassen Schimmer, was hier los ist, aber es ist mir inzwischen egal. Ich lasse mich nicht mehr von ihnen herumschubsen.«

»Ich kann dir sagen, was hier los ist. Laura hat ein paar der Kids bedroht. Entweder Wechsel, Sabotage oder gebrochene Knochen. Und wenn sie nicht dicht halten, ein paar Verletzungen für dich oder Familienmitglieder.«

»Wie bitte?« Kathi griff sich an den Hals. »Woher weißt du das?«

»Lukas hat sich mir letzte Woche anvertraut.«

»Lukas? Und Marie und Nele hat sie auch bedroht, oder was?«

»Jepp.« Er nickte und seufzte. »Gestern Abend haben wir Laura und ihrem Freund eine Falle gestellt. Und sie zur Strecke gebracht.«

»Hört sich verdammt abenteuerlich an. Was genau ist denn passiert?«

»Wir haben alles gefilmt, hier ist das Video aus Lukas' Kamera.« Finn zog das Handy und Kopfhörer aus seiner Tasche, hielt es so, dass sie beide gut auf das Display sehen konnten, und startete das Video, sobald Kathi einen Stöpsel im Ohr hatte.

Kathi ging mit ihnen in die Reparaturhalle. Mit jedem Wort von Laura wurde die Ungläubigkeit stärker, doch als Finn diesen Christian auf den Betonboden schickte, stieß sie einen überraschten Schrei aus. Der ihr fast im Hals steckenblieb, als Laura zugab, sie die damals Treppe hinunter gestoßen zu haben.

»Ich habe es gewusst!«, flüsterte sie, als das Video vor der Halle endete, und sah zu ihrem Freund auf. »Ich habe es immer gewusst!«

»Ich weiß.« Er drückte ihre Hand. »Und diesmal haben es die richtigen Leute erfahren. Du wirst sozusagen rehabilitiert.«

»Wie meinst du das?«

»Lukas und ich haben die Videos letzte Nacht noch an Lauras Vereinsvorstand geschickt. Mit der Aufforderung, umfassende rechtliche Konsequenzen zu ziehen. Ansonsten gehen wir damit an die Öffentlichkeit.«

»Und haben sie schon reagiert?«

»Ja, ich habe um zehn eine E-Mail vom ersten Vorsitzenden

erhalten. Die *Black Ones* werden heute nicht am Turnier teilnehmen, und der Verein wird Anzeige erstatten.«

Kathi stieß die Luft aus und lehnte sich gegen die Scheibe. »Kaum zu glauben! Sie muss sich verdammt sicher gefühlt haben.«

»Sieht ganz so aus. Anders kann ich mir auch nicht erklären, warum es so leicht war, sie zu Fall zu bringen. Fast schon erschreckend.«

Sie lachte bitter auf. »Laura war schon immer viel zu sehr von sich selbst eingenommen. Sie empfindet sich als perfekt, in jeglicher Hinsicht.«

»Wie sagt das Sprichwort? Hochmut kommt vor dem Fall.«

»Wissen die Kids schon davon?«

»Davon gehe ich aus. Ich habe Lukas, Nele und Marie hergebracht, und sie wollten dem Team gleich davon erzählen.«

»Hoffentlich entschuldigen sie sich auch bei den anderen. Am Ende waren die Fronten ganz schön verhärtet.«

»Ich denke schon.«

Kathi nickte, behielt aber ihren eigentlichen Wunsch für sich, dass sie sich auch bei ihr entschuldigen würden. Lieber würde sie die Crew im Guten verlassen.

»Na, was geht dir gerade durch den Kopf?« Finn legte den Arm um ihre Schultern und zog sie an sich.

»Ach, nur ein bisschen Wehmut, weil das hier mein letztes Turnier mit ihnen ist.«

»Bist du sicher, dass du wirklich aufhören willst?«

»Ja, bin ich, ich werde den Verein wechseln. Es ist einfach zu viel vorgefallen. Ich habe in den letzten Tagen verdammt viel nachgedacht – und deswegen wahrscheinlich ein oder zwei Klausuren verhauen.« Sie verzog das Gesicht. »Na ja, meinen Abschluss werde ich schon schaffen, das ist nicht das Problem. Aber du hast mir die Augen geöffnet, meine Sicht auf die Dinge verändert. Und mich. Keine Ahnung, wohin das mit Laura geführt hätte, wenn du nicht gewesen wärst. Vielleicht wäre das Team zerbrochen, und ich hätte die Kündigung bekommen. Oder es hätte mich psychisch total fertig gemacht. Meinst du, ich sollte zu ihnen gehen? Ihnen Beistand leisten oder so was, jetzt, wo sie die Wahrheit kennen? Vielleicht wollen sie ja auch gar nicht auftreten. Ich sollte ihnen sagen, dass die Entscheidung allein bei ihnen liegt.« Sie wollte aufstehen, doch er hielt sie zurück.

»Ich befürchte, du unterschätzt sie! Sie haben bereits entschieden.«

»Und das weißt du woher?«

Er lächelte sie an. »Wie gesagt, ich habe die drei hergebracht. Und zu den anderen.«

»Du bist mir ein Rätsel.« Sie musste lachen.

»Keine Angst, du wirst noch dahinterkommen. Vertrau deinen Kids einfach!«

»Okay.« Nach einem Blick auf die Uhr stieß sie einen tiefen Seufzer aus. »Es wird Zeit, ich muss zum Treffpunkt.«

»Na, dann.« Er stand auf und zog sie an der Hand mit hoch. »Darf ich mit, oder muss ich auf die Tribüne? Du könntest mich als Assistenten ausgeben.«

Sie legte ihm eine Hand an die Wange und lächelte sanft. »Du bist der wichtigste Mensch in meinem Leben, ich möchte dich bei mir haben. Besonders in den entscheidenden Momenten.«

Er wandte den Kopf und drückte ihr einen Kuss in die Handfläche. »Geht mir genauso, mein Engel.«

Das Herz schlug ihr bis zum Hals, als die *Homies* in Sicht kamen, und Kathi drückte unbewusst Finns Hand. Wie würden sie ihr gegenübertreten?

»Hey, Leute!«, rief sie, verkniff sich aber das Lächeln. Es hätte den Teenagern nur verraten, wie nervös sie war.

Zur Antwort erhielt sie verhaltenes Murmeln und gesenkte Köpfe.

Ihr wurde das Herz schwer, so hatte sie sich das nicht vorgestellt. Ihr Blick glitt über die zwölf Kids in grauem Hoodie, schwarzen Jeans und weißen Turnschuhen, und in ihrem Kopf schien sich ein Kreis zu schließen. Zuletzt hatten sie dieses Outfit beim Hamburger Landespokal getragen, dort hatten sie überragend getanzt und gewonnen, wenn auch nur knapp. Aber warum trugen sie es heute? Eigentlich war ein anderes Outfit abgesprochen gewesen, passend zu der letzten Choreo.

Ach, egal, sie konnten tun und lassen, was sie wollten, das war nicht mehr ihr Ding. Jetzt musste sie nur noch ein wenig Small Talk machen.

»Seid ihr warm und gedehnt?«

Sie bejahten einstimmig.

»Gut, dann …« Verdammt, eigentlich war das jetzt der Punkt, an dem sie ihre Motivationsrede hielt. »Ich wollte euch nur sagen, dass ihr jetzt nicht auftreten müsst. Das ist eine außergewöhnliche Situation, und wenn ihr nicht wollt …«

»Doch, wir wollen«, meinte Nele, verschränkte die Arme vor der Brust und hob das Kinn.

»Okay, gut.« Kathi blickte sie geradeheraus an, und da war sie wieder, die Wehmut. *Sag es ihnen einfach!*

»Ähm, also … ich wollte euch noch sagen, dass ich sehr gerne eure Trainerin war. Ich wünschte, das mit Laura wäre nicht passiert, es ist nicht schön, so auseinander zu gehen.«

»Vielleicht kannst du es dir ja noch einmal überlegen«, schlug Lukas vor.

Sie runzelte die Stirn. »Ich weiß nicht, das …«

»Bitte!«, meinte Marie voller Inbrunst. »Überleg es dir wenigstens, okay?«

Kathi sah sie der Reihe nach an, biss sich dann auf die Lippe und warf Finn einen Blick zu. Der nickte und lächelte sie aufmunternd an. »Okay, ich denke darüber nach.«

»Danke.« Lukas strahlte regelrecht und ihr wurde ganz warm in der Brust. Waren ihre Kids wieder die Alten? Nein, nach alledem würden sie alle nie mehr die Alten sein. Aber sie konnten wieder Spaß am Tanzen haben, zu einem richtigen Team werden. Sie konnten alle zusammen von vorne anfangen.

Doch vorher würde sie genau das tun, was sie gerade versprochen hatte, darüber nachdenken. Und weiter hoffen, dass es eine Entschuldigung geben würde.

»Gut, dann bis gleich auf der Bühne.« Nach einem letzten Nicken wandte sie sich um und machte sich auf den Weg in den Innenraum, Finn folgte ihr. Am Organisationsstand stoppte sie, um die Musik-CD abzugeben, doch man teilte ihr mit, dass bereits eine CD vorläge. Na gut. Wenn die Kids es so wollten.

Kathi nahm Finns Hand und trat mit ihm zur Seite. »Sag mal, steht das Angebot mit Paris eigentlich noch? Wir hatten gar nicht mehr darüber gesprochen, und ich könnte echt verstehen, wenn du das Ganze abgeblasen hast.«

»Meinst du wirklich, ich gebe dich so schnell auf?« Er schüttelte den Kopf und nahm ihr Gesicht in beide Hände, schaute ihr tief in die Augen. »Ich hätte so oder so um dich gekämpft. Weil du es mir wert bist. Und ich dich liebe.«

»Danke dafür. Ich liebe dich auch!« Mit einem Lächeln auf den Lippen und einem wohlig warmen Gefühl in der Brust streckte sie sich ihm entgegen und küsste ihn zärtlich. Danach blieb sie an ihn gelehnt stehen. »Darf ich heute nacht bei dir schlafen?«

Er grinste und schloss sie in die Arme. »Ich bitte sogar darum! Wir haben viel zu besprechen, am Freitag geht's ab in die Stadt der Liebe.«

»So lange wir auch noch etwas anderes tun, soll mir das recht sein.« Sie erwiderte sein Grinsen und löste sich von ihm. »So, die *Homies* sind gleich dran.«

Am äußersten Rand schlichen sie sich hinein, während noch eine junge, unerfahrene Mannschaft tanzte. Anschließend kamen die Kids voller Elan auf die Bühne gelaufen, winkten und strahlten das Publikum an, ehe sie in ihre Startpositionen gingen. Kathi legte den Kopf schief. Sie wollten tatsächlich die Choreo vom Landespokal tanzen?

Die Musik setzte ein, das Team legte los. Und *wie* es loslegte!

Kathi riss die Augen auf. Mit so viel Spaß und Energie hatte sie die Crew schon lange nicht mehr tanzen sehen. Egal, welche Motivation sie antrieb, es war der Hammer!

Ihre Augen folgten jedem einzelnen Move, fanden aber keinen Fehler. War es da ein Wunder, dass ihr Adrenalinspiegel in die

Höhe schoss? Und ihr Magen vor Aufregung flatterte? Jetzt nur noch das Finale, die letzten Schritte und …

Kathi brach in Jubel aus, klatschte und hüpfte wie wild auf der Stelle. Neben ihr pfiff Finn auf den Fingern und johlte. Verdammt, es war perfekt gewesen! Absolut perfekt! Sie packte seine Hand und zerrte ihn hinter sich her in den Backstagebereich, wo die *Homies* sich in den Armen lagen und jubelten.

»Ihr wart der HAMMER!«, rief sie und lief auf die Kids zu, bremste jedoch abrupt ab, bevor sie die Gruppe erreichte.

Doch es war wie früher, sie zogen ihre Trainerin in die Mitte und feierten. Irgendwann fand sie über ihre Köpfe hinweg Finns freudestrahlenden Blick, streckte die Hand aus und zog ihn mit hinein. Schließlich gehörte er inzwischen dazu.

Nachdem sie sich beruhigt hatten und zu ihren Taschen zurückgekehrt waren, gingen sie auf eine Runde Cola ins Foyer, und Kathi fand sogar noch eine Packung mit den Lieblingskeksen ihrer Mannschaft. Ohne jeden Übergang floss das Gespräch zu den *Black Ones* und den von Laura hervorgerufenen Entwicklungen.

Lukas, Nele und Marie schilderten bis ins letzte Detail, wie sich Laura erst an sie rangemacht hatte und dann ihr Freund sie mit handfesten Drohungen zum Wechseln oder Sabotieren hatte überreden wollen. Die Ereignisse in der Reparaturhalle schmückten die drei so sehr aus, dass Finn wie ein Superheld wirkte und Laura wie die böse Königin aus Schneewittchen. Und dabei sollte man auch noch ernst bleiben!

Die Zeit bis zur Siegerehrung verging wie im Flug, und als es schließlich so weit war, war Kathi, im Gegensatz zum Team, die Ruhe in Person. Sie stand neben ihnen, hielt Finns Hand und lächelte. Die Kids hatten einen phänomenalen Auftritt hingelegt, der sie unsagbar stolz gemacht hatte. Wen interessierte da schon die Wertung der Punktrichter?

Nach dem allgemeinen Teil und der Danksagung an sämtliche Mitwirkenden und Unterstützer, begann der Moderator, das Publikum anzuheizen. Er verkündete Platz Drei und rief die Mannschaft einer Tanzschule auf, die ihr in den letzten Monaten schon öfter aufgefallen war. Sie hatten sich gut gemacht und den Bronzepokal echt verdient.

Auch Platz Zwei ging nicht an Unbekannte.

»Eigentlich müssten wir jetzt gewinnen«, flüsterte sie ihm zu und lehnte sich an ihn.

»Wünschst du es dir?«

»Ja, schon irgendwie. Weil der Auftritt perfekt war und sie es verdient hätten.« Sie zuckte mit den Schultern und beobachtete, wie die Zweitplatzierten den silbernen Pokal und ihre Medaillen in Empfang nahmen.

»Und was wäre, wenn dem nicht so wäre?«, hakte er nach.

Tja, was wäre wenn? Sie horchte in sich hinein und wandte sich mit einem Lächeln zu ihm um. »Ich würde am Verstand der Punktrichter zweifeln, aber es wäre nicht der Weltuntergang.«

»Ich bin stolz auf dich!« Er drückte ihre Hand und seine Lippen kurz auf ihre Schläfe.

»Womit wir nun zum diesjährigen Sieger des Hamburger Stadtpokals im Hip-Hop- und Video-Clip-Dancing kommen«, kündigte der Moderator an. »Der goldene Pokal geht an eine lokale Crew, eine der Top-Mannschaften dieser Stadt.«

Kathi sah sich nach den Kids um, die eng zusammengerückt waren und sich an den Händen hielten. Sie zappelten herum oder kauten auf Fingernägeln.

»Mit einem Riesenvorsprung und deshalb heute außer Konkurrenz auf Platz Eins ... die *Hip Hop Homieeeees*!«

Was? Kathi riss die Augen auf und starrte für einen Augenblick auf den Moderator, der auf ihre Kids deutete. Die sprangen und schrien vor Glück, und ihre Euphorie war mega ansteckend. Sie schlug die Hand vor den Mund und quietschte.

»Ach du Scheiße!« Finn lachte auf.

»Los, aufs Treppchen mit euch!«, forderte der Moderator und hatte Mühe, den tosenden Applaus zu übertönen.

Endlich rannten sie los, sprangen, winkten, wirbelten umher. Nur Lukas scherte aus und trat an den Moderator heran, flüsterte ihm etwas zu. Der lächelte, nickte und drückte ihm das Mikrofon in die Hand.

Lukas sprang zu seinem Team auf das oberste Podium, winkte und hob das Mikro an die Lippen. »Vielen Dank Leute, aber wir möchten noch etwas sagen.«

Der Beifall verebbte, dann blinzelte er gegen die Scheinwerfer an und blickte einmal in die Runde. »Wir möchten diesen Pokal unserer Trainerin widmen, Kathi Schwartz. In den letzten Wochen ist einiges passiert, woran unser Team beinahe kaputtgegangen wäre. Wir haben uns nicht korrekt verhalten, hauptsächlich dir gegenüber, Kathi. Und dafür möchten wir uns aus ganzem Herzen entschuldigen. Dieser Sieg ist nur für dich, bitte bleib bei uns!«

Kathi schossen Tränen in die Augen, und überrollt von der Rührung schlug sie die Hand vor den Mund und schluchzte. Erneuter Applaus kam auf.

»Komm her und feier mit uns!«, rief Lukas und winkte sie heran.

Sie zögerte, doch Finn ließ ihre Hand los und schob sie sanft nach vorn. »Na, los, geh schon!«

Mehr brauchte es nicht, ihr Herz zog sie sowieso zu ihren Kids. Kathi ließ die Tasche fallen und lief hinüber, sprang auf das Siegerpodest und fiel ihrem Team in die Arme. Begleitet von nochmals aufbrausendem Applaus hüpften und jubelten sie eine weitere Runde, bevor der Moderator sich das Mikrofon zurückholte.

»Den Pokal, bitte!«

Sie drehten sich nach vorn, erhielten die Siegermedaillen und zuletzt den Pokal. Den reckten sie gemeinsam und mit einem ausgelassenen Brüllen in die Höhe, und Kathis Herz vor Freude wild klopfte.

»Noch einmal herzlichen Dank an alle Teilnehmer und Gäste, das war der Hamburger Stadtpokal. Bis zum nächsten Mal, kommen Sie gut nach Hause!«

Auch der letzte Applaus verklang, die Sitzplätze leerten sich und die Siegermannschaften verließen die Bühne. Dahinter gratulierten sie kurz sich kurz gegenseitig, dann waren sie wieder unter sich, lagen sich in den Armen und feierten.

Himmel, es fühlte sich so gut an. Aber etwas fehlte, das Wichtigste!

Kathi sah sich um und erblickte Finn, der ein paar Schritte abseits stand, die Hände in den Hosentaschen, ihre Tasche über der Schulter und ein liebevolles Lächeln im Gesicht. Ja, er fehlte noch in ihrer Runde!

Sie öffnete den Kreis, winkte ihn heran und zog ihn zwischen Lukas und sich in die Gruppe. Legte ihm den Arm um die Taille, drückte ihn an sich und strahlte ihn an. Das war es, das hier war das perfekte Glück.

Epilog

»Komm schon, wir müssen uns beeilen!«

»Was hast du denn vor?«, jammerte Kathi und zog an seiner Hand. »Ich kann nicht mehr! Meine Füße tun weh, ich habe Hunger und will nur noch ins Bett.«

»Du glaubst doch nicht, dass wir morgen wieder nach Hause fahren, ohne das hier einmal gemacht zu haben!« Finn lachte, er fühlte sich so gut wie lange nicht mehr, gelöst und entspannt. Dieser Kurzurlaub in Paris war die beste Idee seit Langem gewesen. »Außerdem kannst du gleich sitzen und genießen.«

Sie stöhnte, ließ sich jedoch noch einmal antreiben. »Aber es ist doch gleich dunkel, was willst du jetzt noch machen?«

Das Ziel konnte er schon sehen, deshalb schwieg er, beschleunigte seine Schritte und lenkte sie die nächste Treppe zur Seine hinunter. Er hörte sie aufjapsen und grinste.

»Dein Ernst? Wir machen eine Bootsfahrt? Auf der Seine?«

»Wo denn sonst? Gibt es hier noch einen zweiten Fluss?«

»Oh, mein Gott! Du bist so süß!«

»Ich weiß! *Vite, vite, mon coeur!*«

»Scheiße, jetzt drehst du durch, oder?« Sie brach in schallendes Gelächter aus.

Im Laufschritt ging es über die stählerne Gangway direkt auf das Ausflugsboot. Finn hielt der älteren Frau ihre Fahrkarten hin, die sie mit einem Lächeln einriss.

»*Bonne soirée!*«

»*Merci, Madame!*«, antworteten sie synchron und marschierten hinein.

»Lass uns draußen sitzen!«, bat Kathi.

»Hatte ich vor, aber zuerst müssen wir uns das Glas Champagner abholen, das inklusive ist.«

»Uuh, wie dekadent!«

Sie schlugen sich zur Bar durch, tauschten Fahrkarten gegen gefüllte Gläser und gingen damit hinaus aufs leere Freideck. Genau richtig fürs Ablegen.

»Wow, guck dir das an!«, raunte sie und wies mit ihrem Glas zum beleuchteten Eiffelturm hinauf.

»Hammer, oder?« Finn stellte sich halb hinter sie, schlang ihr den Arm um die Taille und küsste sie auf die Schläfe. »Auf einen schönen letzten Abend!« Er hielt ihr das Glas hin, sie stießen an und tranken.

»Komm, wir setzen uns, hier sind noch Plätze frei.« Er zog sie ein paar Meter weiter, und sie nahmen auf der Bank Platz und stellten die Füße auf die untere Strebe der Reling. Kathi schmiegte sich in seinen Arm.

Still genossen sie, wie das Boot die Seine hinaufglitt, die Aussicht und den Champagner. Als dann Interpretationen von weltbekannten französischen Songs aus den Lautsprechern quollen, in Geige und Akkordeon, kicherte sie. »Scheiße, das ist jetzt echt kitschig.«

»Stimmt. Aber wir können es ja ignorieren.« Finn nahm ihr das leere Glas ab, stellte beide neben ihrer Bank auf den Boden und zog sie enger an sich. Sein Blick wanderte über die beleuchteten Sehenswürdigkeiten rechts und links des Flusses und sein Herz weitete sich. Gab es etwas Schöneres als eine romantische Nachtfahrt auf der Seine, die Frau seines Herzens an der Seite? Dem Engel, der ihn aus der Dunkelheit seines Kriegstraumas geführt und die Liebe gelehrt hatte?

»Bist du glücklich?«

Ihre leise Stimme ließ ihn erschauern, und er musste tief durchatmen, bevor er antworten konnte. »Ja. Merkt man das?«

»Ein bisschen.« Er konnte das Lächeln in ihrer Stimme hören.

»Und du?«

»So glücklich wie nie zuvor. Hört sich das auch kitschig an?«

»Für mich nicht. Und wenn du das fühlst …«

»Ich fühle noch viel mehr, aber ich kann das im Moment gar nicht in Worte fassen. ›Ich liebe dich‹ ist fast zu wenig«, murmelte sie.

»Mh, ich höre es trotzdem gerne. Muss daran liegen, dass ich dich auch liebe.« Finn legte einen Finger unter ihr Kinn und hob es an, um sie zu küssen. Danach sahen sie sich tief in die Augen.

»Weißt du eigentlich, dass ich total stolz auf dich bin?«

»Ach, ja?« Er hob die Augenbrauen. »Und womit habe ich das verdient?«

»Damit, dass du vor deiner ganzen Familie noch einmal von Afghanistan erzählt hast. Es hat ihnen gutgetan, offen mit dir darüber reden zu können. Und ich glaube, dir auch.« Kathi setzte sich gerade hin, nahm seinen Arm von ihrer Schulter und seine Hand in ihre beiden, legte sie in ihren Schoß.

»Ja, kann schon sein«, räumte er ein und erinnerte sich an den gestrigen Nachmittag. »Ich bin auf jeden Fall froh, dass dieser … Zwischenfall … langsam seinen Schrecken verliert. Was nicht heißt, dass ich demnächst in die Welt posaune, was passiert ist, aber ich bekomme bei dem bloßen Gedanken daran keine Panikattacke mehr. Und das habe ich nur dir zu verdanken. Was wiederum an ein kleines Wunder grenzt. Wahrscheinlich hätte ich damals im Lazarett oder kurz danach jeden ausgelacht, der mir prophezeite, dass ich die Frau meines Lebens kennenlerne und sie es auch noch schafft, mein Ich wieder zusammenzusetzen.«

»Tja, die Liebe kann schon einiges bewegen, oder?« Sie lehnte den Kopf an seine Schulter. »Ich spreche da überraschenderweise aus Erfahrung, musst du wissen.«

Finn lachte leise und drückte die Lippen auf ihr Haar, atmete bewusst ihren Duft ein. »Dann können wir uns ja zusammentun. Hört sich an, als würden wir uns perfekt ergänzen.«

»Tun wir! Vielleicht nicht perfekt, aber doch verdammt nahe dran.« Mit einem Seufzen drückte sie seine Hand. »Ist dir schon mal aufgefallen, dass wir einen Hang zum Kitsch haben?«

Er grinste und lehnte den Kopf gegen ihren, als sie unter der nächsten beleuchteten Brücke hindurchfuhren.

»Aber weißt du, was?«, fuhr sie unvermittelt fort.

»Nein.«

»Ich freue mich auf unsere gemeinsame Zukunft und bin gespannt, wohin es uns führt.«

»Oh, apropos!«, wechselte Finn das Thema. »Hast du dich schon entschieden, wie es mit dir und den *Homies* weitergehen soll?«

»Nein. Weil ich, ehrlich gesagt, bisher keinen Gedanken daran verschwendet habe. Wieso? Ich habe doch noch Zeit.«

»Ja, klar, aber Lukas hat mich gebeten, dir bei Gelegenheit eine kleine Entscheidungshilfe nahezulegen.«

»Und die wäre?«

»In eurem Gruppen-Chat ist die Hölle los, hast du das nicht mitbekommen?«

»Nein«, gab Kathi zu. »Weil ich mich ausgeklinkt habe. Und was ist da jetzt los?«

»Also, Jenny, Kevin und Sebastian wollen zurückkommen.«

»Sieh mal einer an!«

»Aber die Kids wollen das nicht.«

»Oh, okay. Kann ich verstehen. Obwohl... wurden sie auch von Laura bedroht?«

»Nicht, dass ich wüsste. Lukas meinte, sie seien einfach nur erfolgsgeil.«

»Und das soll mir bei der Entscheidungsfindung helfen?«

Finn kicherte. »Nein. Aber dass einige der *Black Ones* zu euch wechseln wollen. Die möchten nämlich wieder Spaß beim Tanzen haben, die sind ganz neidisch auf euch!«

»Och nee, ich möchte jetzt nicht darüber nachdenken!«, nörgelte sie und kuschelte sich noch enger an ihn. »Das kann ich auch zu Hause.«

»Stimmt.«

»Aber ich hätte eine bessere Idee.«

»Und die wäre?«

Kathi stand auf, zog ihn an der Hand hoch und zu der kleinen Freifläche zwischen den Sitzbänken. »Wir könnten noch etwas ziemlich Kitschiges machen und hier ein bisschen tanzen.«

Er grinste und nahm die Haltung für einen Langsamen Walzer ein, wartete, bis Kathi soweit war und legte los. Finn drehte sich mit ihr in einem kleinen Kreis, führte sie durch die melancholisch anmutende Melodie und hielt dabei ununterbrochen ihren Blick fest. Schließlich lächelte er verlegen. »Ich glaube, ich muss dir jetzt endlich mal was gestehen.«

»Ach, ja? Und was?«

»Ich habe ein klein wenig geschummelt, was die Tanzstunden angeht.«

»Inwiefern?«

»Es gibt keine Weihnachtsfeier, bei der ich tanzen muss.«

»Was?« Kathi lachte auf.

»Na ja, es gibt schon eine Weihnachtsfeier in meiner Dienststelle, aber das ist kein Ball, die wird ganz locker.«

»Aber warum hast du mich angelogen?«

»Weil ich dich regelmäßig sehen wollte, ich brauchte einen Vorwand. Wenn ich da schon geahnt hätte, dass du wenige Stunden später praktisch über mich herfällst ...«

Sie gab ihm einen Klaps auf die Schulter. »Jetzt hör aber auf, du hast mit dem Wangenkuss angefangen!«

»Ja, ich weiß. Aber das war eine gute Idee, oder? Sonst könnten wir jetzt nicht so viel Romantik aufkommen lassen.«

»Genau!« Sie kicherte. »Und weil wir den Kitsch lieben, fehlt jetzt nur noch ein toller Move. So wie bei *Dirty Dancing* oder so.«

»Kein Problem!« Finn wechselte die Haltung und bog sie über seinen Arm ein Stück nach hinten. »So in etwa?«

Sie nickte und biss sich auf die Lippe. »Fehlt nur noch ein übertrieben dramatischer Kuss, dann ist es perfekt.«

Er sah tief in ihre wunderschönen, blauen Augen und genoss die warme Liebe in seinem Innern. »*Du* bist perfekt«, raunte er und senkte den Kopf.

»Nein«, flüsterte sie, kurz bevor seine Lippen ihre berührten. »*Wir* sind perfekt.«

»Wo du recht hast…« Dann schloss er die Augen und küsste sie.

ENDE

Danksagung

Eigentlich ist nur der Bänderriss daran Schuld, der mich im Spätherbst 2018 an die Couch gefesselt hat, dass ich am Wettbewerb zu »Read! Sport! Love!« teilgenommen habe. Weil ich beinahe unendlich viel Zeit und Muße zum Schreiben hatte. Als ich meiner Familie von dem Wettbewerb erzählte, war meine Teenager-Tochter sofort Feuer und Flamme. Sie ist somit für die Sportart verantwortlich, die ich für »Beat of Love« gewählt habe. Und dafür, dass Lukas, Nele und die anderen (fast) so reden, wie Jugendliche es heutzutage tun. Deshalb ein riesengroßes Danke an meine Tochter für die ausdauernde und perfektionistische Beratung in Sachen Jugendsprache, auch noch im Nachhinein. Du bist voll krass, Altaa!

Ein fettes Danke geht an: Meinen Mann für seine Geduld und die Bereitschaft, auch die kleinsten Details mit mir zu diskutieren. Franziska, meine Selfpublishing-Lektorin, die vor Abgabe des Manuskripts noch einen groben Blick darauf geworfen hat. Nur, um mich zu beruhigen. Und meinen Schreib-Buddie, Danara, deren Roman ihr ebenfalls in dieser Reihe lesen könnt. Unseren fast täglichen, kreativen Austausch möchte ich um nichts missen.

Und vielen Dank auch an das gesamte Team von Piper Digital, für den netten und konstruktiven Austausch drumherum.

Ihr alle habt dazu beigetragen, dass die Geschichte von Kathi und Finn in diesen Roman gegossen wurde.